春陽文庫

探偵小説篇

更生記

佐藤春夫

目次

更生記

学生大場の話

「先生、猪股《いのまた》先生、ちょっと……」

精神病学の猪股助教授が講義を終って廊下へ出ると、こう呼ばれたので振り返って見ると、そこにひとりの学生がいた。学生は大場《おおば》という青年であったが、いつもそうであったとも思わないのに血色が悪く、睡眠不足らしい相貌で、それにおずおず呼びかけた口調と云い、やや硬化した表情と云い、何か不安を抱いているらしいのを助教授は直観した。助教授はふりかえって立止まると同時に特有の鋭い一瞥《べつ》で相手を見たが、しかしこれも特有のやさしい声で云うのであった。

「何だ——ひどく心配げではないか」

「は」学生は二の句を考えていたが「実は、ちょっと、先生に御相談、そうです御相談を願って、また場合によっては一度御診察でも願わなければなりますまいかとも思うのですけれど……」

「君が？」

「いいえ」大場は強く打消して「わたしではないのです、その実は、ひとり妙な女を、妙な婦人を……」

助教授は歩き出した。

「立ち話ではすみそうにもないね、研究室の方へ来給え」

「は、おそれ入ります。御多忙のところをどうも」

彼等はコンクリートの廊下をコツコツと歩いたが、歩きながらも大場が話すところは大よそ次のようである。大場は見かけどおり、少し神経衰弱を起していると見えて辿々《たどたど》しい話しぶりである。

「先生、実に、何と申しますか、ロマンチックな話なのですが、私は昨晩ひとり妙な婦人を、妙なかかり合いから家へつれて来なければならないわけになって了《しま》いました。いや、それは決して何の深い関係もありませんので、ですからそれだけに僕――私は一そう困っていますので。その婦人はどうも自殺しようとしていたところらしいのです。私がそれを救ったような形なのです。全く偶然の事なのです。

宵の口から、同郷出身の連中が友人の家で落ち合いましたものですから、麻雀《マージャン》を始めまして、外の連中は徹夜でもしそうな様子でしたのを、私は十二時になると引き上げることにしました。姉と一緒に郊外に家を持っているものですから、あまり夜がふけると家が女ばかりで不安心な上に、姉は夜更かしをして帰ると、少しくどいほどうるさく申しますので、私はいつも十二時前には帰宅するのですけれど、昨晩は勝負の関係から外の連中につき合わないわけにはいきませんので、ついそんなに遅くなってしまったのでした。

一たい私の家は×××の省線電車の線路の近所でございますが、普通ならば踏み切りを越すのが順当の路なのですけれど、其順路がまるで半円形に迂回します。線路に沿うて土堤《どて》を歩いて行きますと非常に近いわけなのです。柵はしてありますし、本当はそんなところを通ってはやかましいのですが終電車が過ぎて踏切番がいなくなってしまえば通って通れないことはありません。昨晩はそういうわけで、私はいそいで居りましたものですから、終電車の過ぎたところは見ましたし、踏切番も見ていないようでしたからその路を通ったのです。

おぼろ夜でしたが、ふと前方を見ますと、女らしい人影が、線路のところに動いているのが目についたのです。影は一つでした。道伴《みちづ》れらしいものは別になかったのです。私は立ち止まりました。電車はもう通らないわけですから危険はないようなものの、男ならばともかく、女らしい影がそんなところをうろついているのではどうも怪しまずにはいられなかったのです。そのうちに人影は、私の姿でも認めたものかそれとも何気なくでもありましたか、土堤の影になったところへしゃがんで動かなくなったのです。それを見ると私はいよいよ不思議になり、初めはただ好奇心で見ていたのでしたが、そのうちにだんだん責任を感じて来たのです。

ともかくも私はもっと近づいてその影をよく見ようと思い定《き》めました。影は、そうです。先ず十二三間ぐらいはなれたところでした。

私はこっそりと近づいて行ったのです。先方が私に気がついてそこへしゃがんだものとすれば、私の近づくのを見て逃げ出すかも知れないと思いました。それだのにその影は一向動きませんでした。それで私は却って気味が悪くなって再び立ちとまったのです。もうその時はほんの四五間しかはなれていませんでしたが、じっと見つめるとそれは確に若い婦人で、それが、私の近づいたのも一向気がつかないのか、じっと地面を見入っている様子なのです。そうして今は私の予想はもう疑えないものになったのです。

その婦人はもう終電車のすぎた事も知らず、また私が近づいているのにも気がつかずに、次に来る電車をこうして待っているらしいのです。それとも、私は考えましたが、この婦人はやはりこの附近の人で、二時頃になると、電車ではなく貨物列車の来るのを知っていて、それまでこうして待っているのかも判らないのでした。

私は今はもう躊躇《ちゅうちょ》すべき場合ではないと思ったので、急にその方へ足を急がしながら、小声でしっかりと云いました。

「もしもし、危ないではありませんか」

影は反射運動的に立ち上って、逃げようとする様子でしたが、思いかえしたようにその侭《まま》動かずに、じっと私の方を見つめたのです。私は今まででもそうでしたが急に一度に怖《おそろし》くなってしまったのです。そうして私の方が危く逃げ出そうかと思ったのです。

――これは狂女に違いないと、私はそう気がついて近よることを見合せ、また逃げ出すことも出来なくなったのでした。

「もしや警察の方でいらっしゃいますか」

相手は、しかし案外にも静かな、しかし冷たい声でそう云いました。

「違います。――学生です」

私はどうしてだが知りませんが学生ですと名告《なの》ったものです。

「あ、そうですか」

相手は安心したような声でしたが直ぐに言葉をつづけました。

「それなら、どうぞ黙ってわたしを死なせて下さいまし。――見ぬふりをしてここをお通りすぎ下さいまし」

私は答える言葉を知りませんでした。先方の言葉がすっかり私の機先を制してしまったわけでした。黙っているそのわたしに向って、彼女は重ねて言いました。

「ね、どうぞ。――わたしの死のうと申すのを、あなたはお留めなさる権利はございますまい」

私はまだ何とも答える事は出来ませんでした。まるで私自身が死のうとでもしている人物か何かのように、自分の胸がどきどきして来ました。そうして女が品のいい言葉を自然に言うのを聞いて相当な家庭な婦人だろうなどと思っているうちに、私はやっと言うべき事を発見したのです。

「奥さん。それともお嬢さんですか。わたしは理屈はわかりませんけれども、目の前で人が死のうというのを黙って、とおり過ぎるわけにはいきません。かりにあなたと私と立場が代ったとお思いなさい。そうすればあなただってきっと御同感でしょう。私に見つかったのはあなたの不運です。それにもう今晩は駄目なのです。ここを通る電車はおしまいです。――本当です」

今度は女の方が物を言わなくなったのです。三分ぐらいだったか知れませんが、私には十分もその沈黙がつづいたような気がしました。そのうち女は言い出しました。

「それではあなたは、一体、わたしをどうなさろうと仰有《おつしや》るのです」

「ともかくも、わたしの家までお出でなさい。すぐこの近所なのです。そうしてどういうわけであなたが死ぬおつもりなのか、それを聞きましょう。私は医学生です。精神的な問題は一向にわかりませんが、もし本当に死ななければならないのなら、或はまたその外の事でも私に役に立つことがあるなら、何でも御相談しましょう」

実は私はその若い女の様子をうす明りのなかで見て、妊婦ではなかろうかと思ったりしたものですから、わざわざ医学生だと言ったのです。

「それでは」

女は言うのです。

「あなたは必ずしも私の死ぬのに御邪魔はなさらないのですわね」

彼女の声がその時、今までにくらべて、ずっと柔かい調子を帯びましたが、再びもとの冷たい声に変りました。

「それなら、これだけの事をきっとお約束下さい。そうすればともかくも一度はお宅へおともを致します。お約束というのは、決してわたしの家庭を聞かない事、又、わたしの死のうとする理由を聞かない事、それに私を警察へはつき出さない事です。――これをきっぱりとお約束下さらない限りはわたしは、あなたのお宅へは参りません」

そこで私はその約束をしたのです。そんな約束ぐらいは後でどうにでもなるし、いつまでもそんな場所で、こんな見知らない婦人とそんな問答をしているわけには行かなかったからです。恐らく婦人にしてもきっとわたしと同じ考えであったに相違ありません。

ざっとこんな次第で、私はその見ず知らずの婦人を家へつれて帰ったのです。戸をあけて私のうしろにそんな婦人のいるのを発見した姉はまるで狐につままれたような顔をしていましたが、私も不思議な事には、家へ帰ってみて自分が大変異常時に遭遇していたのに気がついたのです。それまでは所謂《いわゆる》無我夢中であったらしいのです。

私は姉にすべての事情を話し、姉とふたりしてその婦人を一晩中お守したのです。言葉使いで想像したとおり、その婦人は良家の婦人だということは着物でわかります。また私の姉に対しても相当な態度で応対します。ただ線路の傍で私に対して要求した約束をいつまでも言い張って、少しもこちらの問いに答えないばかりか気の毒な程、何も問わない事を私たちに懇願《こんがん》するのです。

彼女は私と姉とが眠らないで彼女のお伽《とぎ》をしているのを気の毒がって、かまわずに眠ってくれと云いますが、私たちにしては不安で寝てしまう事も出来ません。その婦人は死のうという考えを決して翻《ひるが》えしていないらしいからです。ただ、

「どうぞそれだけは御安心下さいませ。お宅でなどは決して御迷惑などおかけするようなことは致しません」

とは言っていますが、一歩私の家から出れば何をするかわかり兼ねます。

私たちが寝てしまった後で、彼女は私の家から抜け出さないとは限らないのです。いつの間にか夜明けになったのですが、そのうちに彼女はふと聞き耳を立てて、

「どこか、御近所に赤ちゃんがいらっしゃいますね」

私たちは赤ん坊の泣き声がしたような気《せ》はしなかったのです。幻聴でしょう。私は気味が悪くなったのです。そう思ってみる所為《い》か、彼女は目つきもどうやら変なのです。

そう思っているその瞬間に彼女は突然、「あなた」と私を呼びかけましたが
「あなた、わたしを精神病者だと思っていらっしゃるのね」

この一言で、私と姉とは我知らず顔を見合せて、今更、困った人を連れて来てしまったと気がつきました。

夜が明けてしまいましたが、彼女が私の家から出ようとするのを姉は無理に引きとめました、この時も私が線路のそばでしたと同じ約束を改めて姉と取結んでいました、実際私たちにしても今になってその婦人の行く先もわからぬ所へ出してしまうのは、折角昨晩中の苦労が水の泡になるような気がして、せめて今しばらく落着く間はうっかり外出させることも出来ない気持がします。

安眠を得させたいと思って、寝ることをすすめますけれども彼女は寝ようとはしません。ただしばらくの間、ひとりだけでいたいと言うのです。それで私たちは次の部屋に出て、その間に私はうとうとと眠りましたが、姉は襖間《ふすま》を隙《す》けてじっと注意をおこたらなかったそうです。姉の報告ではその間別だん何の変った様子もなかったらしいのです。またその後に姉と話し合ったところでは一通りの世間話や私たちに大へん迷惑をかける事の礼などは確《しっ》かりと応答するそうです。午後になって私と姉とが相談を致しまし

て、一たいどうしたらいいか一つ御迷惑でも先生の御意見でも伺ってみるより方法がないという事になり、私が家を出る支度をしていますと、彼女はまたしても

「警察へお出でになるのではございますまいね」

と言うのです。姉と私とは極力それを否定してやっと安心させた上で、私はこうして学校へ出て参ったのですが、この際、先生、私たちはどう処置したがよろしいでしょうか。精神病者ででもあるようならば、私はやはり簡単に警察へでも届け出て取計らって貰うより方法はなかろうと思うのですけれど、姉は姉でどこまでもその婦人との約束は守りたいらしいのです――実は、自分も不幸なことのあった私の姉はわけは判らぬ乍《なが》らにその婦人を同情しているのでございます」

大場の話は先ず大たいこうである。

大場は歩きながら廊下から話しはじめて、いつの間にか研究室の椅子へ来てかけたまま語りつづけているのを気がつかなかった。話おわってからやっとそれに気づき、同時にそれほど熱心な彼の相談に対して猪股助教授が直ぐにはこれという返事もしてくれないのを少し不満に感じた。

助教授はしかし、大場の話は充分聞いているのであった。ただ助教授の癖として講義の済んだ後ではどうしても新しい葉巻を一本くゆらせずにはいられない。そうしてその葉巻が今はちょうど半分以上白い灰に化して、ここからがうまいところに成るのでその間は返事をしたくなかっただけなのである。その煙草を助教授が口から放すと葉巻の灰は、ゴソリと助教授の脚を組み合したズボンの膝の下に落ちた。助教授はそんな事には一向無頓着らしく、やっと口を開いた。

「その女は妊娠していないのだね。そうらしいね。それから、年も十九や二十ではあるまい……」

「え、もう二十四五かと思います」

「そうだろう。――してみると赤ん坊の泣き声の幻聴を聴いても、これは単なるグレッチェンではあるまいな」

「は？」

大場は単純ないい学生だった。文学などというヘンなものを読む習慣はなかった。だから彼は傑作ファウストのなかに出て来る有名な少女を知らなかった。そうしてグレッチェンという音《おん》を聞くと、何か精神病学上の術語かと思ったのだ。

「なに」助教授は言った「若い娘なら私生児でも流産させて煩悶《はんもん》しているのかと思ったのだがね——それだけ年をとっているなら、も少し深いわけがありそうだね」

助教授はそう言って、まだ七八分残っている葉巻の最も美味な一服を深く吸い込んだ。その煙を吐く脣《くちびる》に助教授はかすかに微笑を浮べたと思ったら、その序《ついで》に彼は言った。

「君、君は人が悪いぞ。大切なことを言い洩らしているよ。——何、そんな真面目な顔をする事はないが、君、その婦人というのは相当に美人だね。そうだろう。ハ、ハ、ハ」

大場は蒼白い顔を心持ち赤くした。

「え。……ま、美人です。美人の方でしょう」

「そうだろう」

助教授はちょっと得意の色を顔に表わしながら言った。

「君はその外の事は詳しく言った。ところが、君の心に重要な影響と、刺戟を与えている点にはわざと一言もふれない。人間共通の心理さね。——それに何だぜ、君は当惑そうには話さないで、熱心に話しているぜ。問うに落ちずして語るに落ちているわけだ。

ハ、ハ、ハ」

学生時代から秀才の名が高くて卒業すると間もなく助教授になった猪股博士の評判どおり頭のいいところと、又これも評判どおり変人のくせに常談を好むところを、大場ははじめて知った。

「さあ、行って見よう。美人なら君、僕も出張して診察するを辞せんよ」

助教授はなおも笑いながら気軽に立ち上っていた。

予言者の事

猪股助教授と学生大場とは、間もなく来た省線電車のなかに並んで座席を見出した。そこに落着いた時、疾走し出した電車のなかで猪股助教授は話題を見出して言った。

「きょうの私の講義には、それじゃ出席出来なかったのかい」

「は。急いで家を出たのでしたが何しろそんな事情でつい間に合いませんでした」

「それは残念なことをした。ちょっと面白い患者の例を示したのだがね」

「何でも外国人だとかで」

「そうだよ、ドイツ人で。自分で神だとも予言者だとも名乗っている男なのだ。その先生に一場のお説教を聞かせて貰ったわけなのだがね」

「さっき、廊下で、先生の御出になるのをお待ちする間に、ちょっと、友人に聞きましたところでは、その御説教が何だかむずかしいので、学生にはよくわからなかったらしいのですよ――言葉そのものがです」

「なるほど、然うかね。そうかも知れん。物理や哲学や批評的な術語やら、それにドイツの軍隊用語らしいものやら、へんな言葉を羅列する癖があったから――あれも注意すべき症状の一つなのだが、なるほど、医者の本より外には読み習わぬ学生にはわからなかったかも知れないな。でもなかなか面白かったのだ。見たところから既に所謂予言者タイプの衒奇相貌《げんきそうぼう》を完全に具えて、長髪長髯《ちょうぜん》で、自家満足の微笑をいつも漂わしている四十二だという男なのだが、もとは地道な商館の番頭か何かしていたので、無論大した学歴などはない。それが不意にそんなむずかしい言葉をたくさん喋《しゃ》べるようになったそうだが、下地は無論以前からあったに違いないのに、それが素人目には気づかなかったのだね。不意に婦人などのいる真面目な社交の場所で猥褻《わいせつ》な行為をしたので精神鑑定をした結果わかったのだ」

「説教をする予言者が猥褻な行動をするんですか」

「そうなのだ。それがな面白いのさ。先ずその喋べっているのを聞くと、まるで自由詩とかいうものを読んでいるようなのだね。孤独、自由、精神的情熱による高翔《こうしょう》、高翔に従って得らるる天界への接近、天界より近く俯瞰《ふかん》する広大なる視野、偉大なる視力。おお、かかる自己に対する信仰と陶酔と……などとやり出すのだぜ。汝等は憐れにも予言者に依らずば神の声を聞く事は得じ。神の啓示を直接に受くること可能なる予は祝福される哉。などという調子でね、まるで聖書の黙示録か何かのように荘重な口調なのだね。所謂語呂《ごろ》――頭韻《とういん》だの脚韻《きゃくいん》だの畳句《じょうく》などというものが自然に豊富に出て来る外国語の場合にはこれが一層はっきりと耳につくね。それを聞きながら逆に考えたのは、所謂詩というものも何か精神病学的な一現象じゃないか知らという事だ。それはともかくも、その患者は、しきりに空間へ指で文字を書く癖があるのだ。それで私は試みに何の為めにそんな事をするのだと聞いて見ると、そういう作用でエーテルに変化を与え、その変化を不朽にして、彼の予言の媒介に役立たせるのだそうだ」

「なかなかむずかしいですね」

「むずかしいとも。いろんな理屈を言うのだよ。物体のラジオは単純だからその原理も現象も誰にでも承認されるが、霊界のことは神秘で複雑だから、このこみ入ったラジオの現象はだれも容易に承認しない。それに人間には小さな自我があってそれが雑音を混じえてしまって、神からの声を聞く邪魔になる。そこで自我を捨て世俗の慾心を脱却した予のごとき予言者が、ラジオのレシーバーとなって、神の声を人々に聞かせるのだ。神は目に見るものではない。ただ耳に聴えるだけであるというところを見ると、患者には幻聴の現象があるらしいのだね。それで、ではどんなことを神が仰言るかと聞くと、神様は大へん不平を仰せられる——古代の人類は神を畏《おそ》れたけれども現代の人間は少しも神を畏れない。ただ人間でありながら人間同士を畏れている。これが万悪の根源だ。人間が何で人間などを畏れる必要があるか。人間にはどの人間にも少しも区別はない。千万に分れてはいるが要するに一つのものだ。その一つのものが互に分離してしまって、その分離し去った者が、それぞれに秘密を抱いて、その秘密のために他の人間を畏《い》怖《ふ》するような結果になる。ところが人間はもともと一つのもので、人が人に隠さねばならぬなどというものは何もない。人間同士は互に愛によって宥恕《ゆうじょ》し合わねばならないのだ。——先ず、大たいこういうのがこの予言者の根本の意見らしいのだ。いや、僕がその患者の思想を翻訳《ほんやく》しているうちに、患者の特有の考え方の影がその勢いや歪《ゆが》みが消えてしまったが、まあ要するにそんな事なのだ。僕はちょっと、実のところ感心をしたよ。予言者らしい言い分だと思ってね——ところがいけない。そんなことを言っているうちに、その例としてつまり彼自身が一切の秘密などというものを撤去する第一着《ちゃく》として、予の無花果《いちじく》の葉をもぎ取ってしまうと、こういいながら、ズボンの股間《こかん》のボタンを外《はず》し出したのだよハハハハハ」

「そのことは学生たちにもわかったらしいのです」

「そりゃわかっただろうさ。動作なのだもの。——その同じ説教や、同じ動作を、突然その患者は紳士淑女たちの居る席でやったのだね。説教のうちはみんな感心して聞いていたところが、不意にそんな事になったので、無花果の葉以後は大騒ぎになったというのだが、それはそうだろうともさ。面白いよ。一たい人間という奴は、むかし神様と悪魔とが戦争を始めた時に、どちらへも味方をしなかった罰で我々お互のようなこんな生活をしなけゃならなくなったのだそうだが、今の患者などは見事にもう人間の領域からはみ出しているじゃないか。つまり人間の持っている神のような性質と野獣のようなところとを露骨に分離して活動させているのだ。——その患者というのはそんな予言をしない時期には、色情が昂進してひどく狂暴になるのだという事なのだね」

助教授はこの患者がひどく気に入ったらしい口吻《こうふん》であった。

大場には、その意味はわからなかったが、ともかくも話に一段落ついたところで、一言平凡な相槌を打った。

「は、面白いですな」

「僕は一たいすべての狂人には非常に興味を持っているのだ」猪股助教授は言いつづけた「職務で興味を持っているのじゃないよ、興味があるからこそ商売にする気になったのだ。――時に君は医学には興味を持っているのかね」

突然のことに大場は、助教授の質問の意味を解し兼ねた。それを悟って助教授は重ねて言った。

「医者になれば、先ず食うには困らぬ――なんて考えで、学校へ入ったのじゃないかね」

「必ずしも、然《そ》うでもありませんが……」

「そうか。それは結構だ。以前我々が学校を選択するころには、よくそんなのがあったものだぜ。そのくせ学校を出ると大多数の奴は食うに困っている。尤も外の学問にくらべればやっぱり飯にはなる方かな。……それで僕が狂人に興味を持つ点だが、天才や狂人や先天的犯罪者などは類似したものだという考えは、もう常識になっているが、一たい精神病などというものは医学で取扱うには困った科目だね。だから一向進歩もしないのだ。寧《むし》ろ心理学から出発しなけりゃならないのだからね。医学的解剖では所謂《いわゆる》精神なるもの――霊なるもののありかは見つからない。医者がこんなことを言うのはどうも邪道らしいが、僕にはどうもそう思える。僕は学生の頃からそう信じていたよ。僕は又、恋愛に陥った人間や睡眠時の夢、子供の行動などというものにも異常な興味を持っているのだ。そんな時間に於て、すべての人間はみな天才的、或は狂人的、或は犯罪者的だね。実際、恋愛や夢の間でも我々は犯罪者によく成るではないか。小児の言動には天才の魅力があるよ。彼等はくだらない人間同士の生活的約束から解放されて生きているのだね。金が儲かりそうだから医学校へ入学するなんて考えは先ず知らないのさ。――今日の予言者の言葉によると、人間仲間を畏怖《いふ》しないで、それの代りに神や悪魔と直面しているわけだね。常識という手綱でひかえられないで、彼等の馬は荒れ馬なのだ。馬の活動振りを見る為めには、手綱がない方が面白いよ。天才の荒れ馬には、羽根が生えていて飛ぶとすれば、狂人のはさしづめ、盲目の荒れ馬らしいね。天才と狂人と犯罪人とは類似している、というのはよろしい。だから、天才などはつまらぬというのは、どんなものだか……」

大場はそっと欠伸《あくび》を噛み殺した。

助教授の話を決して無視したりなどするつもりはないのだが、昨晩の疲労が彼をしてそんな無作法をさせるのである。助教授はそれを見逃さなかった。

「僕のおしゃべりなど無理に相手になる事はないよ。君は僕の話を謹聴しなきゃならないと思っているね。しかも君の体内には疲労素が充満している。こういう状態に君を五時間ほど置くと君の神経衰弱を昂じさせて、君はヒステリックになる。そうして心にもなく、無暗と僕の説に反抗してくるだろう。ハハハハ。さ、遠慮なく、思い切って大きな欠伸をしたまえ」

「……」

大場がすぐには返事も出来ないほど狼狽したのも無理はない。

「まことに、どうも。つい昨晩眠りませんものですから」

「だから僕はおこっているのでは無いよ」

助教授は朗かな温かい調子だった。大場はやっといくらか救われた。そうしてもっと早く言わなければならなかった言葉を思い出した。

「お忙しいところを、わさわざ、それも直ぐにお出を願って、ほんとうに……」

「何も君がお礼を言うことはない。僕は君のために出かけるわけでもなければ、その患者のためでもない。実はね、僕自身で興味があるからなのだ。――行って見ない事には断言は出来ないが、君の話を聞いているうちに僕は、その婦人がきっとひどいヒステリーだろうと思い当ったのだ。僕はちょうどヒステリー患者をひとりほしいと思っている折から、君の話の婦人がもし患者なら申し分なしなのだ。その女は何か深い秘密を持っているらしい。そのためにヒステリーをおこしているに相違ないのだが、僕はその秘密をその婦人に打明けさせて見せるつもりなのだ。この間ウィーンの学者の報告を読んでいるうちに、僕は自分でも一度精神分析法によって治療を施して見たくなっていたのだ。僕は早発性痴呆《ちほう》までそれで治癒出来ると思うほどフロイド流の信者にはなれないが、ヒステリーならば確かになおりそうな気がしているのだ。思うこと言わぬは腹ふくるる業《わざ》というが、ヒステリーはその腹のふくれ切って発酵した奴だと僕も思っている。発酵してその上でいい表現法が見つかったら随分、詩の傑作にもなるような内心の苦しみが、表現方法を見つからないがために、或は見つかってもそれを表現するだけの勇気がないために更にその苦しさが等比級数的に倍加するのだね。だからその表現方法なり、その勇気なりを我々が外から助力してやればいいのだよ。昔はいい方法があったもので――耶蘇《やそ》教のカソリックの懺悔《ざんげ》などというものが、それに役立っているのだぜ。現代では他人の私生涯を針小棒大にあばき出して得たりとする機関は具わっていても、初めから何でも宥《ゆる》すという寛仁な約束で他人の秘密を聞こうという機関はもう無くなった。もっとも婦人雑誌が下等な告白めいたものなどを掲げているのは、別問題さ。自分の重大事を他人の好奇心の餌に当《あて》がうような連中は、最初からヒステリーにはならないよ。ヒステリーはあれで上品な病気だよ、ともかくも彼女に名誉なり道徳なりの影響がある一証左なのだからね。――そんな理屈はまた学校で一席弁ずるとして、君の助けたその婦人というのは、君も既に推察したとおり、何か赤ん坊のことに関して秘密を持っているらしいのだね。それがなかなか単純なものではないだろう。というのはヒステリー患者は、ほかの精神病とは違って意識の過度から生じているものだから、秘密のうちのごく表面だけは何かの機《はずみ》に洩らしはしても、その主要な部分などはどうして、なかなかあっさりと言うものではない。だからその婦人の最後の秘密が赤ん坊だと思っては大違いで、それがほんの入口なのだね」

猪股助教授の言葉はだんだんひとり言らしく低くなり、それから自然に沈黙した。考慮をめぐらしている様子であった。

「ここです、先生。昨夜の場所というのは」

大場は低く叫んだ。猪股助教授はその声に窓外へ目をやったが電車は走《は》せて、彼等の通過する地点を見詰める暇もなかった。またそれは猪股にとっては一向に必要のない事でもあった。

猪股が考え悩んでいたのは、その神経のよほど昂奮しているらしい婦人が、自分から医者の診察を希望したのでないこの場合、彼女は果して喜んで診察に応ずるかどうかの問題であった。恐らくは強く拒絶するかも知れない。医者としての彼の質問にさえも口を噤《つぐ》んで一言も答えないかも知れない。そうしてそれも亦ヒステリー患者としてあり勝な症状でもある。でも大場が彼に依頼した程度の診断ならば、つまり彼女が真の狂人であるかそれとも単に重いヒステリーであるかぐらいの事ならば、ただ観察によってでも知り得るだろう。しかし一歩進んで、それがヒステリー患者であった場合、彼女の胸底の秘密を一体どんな風にしておびき出したものだろうか……

電車は×××の駅にとまった。大場の話に出た踏切りに出た時に猪股はやっと思いついた。

「君、大場君。君の姉さんは、何か不幸なことのあった人だそうなね――君は、たしかそう言ったね」

「え。……そうです」

大場は少したためらったが、猪股はそんな事には頓着しないらしく、

「それはちょうどいい。姉さんに頼んで、その婦人の――君が昨晩つれて来たという美人の秘密の糸口を捜し出してもらえそうだ」

「先生、こちらへ曲るのです」大場は夢中でつかつか歩く猪股に道の案内をしながら言った「精神分析というのは一たいどんな事をするのでしょう」

猪股はさっき電車のなかであれだけ話した筈の事を、学生がまだ充分に呑み込んでいないらしいのに心中よほど不服であったが、平生《へいぜい》はそれほど不出来でもない大場のことだから、彼の疲労が彼の頭脳をそれほど不明晰にしていることを知って、寧《むし》ろ気の毒になった。

「だからさ。つまり糸巻きの上でへんにむすぼれて仕舞った糸を、解きほぐすようなわ

けなのだよ。いずれゆっくり説明をして上げる――いや、多分実例でもって見せられるだろう。……君は、何だね飛んだ拾いものをして大分心配をしているらしいな。だが僕には何だかいい見つけものらしいよ」

「は」

大場は無意味にそんな返事をしたが、彼の心のなかには未だ名も知らない昨夜の婦人の顔が浮かんでいた。彼女はふとした拍子に、へんになまめかしい媚びるような眼差で彼を見たり、そうかと思うと冷淡なまた厳格な様子に変ったり、表情のその顕著な変化がこの若い学生には不思議に印象された。彼は、彼女がもし醜い女だったらきっともっと当惑し或は腹が立つだろうなどと思ってみたりしていた。

助教授の指図

猪股と大場とは、靴音をひびかせて立ち止まり、大場の家の格子を開けた。同時に、家のなかからは一つの叫び声がして、次には狼狽したひとりの女が玄関へ走り出て来た。

「まあ、如何《どう》しましょう！」

「どうしたの、姉さん！」

うろたえている女は大場の姉であった。奥の方からは呻《うな》り声が洩れていた。

「あの方が、昨晩のあの方が、気絶なすったのよ」

「え？　気絶？」

すべての人の頭には、疑問の女が人知れぬ間に何か毒でも呑んだのではないかという閃《ひら》めきがあった。猪股助教授はさすがに沈着であった。呆然としている姉と弟とにはかまわずに、さっさと靴を脱ぐと、ひとりで奥へ入って行った。茶の間には誰もいなかった。次の座敷になるほどひとりの若い婦人が倒れていた。猪股は彼女をじっと見つめていたが、直ぐ茶の間に引返して、そこにまだ突立ったままでいる大場姉弟《きょうだい》を手で制した。

「大丈夫。何も心配する事はありません」

猪股は大場の姉にむかってそう云うと同時に、大場を招き、それから倒れている女の方を指差しながら、小声で言った。

「よく見たまえ。あれが所謂ヒステリー弓《きゅう》だ。心配はいらないよ。それに僕はもうわざわざ骨を折って診察するまでもないわけだ。よく見なさい。頭を反らして後頭部と足とで全身を支えて、全身が弓状に張り切って曲っている。あんな形はしているが着物の裾などは注意をしてそうはしたない様子はしていない。癲癇《てんかん》やなどと違ってちゃんと意識して倒れたのだからね。それからあの手だ。握っているだろう。拇指《おやゆび》を外側にして普通に物を摑む時と同じだろう。癲癇性の痙攣《けいれん》なら拇指を掌の内へ握り込むものだと言われているよ。――これは典型的なヒステリー性痙攣発作だよ」

「まあ！」驚いていた大場の姉は先ず歎声を発して「ヒステリーというものは、こんな事になるものでございますの」

猪股は黙ってうなずいて、やはり低い声で言った「あまり、大きな声で話してはいけませんせん。患者はあれで周囲の事情を気がつくのです。それにしても、こんな発作をおこす前に、何かショックを受けたに違いないのですが……」

「さあ」大場の姉は猪股の注意で今度は精一杯声をひそめて言った「わたくし、さっきから襖《ふすま》をすけて注意して居りましたのですけれど、別にこれという事もございませんでした。ただあなた方のお靴の音がすると、『あ、到頭《とうとう》！』とか何とかそんな事を申したきり、倒れたのでございます。ですから私は亦、到頭なにかお薬の利き目でも現われたのかと存じまして本当にびっくりいたしました」

「姉さん」大場が言った「これは猪股先生、精神病学の」

相手の丁寧な礼に対して、猪股は書生流の簡単な礼を一つした。そうして彼は今度は、今までのような囁きではなく大きな声を出して話し出した。

「わたしは医者として、君たちにお差図をしますが、隣室の婦人を決して警察の人などに渡さないようにして下さい。そうして病人ですから、なるべく気にさからわないように親切に介抱をしてして下さい。少し興奮はしていますけれど、しばらくするとすぐ常態に復するだろうと思います。あの婦人が君たちに望まれるところは、必ず意にまかせて上げなさい。これは呉々《くれぐれ》も注意して置きます」

猪股はそれらの言葉を大場たちに話すというよりも、寧ろ一種の暗示として隣室の婦人に聞かせ、彼女を安心させようとするらしかった。大場はそれを悟ったので答えた。

「は。畏まりました。そういたします。約束した事もございますから、それは充分に守ります――先生のお差図に従いまして」

猪股はその間にも、隣室に倒れている患者に注意しつづけていた。

彼女の年齢は大場もいうとおり二十四五ぐらいであろう。そうして大場もこれを認めたとおり、彼女はひどくやつれてこそ居たけれども美しい顔立ちであった。もしこんな状態にさえ居なかったなら彼女の容貌は華美なものであったかも知れない。固く握った手は白くそれは見えている限りに於て彼女の肉体のなかでも最も美しかった。その手——右手であったが、その指輪も何も嵌《は》めない手がすっきりとして、関節に骨ばったところなどは見られなかった。それは働くことをしない人の手に相違なかった。猪股は衣服のことは全然知識もない。しかし、それもなかなか立派なもので、袂からこぼれ出て現われた襦袢の袖ははなやかであった。頰は紅潮して、けれども光った片頰には青い影がさしていた。それは障子の外の茂った葉桜の反射であった。見ているうちに仰臥《ぎょうが》していた彼女の身体は横向きに倒れ、そうして気がついて見ると、もう呻吟《しんぎん》する声が洩れなくなっていた。

猪股は、そっと立って患者の方へ近づき、上から患者の顔をのぞき込んでいたが、再び、隣室へ帰って来た。

「嗜《し》眠《みん》状態に陥ったらしい。尤もこの種の患者では眠りながら意識が比較的明瞭で、聴覚過敏な特別の病型があるものだ。しかし、この患者は普通の嗜眠状態らしい。僕の足音に対して何の反応も表さなかったからね。好都合だ。この間に言って置くけれども、実際何か深い事情のある人で、警察などへつき出されては困るらしいのだね。僕達の足音でおどろいたのも、二人づれで来たので、何か警官でもつれて来たと思ってびっくりしたのかも知れない。僕の考えでは、当分、出来ることならここへ迷惑でもとめて置くより外に方法はあるまい。もし取扱いに困って警察へ訴え出るとしても、一週間やそこらは警察でも身元はわかるまいと思う。見たところこれだけの身分の家庭の人なら、家庭的交際も相当あるだろうから、家出した後でも家庭ではまず四五日はその方面を捜す。いよいよという事になって警察へとどけ出る順序になるだろうから、また四五日は警察方面でもこの人の身柄はあつかい兼ねるだろう。少くともそれまででも置いて見て下さい。それから大場君は今夜一つ熟睡したら、後で精神病学の教科書を出して、ヒステリーのところと早発性痴呆の条とをよく調べて、患者を観察して置いてくれたまえ。正しくヒステリーだが、早発性痴呆《ちほう》と似たところのあるものだから、憶えて置くがいい」

「それから」猪股は大場の姉の方へ視線を向けて「あなたにも一つお頼みがあるのです。あの婦人にどうかなるべくたくさん物を言わして下さい。出来るだけあの婦人の私生涯を知りたいのです。病気を治すためにはその必要があるのです。それには無理に聞いてはならないのです。質問の形はなるべく避けたいのです。その代りに、寧《むし》ろあなた御自身の身の上話でもあの人にして聞かせて下さい。なるべく本当の事を、いや本当の話をなさって下さらなければ駄目です。あなたが御自身で恥しいとお思いになるようなところまで、思い切ってお打明けになって下さい。そうすれば同性同士ではあり、あの婦人もある程度ぐらいまでは話しもするだろうと思いますから」

「はあ」

大場の姉は何故かうなだれて、消え入るような声であった。大場も気の毒そうに姉をながめた。猪股はそれを不思議に思いながら、けれども何気なく元気のいい声で

「いや、失礼。では、僕はもうこれで帰りますからね。患者はまあ、あのままにして置いてみたまえ。大丈夫だろうから。それに眠らして置けば、覚めてからは幾分落着くだろう。じゃ、また学校でも会いましょう」

猪股はもう立ち上っていた。

大場姉弟は慌てて玄関へ見送りながら姉は言うのであった。

「まあ、ついお履物も直さずに」

「いやいや」猪股は靴をはきながら「履物といえば、あの婦人の履物はありますかね。――ちょっと見たいものだが」

猪股は妙なことを言い出した。そうして下駄箱のなかから取出されたフェルト草履を、手にとって裏を見たり表を見たりした。

「どうです――僕にはわからぬが、これは上等の品物じゃありませんか」

「どうです、姉さん」

「結構なのだと存じますわ、わたしにもよくはわかりませんけれど」

「履物を見てお人柄を知るんだってね。都会の人間は着物だけじゃわからないって――僕の叔父は田舎の町で宿屋をしているよ。ハ、ハ、ハ。それにごらんなさい、まだ新しいもので、そこらを歩きまわったものではない。多分あの婦人は昨日の午後か夕刻にでもうちを出て、大して方々をうろついたわけでは無いのでしょう。――そうそう。それから大場君、急に親密げな言葉を使ったり、なまめいた目つきなどをするのも、ヒステリーの特徴だからね。――いや、お邪魔しました」

猪股はもうすっかり型のくずれた帽子を頭の上へのせる序《ついで》に、軽く一礼すると、相手が挨拶をする暇も与えずもう格子戸に手をかけていた。

そそっかしいような周密なような、軽佻《けいちょう》なような気むずかしげな、また親切なような不親切なような、不思議なのがこの人である。その噂も高いし、事実また変人であった。

「千秋《ちあき》さん」
・姉は、客の靴音がもう消えてもまだ、玄関に手を突いたまま、これもまだ、そこに立っている弟に言った。
「あなた、来る途中で先生にわたしの事など申上げたのじゃないわね」

「あたり前さ。——何をそんな」

「それならいいけれど。でも先生は、わたしにあんなことを仰有《おっしゃ》るのですもの」

三十を過ぎて、不具でもない者が、下女代りを弟の家でしているのを見れば、言わずとも事情のある人だと判るではないか。それならばこそ、姉の不幸な身の上でぐらいな事は言わなければならなかったのだ……大場は、姉にそう言いたかった。しかしそんな弁解もしにくいほど彼の姉——時子はその過去を恥ていた。それを知ればこそ弟も気を遣うのである。

「ほんとうに目の鋭い怖いような方ね」

「あ」

大場も全く同感だった。「急に親密げな言葉を使ったり、なまめいた目つきなどをするのも、ヒステリーの特徴だからね」最後にそうつけ加えた一句が、大場には強く耳に残った。彼は助教授にそんなことを説明した筈はなかったに、助教授はちゃんとそれを最後に何か注意するごとくわざわざ指摘したような気がしたのだ。

それほど意味なく言ったことをそれぞれに人は特別に聞くものだ。この姉と弟とに不気味なように思われている猪股は、必ずしもそんな深いつもりで言ったのでもなかった。だから猪股は自分の言葉などはもう思い出しもしなかった。ただ彼は自分でも殆《ほと》んど無意識に言ってしまった一句を、今も歩きながら自分で問題にしているのであった。「僕の叔父は田舎の町で宿屋をしているよ」なぜ、あの時あんな事を言わなければならない必要があっただろうか。全く何の必要もない。実際あまりに唐突で、聞いた方ではおかしいと思ったかも知れない。――いや、叔父の宿屋と下駄を見たこととと関係がある。下駄を見ようと思った時から、叔父の事は念頭にひそんでいたのであろう。そう思えば下駄を見ることとその事が、事実何もあの場合必要という程のことでは決して無かったのである。

猪股は自分で自分の精神分析を試みつつあった。そうしてもう十五年も前にすっかり忘れ去っている筈の叔父を、容易に忘れずにいたことには大して不思議はなかった。その人とはお互に感情を害し合ったのだから、折にふれて何かと思い浮かべるのは当然ではあるが、もうよほど暫《しばら》く思い出す機会もなかったその叔父を思い出すのに、今日が適当な折であるということはどうも合点がいきにくい。普通こんな場合、人は漫然と「偶然に」といって仕舞う。猪股は単に偶然では済まし切れない。何かそこに必然的にそうでなければならなかった理由があるだろうと考えつづけるのであった。

大場の家を出ると直ぐ考え出して、彼は電車のなかでもそれを思いつづけていた。気になったからではない、一例として試みに考察するのだ。

……県庁の小役人をしていた父は、彼が九つの時に任地でチブスの為めに死んだ。母は間もなく彼を残して再縁した。故郷にいた父の弟が彼を引取って育てた。叔父は中国地方のちょっとした都会で相当な旅館を経営していた。彼はそこで叔父の家の手助けをしながら――といってさすがに玄関で客の下駄を揃えさせられた記憶はないが、土地の中学を卒業した。多感な少年であった彼は、彼を残してどこかへ行った母に対して不満を抱いていた。彼は文学を勉強したいという希望をもった。彼の血族のなかには、文学などというものが世の中にあることさえ知っている人もない程であったから、彼のそんな性情は彼の家系のなかでは突発的なものであったに違いなかった。しかし叔父は無論そんな馬鹿な学問を彼にさせることを拒んだ。学業優等でしかも不具でもない人間がそんなつまらぬ志《こころざ》しを持つ法がないというのが叔父の意見なので、叔父は彼に医学を修めることを命令した。それに従わなかったら学資は出して貰えないので彼は叔父の意志に反《そむ》くことが出来なかった。高等学校の学生になった時彼はニーチェ哲学の心酔者になった。大学を卒業すると叔父は彼に開業医になることを期待していたのに、彼はもうひとりで勝手に研究学科を選定していて、叔父の意向《いこう》などは眼中になかった。彼と叔父とは感情を害し合って、叔父は物質的の補助はもうお断りだと言ってよこした。彼は無論叔父の言い分を最初から覚悟していたので今更驚かなかったが、窮乏を救う方法として語学の読めるのを幸いにさまざまな翻訳の下仕事をした。心理学や哲学の書物はもとより、絵画史や探偵小説の訳までしたものであった。彼は全く世に隠れたるブックメーカーであった。その生活は四五年もつづいた。

——これが猪股助教授の過去の輪郭である。そうしてこれを聞けば、察しのいい人は猪股の風変りな性格と多少突飛な思想との由来を、或る程度までは了解するであろう。

　猪股は今更用もない自分の過去を展開してみて、その心のなかで一本のフィルムをほどいた。仔細にそのなかを覗き込んで見たけれども、そのどこの隅にも今日特に、それも大場の玄関で叔父を思い出さなければならない理由になるようなものはなかった。強いて考えれば大場が余裕のある学生々活をしているらしいのを見て、猪股は彼の不足勝なころの学生生活を無意識のうちに回想して、それが叔父を思い出させていたのかも知れない。それとも大場の家にいた二人の女たちのうちの誰かが、叔父の家の娘たち――三人の従妹の誰かにでも似ていたろうか。猪股は彼女たちを思い出して見た。どこにも類似するものはなかった。猪股は「偶然」の研究をやめた。そうして彼の心のなかのとり散らかした様子をながめているうちに或る一派の新しい画のことを連想していた。それには楽器の一部分や窓や巻いた紙のようなものや、又活字のある新聞の一部分や椅子の背中などが、いずれも切れぎれにほんの出鱈目《でたらめ》に組合せてあって、それによって一つの室内を暗示――或は描写している。とても今までの絵の概念では了解出来ない代物《しろもの》だが、実際、人間の心のなかにはまるであの流派の絵のように、雑然と切れ切れにさまざまなものが置かれてある……

一週間の後

大場の猪股助教授に対する日々の報告は、行き届いた観察があって猪股を満足させた。しかし大場のその報告を一々ここに記入することはそう我々には重要ではあるまい。要するにあの奇異な婦人は猪股が考えたとおりヒステリー患者であったことが明瞭になった事を知り、序《ついで》に一週間程の間のその経過を摘記するだけにする。

昏睡した彼女は十数時間の後翌朝になって目をさました。彼女はその後殆んど無言で食事を拒みひとりで居る時には普通の状態で臥床しているらしいのに、人が行くと苦悩の表情を示した。しかし二日目には食事をし、床から起き、大場にはあまり口を利かなかったけれども、姉に対しては時々話をした。その日の夕方食事がすんで燈をともす時刻に、彼女は大場姉弟に向って、再び大場の家から解放されたいと申し出た。解放という言葉を使った、彼女の言い分によると、こんな見ず知らずの人の家に幾日も世話になっているのは本意ない事だし、もう死ぬことはやめたのだ。しかし彼女は家庭に帰るつもりは少しもないので、大場の家を出たら自活の方法を講ずるつもりだと云う。大場の姉は巧みにそれをなだめた。自活の方法を講ずることには大賛成の意を表した、しかしその為めにはも少し体を強健にする必要があるし突然出て行っても方法はすぐ見つかるというわけではないのだから、新聞の「人を求む」という欄でもよく注意をして適当なものを捜し得てからでも、この家を出るのは決して遅くはないと説き伏せた。彼女は急に泣き出して言うには、

「あなたがたは、どうしてこうまで私に親切にして下さるのでしょう。私は世の中の誰からも見放されていい女なのです。あなた方が私にそんな好意をお見せ下さるというのもつまりは、あなた方が私というものを御存じないからなので、そうだとすると、その為めにも――あなたがたの御好意をいつまでも失い度《た》くないためにも、私は一切私の身の上を明してはならないのです」

彼女はそれっきり口を利かなくなって、殆んどその一晩泣いてばかり居たようであった。大場はそこで註釈をして「姉に言わせるとあの女はまるで子供のようだ、子供が駄々をこねているようだそうです」

その翌日から、彼女は時子《ときこ》とは特別に親しくなり、なつかしげに「お姉《あね》えさま」と呼

ぶようになった。そうして些細なことまで一々時子に相談をし、その命令に従うのを喜ぶ風が見えた。時子は大場に向って彼女のことを「親しくなってみると可愛い性質の人のようだ」と評した。彼女は絵を描くことが好きだと見えて、クレオンを欲しいと言い、人の顔や花などをノートブックに描いては遊んでいる。それはうまいのだか拙いのだか、大場が見ようとすると帳面の上に体を伏せてしまったりして見せないので、絵はまだ一度も見た事がない。

ともかくも、大場の家に慣れたのか、彼女はよほどあつかいよくなった。それでも彼女はまだ名前一つ明さない。こういう状態で一週間を経た。

「やっと居つくことになったわけだね。それはまず成功だ。ところでまだ名がつかぬ次第か」そう言ったが、猪股は急に笑い出してしまった。不審げに見つめた大場にむかって、やっと笑いを止めた猪股は言いつづけた「何、なんでもないのさ。——僕はついあの美しい患者を、まるで捨て犬か猫の子のように思ってしまっていたのが、自分でおかしかったのさ。でも、その素性や前身をまるで言わない——言えないところが拾って来た猫を連想させるではないか。ところで犬や猫ではないからこちらで勝手に名をつけるわけにも行くまい」

「ところがです」大場は微笑を帯びて言った「あの婦人は、姉が名を聞くと答えないで、何とでもいい名をつけて頂戴といったそうです」

「そうかい。そうしてもう何とか名をつけたのかい」

「まさか、そうもなりませんので」

「それでは、今に僕がいい名をつけて上げるよ。待ってい給え。ところで何だぜ、君も教科書を見たら無論気がついているだろうが、まるで小供のように可愛いのや無心で画を描き耽《ふけ》っているところなどは、彼女の性格ではなくて寧《むし》ろヒステリーそのものの性格なのだからね。所謂、精神上の幼児型と呼ばれている奴さ。そんな風にいくらか平静になっているようならそのうち僕も、もう一度見に行こう。それにしても、もう警察へ届け出てもいい時分だろう。多分捜索願いが出ていたら、それには必ず家出人の名がある。その名を憶えて来て僕に教えたまえ。それから君は、言うまでもない事だが警察へなど立寄ったような顔をしてはならないよ、姉さんにも黙っていた方がいい。姉さんにかくす必要はないのだが、姉さんが知っていると、つい患者と話でもしているうちにうっかり、それとなくそんな暗示のある事を言ってしまわないとは限らないから、結

った。

「はい、判りました。では、然《そ》う致しましょう」

こんな会話の後に、大場は助教授の研究室を出ると差図されたとおりに警察へ立寄った。

受付にその旨を申し出ると、ちょっと待っていろと言われたきり三十分ほどそこで待たされた。そのうちにその係りの主任かと思える警官が出て来て、彼をごく小さな一室へ招いた。大場は一とおり話をすると、警官は大場の顔を見ていたが、小声で
「実に怪《け》しからん」

と言った。それから大場の身元を訊《き》き正し、家出人を発見した当時の事を重ねて詳細に語らせ、聴取書をつくりはじめた。捜索の願い出があるかどうかを知りたいという大場の方からの質問などにはてんで答えては貰えなかった。

捜索願いの有無のごときは大場の問題とすべきところではなく、家出人を見つけたならば早速届け出るのが義務ではないか、と警官は言った。

「実に怪しからん」と云われた意味が、大場にもやっと少しずつわかって来た。

大場は煙草を吸おうとして、その一本を口にくわえマッチを出そうとすると警官は

言った。

「君、やめ給え。訊問に答えるのに煙草を吹かす奴があるか」

大場は黙って煙草を口から放した。

警官は言いつづけた。

「四月の十七日と言えば、今から二十日前……」

「いや違います。十七日ではありません。二十七日の夜です」

「それにしても十日も前だ」

「いいえ。一週間前です。ちょうど前週の今日なのです」

「そんな些細なことはどちらでもいい。十日前であろうと一週間前であろうとこの場合同じ事だ。ともかくもそんな危険な家出人をつかまえながら、なぜ即刻届け出ないのだ」

「それは……」

「いや、黙って聞きなさい。たといどんな夜中であろうと、最寄りの交番ぐらいへは申し出るのが当然だ。人がひとり死のうと言っている非常の場合であって見れば、夜中も何もあった筈のものではない、尤もそれもせめてその翌朝だというのでもあるならば、不審ながらまだ弁解の余地はあろう。それを何しろ一週間も十日も……」

「一週間です。十日ではありません」大場は強い口調になった。

「どちらでもこの場合同じだ。そんな家出人を名前も何も知れない婦人を、しかも若い婦人を、学生の身分でありながら、勝手に数日も留め置くとは、君、いかにも非常識ではないか。人民を保護するにはそれぞれに機関がある。たとえその婦人が何と言おうとも、なぜ君はその人民保護の機関たる我々の手に即刻引渡さないという方はない。よくある事だ――そんな危急の場合を助けて恩に着せて置いて、誘拐する意志があって、監禁して置いたと疑われても文句はない筈だろう」

「監禁して置いたものがどうして届け出ますか！」

「手におえなくなって今時分申し出たのだろう！」

大場は珍らしくも温和な青年であった。この途方もない誤解には充分に怒気をふくんでいたが、然し相手の言い分のなかにも理屈があるような気がした。それほどこの青年は気の練れた人物であった、大場は黙っていたが暫くして、やっと思いついたので言った。――どうしてもっと早くこんなうまい事を言わなかったのだろうか。

「それは、僕の考えではないのです。僕の姉の意見で一晩家にとめたのです。それからあとは学校の猪股博士のお差図に従ったものです。きょうここへ届け出たのも博士の言いつけなのです」

「あ?」大場の言い方は確かによかった。訊問者は気勢を殺《そ》がれた形であった「何博士?　誰とか言ったね」

「猪股博士です。精神病学の助教授です」

「ウム」訊問者はしばらく黙ったが再び口を開いた「嘘ではないだろうね。猪股何という方だ」

「猪股猪之介《いのすけ》博士です」


猪股助教授は学校から退出しようとしているところを、××警察からの電話を受け取った。警察は猪股を呼び出したのである。呼び出しというよりもそれは来訪の希望の承諾を乞い、そうして即刻それを実行して欲しいという、まわりくどいほど丁重《ていちょう》な挨拶であった。猪股はすぐに通りかかった円タクを捉えると××署へ走らせた。それが大場の届け出と何かの関係があるとは思ったが、彼が出頭しなければならない理由というものが猪股にも無論、想像が出来なかった。

警察の一室で、しょんぼりとしていた大場を猪股が見出した時には、大場は異常にふさぎ込んでいた。この温厚な青年は、どうかした機《はずみ》、後になってだんだん腹が立って来る癖があった。多分、自分がもっと早く怒るべきであった事を怒らずにすましてしまったのを後悔して、卑屈に似た自分自身が腹立たしくなって来るのに違いなかった。大場は猪股の顔を見るなり、目をかがやかして活気づいた。誘拐だの不法監禁の疑いだのと、その不平の一端を洩らしかけた。しかし、そんな話をするひまもなく、猪股は別の部屋へ案内された。やがてつづいて大場もそこに呼ばれたが、そこは署長室らしく、見るから今までの小さな暗い不潔な室とは趣が違っていた。椅子にはとにかく布が張ってあった。そんなことよりももっと相違したものは応対の態度であった。署長はわざわざ立って大場をまで迎えてくれ、椅子をすすめ、灰皿とマッチとを彼等の方へ押し出し、直立して居る署員に対して、お茶をさえ命じた。大場は無頼漢から紳士に一躍したのを感じた。この一足飛びの待遇は世故《せこ》に暗い純粋な青年の心持を更に不愉快にした。

「どうもこのごろ学生の風をした不良の青年が多いものだから、署員も神経過敏になっておりましてな。しかし猪股博士が御出下さるとなれば、話はもう充分にわかって居りますので。――さあ、まあ一服どうです」

署長はそういいながら卓上の小箱をあけて、そのなかから一本自分でもつまみ出しながら、それを猪股と大場とにもすすめるのであった。大場は黙って自分の煙草を出してそれに火をつけ、猪股は彼の唯一の贅沢ともいうべき葉巻を燻《くゆ》らしはじめた。猪股には無言のうちにも大場の神経が少しずつ彼に伝わって来るのが感じられた。

「ところで」署長は言った。

「只今も係の主任の者から伺いましたが、面倒な婦人を数日間もお留め置き下さったそうで、さぞ御迷惑でしたでしょう。実はその点に就てですがな。もっと早く一応こちらへも御通告があるとよかったように、主任の者が言っていますよ」

「なるほど」

猪股は日頃に似ない重い口調で言った。

「それは仰せの通りでした。ただ患者は病的に警察なるものに対して厭悪《えんお》の感を抱いています。それであの場合、いや今日の場合でも、あなた方がお出下さっては、患者の病勢を募らせるに相違ありませんので、私は医者として専《もっぱ》らその点を危惧して勝手な計いをしたのです。しかし医者としては決して不当なことはしなかったと信じます」

「は？　患者ですって？」

「え。あなた方には自殺未遂の家出人で、それが私にとっては重いヒステリー患者なのです。この病気さえなおれば自殺も思いとどまり家出もせず、又警察を不快に思うなどという感じは一掃されるのです」

署長はその容貌と同様、性格も円滑に出来ているらしかった。職掌《しょくしょう》柄《がら》にも似ぬ社交家であった。猪股助教授の突っかかるような言葉をおだやかに受附けて、ただニコニコと対応していた。四十を大して越えたものとも思われぬのに、これほど熟達した交際術は生得のものだか習得したものだか知らないが、いずれはこの人の出世を早めるのに有力だったには違いない。そんな事を考えながら大場は、署長と助教授とを見くらべていた。

猪股は事情と理由とを一通り説明してしまうと、最後に言った、

「そういうわけで、せめてその患者の姓名や身分だけでも知りたいものです。それを手がかりにして患者の内面生活にも触れる材料を得たいのです。多分もう捜索願いも出ていそうに思われるのですが、あなたに出来る権限で、この患者を私に委せて欲しいものです」

「……」署長は先ず無言で大きく頷《うなず》いて置いて「それらしいと思う婦人の捜索方を願い

出て来ていますよ。何もかも符合します。本来なら、その家出人を早速に署までつれて来るのが順序でありますが、先刻来の詳しい御意見に依ると、なるほどそれでは結果が面白くなさそうですし、且つあなた方がお救いになったのがその婦人に違いないなら……」言いかけて置いて、署長は卓上のベルを鳴らした。

直ぐに一人の署員が制服のホックを掛けながら室に入って来て直立した。署長は命じた。

「ちょっと主任に話して、青野家から出ている捜索願いを持って来たまえ。写真が必要なんだ。よろしいそれだけ」

署長はすぐ再び猪股の方へ向直ってニコヤかに、

「只今写真をお目にかけますが、その当人に相違ないようなら、御意見も拝聴した事ではあり、方々《かたがた》何しろ名家の令嬢でもありますから、ええ、便宜な処置を考えましょう。――いかがでしょうか。一つ青野家の家庭の方と御面会の上、博士の御意見を直接御伝え願えるといいですな。実は、その婦人は青野男爵家の令嬢らしいのでしてね」

「青野男爵家と云いますと？」

猪股は問い返した。大場も沈黙のまま質問の目を署長に向って輝かした。

「海軍大将で此花会《このはなかい》の青野さんです。尤も閣下は先年——たしか地震の折に別荘で亡くなられましたな。当主はつまり令嬢の令兄ですが、軍人でもありませんし、政界にも出てはいられませんな。何をしていられるのか……」

ノックの音がしてさっきの警官が再び室に入って来た。書類を卓上に置きその外にはもう用がないのを知ると一礼して出て行った。署長はその書類を開いて、綴《と》じ込んであった写真を示すと、覗き込んだ大場は先ず口を開いた。

「そうです。確かにこの人に相違ありません」

写真はもっと若く、もっと艶麗に、快活げにうつっていたが、正に別人ではなかった。

署長は卓上の電話機を手にとると通話しはじめたが青野家に掛けているのである。それは先刻、猪股が受けた電話に比べて更に三倍は丁寧であった。それによって先方の電話に出ているのはきっと、先代の未亡人か、でなければ当主自身であることを、猪股は知ることが出来た。

青野男爵

青野家の邸はどこにあるのだか猪股は知らなかったが、決して遠方ではないと見えて電話をかけると二十分経ったか経たないうちに、自動車の停った音がひびき、署員が名刺を取次いだ。署長は自ら立って室の扉をあけて迎えたので、猪股はその人がまだ見えないうちから、それは男爵自身に違いない事を知った。

新しく室に入った紳士は、正に男爵その人であったが、しかし猪股の予想とは全然違っていた。猪股も亦先入見に囚《とら》われるのだ。父が海軍大将である事、男爵の当主である事などが、猪股にふとそんな予想をさせたに違いなかったが、実際の男爵その人は決して堂々たる風采ではなく、小柄な又その妹には似ずに寧ろ醜い顔であった。そうして何より予期に反した事は、威張ったところなどは少しもなく、非常に内気らしく怯々《おずおず》して伏し目勝に室へ這入って来た。

「これは、早速にどうも御自身わざわざ御出向で全く恐縮で……」

署長の会釈に対しても、男爵はものを言わずのその代りに、低く腰を折り、またすすめられた椅子にかけるに前《さき》だって、猪股と大場とにも署長に対すると同様に鄭重に礼をした。風貌が立派でないせいであろう、その年齢は三十から四十までの間のどの年にも思えるのであった。彼は署長の説明を聞き入って、時々ただ「なるほど」「なるほど」と答えるだけであった。その答えはしかし適当なところへ加えられたので、猪股は男爵が決して頭の悪い人物ではない事を見た。ただ異常に人に馴染《なじ》まない性格らしく、伏せている目を時折不意にチラチラと閃めかせて、猪股や大場を見る様は、用心深く人を疑っていることを語っている。

署長は一とおり話した上で、猪股を男爵に紹介した。

「いろいろ御心配をおかけ申して、まことに面目もない次第で」

男爵はそう言って、礼儀として無理に笑顔を見せた。

「どういう御事情かは存じませんが、定めし御心配で。御令妹《ごれいまい》は、けれども、単にヒステリーにかかっていらっしゃるだけですから、治療の如何んによっては、きっと以前のように御快活な方になられるだろうと思います」

猪股は言葉の序《ついで》にそう慰めたが、男爵は歪んだ笑顔を再びつくって見せながら、機械的に言った。

「有難うございます」

猪股は男爵の打解け難い様子を察して彼の妹の家出の根本には、単に彼女ひとりだけの問題ではなく家庭全体によほど根柢の深い何物かがあるのを感じた。そうして男爵の口からは、恐らく何の暗示も得られそうもないのを直感した。しかし、猪股は言うだけの事は言わずにはいられない。彼は出来るだけ親切に、彼の信じているところのヒステリー治療法の講義を男爵にしはじめたのである。

男爵は謹聴していたが、そっと帯の間から時計を出した。それは猪股の講義をもうやめさせたいからに相違なかった。男爵は明かに当惑げであった。

男爵は正《まさ》しく猪股をしてこれ以上口を利かせることを好まないらしい。

猪股はそれに気がついた。否、それればかしではない、既にそれ以上に気づいていた。何故に男爵が猪股に喋《しゃ》べらせることを好まないか、猪股はその理由をも知っているつもりである。それは相手が必ずしも自分の説明に退屈をしているのではない。男爵は話の冒頭ではひどく心を動かした様子を示したのを猪股は看《み》て取っている。

(男爵は内気な人の常として大へん感情を外に表しやすかった)

提出した題目が相手の注意を促した以上、猪股は決して相手を退屈させるような話方はしなかったつもりである。第一まだ十分間とは喋べらないのである。最初には興味を催した事項に対して、どんなに忍耐力のない人でも、気の変りやすい人でも、(男爵はそういう種類の人のひとりに見えるが)十分間足らずはあまりに早すぎる。思うに男爵は原因を追究することによってヒステリーを治療し得るというこの題目を了解しないのではなくまたもう興味のない問題として聞き倦きたのでもない。してみれば寧ろ反対に何か非常に思い当る節があって、その結果、猪股とその話題とを恐れているのでなければならない。猪股の講義が一転してその学説の実際上の応用になるのが怖いのであろう。猪股はこんな反応を呈した男爵その人に対しても、その妹に対すると同等の好奇心を覚えた。猪股はそれ故わざと男爵の当惑げな有様を気づかぬふりをして言いつづけた。

「つまり私は御令妹の精神の井戸の中で腐敗し切っている水をすっかり浚《さら》え出してしまい度いのです。そうして一時空っぽにしてしまいさえすれば新鮮な力がまた湧き出すことを信じるのです。それだのに御令妹は決して、そんな精神状態に御自身を導いた過去の生涯の事などはお洩らしになりそうにもない……」

「それが私どもの家風なのです」

男爵が不意に、猪股の言葉を奪って答えた。彼はそれだけの事を思い切って言ったと見えて、顔色は一時に青くなり、けれどもその次の瞬間には何か恥るように赤くなって目を伏せてしまった。男爵のこの様子は不意の音響か何かのようにひびいて、室の空気を気むずかしいものに変えてしまった。さすがの猪股もこれには狼狽せざるを得なかった。しかし気まずい沈黙のなかで猪股は考えた――男爵は既に、その一言のなかで、無意識に重大な告白をしている。それに違いない、男爵は一座の重い気持は彼の一言がさせたわざだと気づくと、彼自身も亦狼狽して申訳らしく言い足した。

「父が軍人気質で、真情を吐露する事や、喜怒哀楽を色に示すことを、許さなかったものです。ハ、ハ、ハ」

男爵の笑い声は不思議と悲しげなものであった。しかしそんな笑いででも男爵の気分はとにかく一変したらしい。男爵は平静な様子に帰ると猪股に対して改めて言った。

「御免下さい。お話の腰を折ってしまいまして」

男爵は猪股にちょっとした緒《いとぐち》を与えた。軍人であった彼等の父は厳格に子女を教育したという事である。即ち頗《すこぶ》る旧式な父であったに相違ない。せめてはその父のことを少しは聞けると思ったのに、男爵はもう語るのをやめて、個人的な話を社交的な辞令に代えてしまったのである。

「いや、いや。私こそ」猪股は失望しながらも答えた「私こそあまり立ち入った事を申しすぎたかも知れません。しかし私はつい御令妹をひとりの患者として、研究の資料と考えるものですから」

「よく判って居ります、御心持は。御親切は感謝致します」

男爵は飽くまでも社交的な辞令をつづけた。今はそれが相手のより以上に踏み込むことを防ぐ唯一の方法であると思っているらしい。

「そこで私としては」猪股はしかし執拗なところを発揮した「私はもう何も申し上げることはありませんので、今はもうあなたの御意見を伺うばかりなのです、そうしてもし私の説にお賛成下さるならば令妹をしばらく私にお任せ下さることをお願いしたいのです。又、御令妹の過去の生涯についてそれを知るに必要な材料を出来るだけ、御家庭から得させて頂きたいのです」

男爵は直ぐには答えなかった。そうして又しても時計を出しながら言った。

「――いや、実は先刻からも、時間はその少しは早いようでもありますが、いずれは時刻でもあり粗飯でも呈しながら、ゆっくりお説を伺って、その上で御相談を願えないものかと思って居りますが、或は御迷惑で御座いましょうかな」

男爵はそれから署長の方を見ながら言い足した。

「署長さんは、御つき合い下さいましょうか」

「いや、閣下」署長は手を振りながら「お言葉ではございますが、私は公人で且つ執務中ですから御辞退申上げます」

男爵は、署長の返事には満足したらしかった。そうして今度は、ちらと大場の方を偸《ぬす》み視て、黙った。猪股には男爵の時計を出した真意が、今やっと呑み込めたような気がした。そうして大場を顧みながら言った。

「大場君。君はもう帰ってもよろしい。――署長さんよろしいでしょう。ではいつものような注意を忘れないでくれ給え。特に今日は我々がここへ来て令兄などにお目にかかったような素振りなど現わさないようにしてくれ給え。僕はお言葉に甘えて青野さんのお供をするつもりだ――何しろここでは全くゆっくりと御相談も出来ないから」

大場は猪股の言葉をしおに警察署を出た。その建物を振り返って見た時に、彼は意味もなく深い嘆息をし、同時に今まで忘れていた感情――誘拐者だと云われた時の憤怒を思い出したが、自らその感情をなだめながらさほど遠方でもない家に帰りつつあった。

大場は黄昏《たそがれ》のなかで、ふと彼の留守の間に彼女が家から脱出してしまっているのではないだろうかなどと考えた。せっかく彼女の身元が知れるその時にはもう彼女そのものが見失われてしまう——警察は大場が逃がしたという嫌疑をかける……。彼は自分の空想をそんな風に開展させてその空想に脅かされた。実際活動写真などの筋にはそんなのがよくある……。折から、彼の空想を破って一台の自動車が警笛を鳴らしたが、振り返ってみるとそれは青野男爵と猪股助教授を乗せたものであった。このあたり前の事までが大場には意味ありげに思えたりして、彼は今日、警察での二時間程のうちにすっかり神経衰弱に陥ったのを自覚した。

男爵は猪股を車に乗せた時、運転手から行く先きを問われて即座には返答しがたかった。そうして漠然たる返事によって運転手は青山の方向に走っていた。この車は男爵の自動車でもなく又、平生《ひらお》男爵家の用を受けている車でもない事は、運転手と男爵との短い会話の様子でも察せられた。恐らく男爵は行く先が警察署であるためにわざと見知らない車を傭《やと》ったかと思われる。猪股は男爵の用心深いことを注目せざるを得なかった。

男爵は焦れば焦るほど猪股を案内すべき適当な場所を思い出せなかった。世間の狭い男爵は、落着いて話の出来るような場所を咄嗟《とつさ》にはとても思い浮べなかったのだ。彼は何となくそれを好まなかったにもかかわらず、最後に客を自分の屋敷につれて行くより仕方がないと思った。車はやがて彼の屋敷に近いところを走っていた。

「失礼ですが、それでは」男爵は肩を擦り合せていた猪股に囁いた「拙宅へお立寄を願えましょうか――どうも、外に適当な場所の存じ寄《より》もありませんので」

「どちらへでも御供致します」

車は行く先を明確に命じられた。

猪股はさっきから考えつづけていた事に就て質問をする機会を得た。

「厳父はたしか地震の折にお亡くなりだそうで」

「え」男爵は何故か少し口籠ったが「不幸にも鎌倉の別荘にいましたものですから」

猪股は考えつづけた――どうしてもこの密雲にとざされた事情の背景には、厳格に子女に対した父がいる筈である。それは先刻、署長室で男爵が不意に無意識のうちにした告白のうちに打明けられているが、それがその父の在世の当時からの出来事とすれば少くとも七年以上は経過している。否、まだそれが終っているのではないから七年以上も継続していると言わなければならない。

「令妹はお幾つでいらっしゃいますか」

「当年二十五――たしか二十五歳と思います」

当年二十五とすれば七年前には十八歳である。女が十八歳になれば、それはちょっとした悲劇の女主人公にはなれる。それにしても良家の子女が十八歳で犯す罪――間違いなら大概相場は決まっている。多分、何か恋愛の問題であろうが、それにしてもその影響が七年も後までそれほど強く残っている？

「その右手をちょっと入ってくれ」

男爵が命ずると、今までに迂回した道を走らせている運転手は不平らしく言った。

「中で車の回転する場所はありますか。道が狭いですが」

「ある。――別に交番に断るまでもない。直ぐだ」

車は曲った。

「その突き当りの門のなかへ」

「はあ」

運転手は急に言葉を改めた。それほど大きな屋敷がヘッドライトの前に現われているのである。

門前で鳴らした合図によって、邸のなかからは、すぐ門と玄関とに電灯をともした。蘇鉄《そてつ》の大きな株を植込んだ馬廻しをまわって車は玄関へ横づけになった。車が止まると運転手が下りる間もなく老僕が来て扉を開けた。男爵につづいて猪股は下りた。式台の上にはひとりの老女中と二人の若い小間使とが手をついていた。男爵は車賃を支払う事を命じ、猪股には先きに昇る挨拶をしながら、下駄を脱いだ。そうして猪股が靴を脱いでいる間に、主人は老女中に何事か命じていたが、自分だけは奥へ入って行った。猪股は靴を脱ぎ了って式台に昇るまで小間使たちは手をついて客を迎え、彼の手から帽子を受け取った。老女中は猪股を案内して玄関脇の広い一室に入ったが、そこを通り抜けると廊下をへだてた壁のなかにあった扉を開けた。洋風の小応接間であった。老女中は椅子をすすめてから、鄭重な一礼をすると、暫くの間ここで待つようにと告げた。

猪股は充分に予想をしていたつもりだけれども、青野家の堂々たる邸宅はその予想以上であった。そうしてこの大きな邸内が何となく陰気にひっそりとしていることも亦予想以上であった。大きな家のなかに人が少なすぎることが、空気のなかにさびしさを漂わしていた。ひっそりとして電話らしいベルの音が遠くで聞こえて来た。ひとり取残された猪股はえらい軍人というものはこんなに豪気な生活をするものか知らと先《ま》ずそれを怪しんだ。次に先代の青野家は単に軍人であったばかりではなく政治家であったということを思い出した。そうして政治家ならば立派な家に住んでいるのは当然のような気がしたが、さて考えて見るとその理由もよくわからなかった。ついそんな用のない事を考えて見るほど、主人は容易にその室には姿を現わさなかった。猪股は円卓子《まるテーブル》の上に蓋《ふた》をあけて彼にすすめられてあった金口の煙草を一本つまみ上げて、観察するともなく室中を見まわした。それは何という様式で飾られているのかは知らなかったが、古風な趣があった。黴《かび》くさい感じが反って趣味を現わしていた。しかもこの一室は離れたようになっていて、母屋よりずっと後に建て増したことは明瞭であった。おおよそ十畳足らずの室だと思うが、応接間ではなく或は主人が書斎に使っているのかも知れない。隅の壁には本棚があって書物が一杯列《なら》んでいた。猪股は立って行って本をのぞいて見た。フランス語の本ばかりで、フランス語を知らない猪股にはどんな書物ともわからなかったが、見ているうちに著者の名だけは判った。ルウソオだのアナトオル・フランスだの、さてはトルストイや、フロオベール更にグルモンの書物などもあった。

「はは、あの男は文学を解するのだな。して見ると、いくらか話がしやすいわけだ」

猪股はふとそんなことを考えた。

開けてある窓からピアノの音が洩れて来た。呑気《のんき》で賑《にぎ》やかでこの家には似つかわしくないから、多分隣家から来るひびきであろう。よくはわからぬが少女の手すさびらしい童謡めいた曲である。それを聞きながら猪股は空腹を感じ、主人が容易に出て来ないのを不服に思っていると、やがて遠くから足音がひびき、それが近づいた。

母を思え

翌日、猪股は研究室で大場からいつもの如く前日の報告を聞いた。

幸にも彼女は、大場が警察へ行ったことに就ては気づかないらしい。しかし警察のことはいつも念頭にあると見えて、昨夜もその話が出た。彼女はまるで犯罪者のように警察を恐怖していて、そこへ彼女が連れて行かれずにいつまでも大場の家にいられることを喜んでいる。そうしてこの処置を択《えら》んだのが猪股助教授だということに気づいていて、助教授に対しては感謝の念を抱いている。大場の姉とも日増しに親密になりよく話をするが、家庭の事に就てはまだ一言も触れない。ただ一度、彼女は母のことを言い出した事があった。

「お母さんがどうしたと云うのだね」

猪股は大場に尋ねた。

「それが別に纏《まと》まった話題ではないので、母という言葉が出た程度のものなのです」

「なるほど、彼女の父は厳格な人だという事であった。母はきっと反対に甘やかして子を育てる人だろう。彼女の兄——青野男爵にもどうも少々そういう傾向がある。彼は外へ出ると非常に気が弱い人だのに、家へ行って見ると別人のように頑固に強くなるね」

猪股は家全体が秘密につつまれているような気のする昨夜の男爵家のことをさっきから思いつづけていたのである。それが大場にもわかった。

「昨夜はあれからどうなさいました」

「うむ。それが実に馬鹿馬鹿しいのだ。大変な御馳走になった。それは結構だったが男爵は長いこと僕をひとりでおっ放り出して置いて、最後に何一つ話らしい話はしないのだ。何も申し上げたくない、申し上げられないの一点張で、もし知りたいのならば当人の口から言わせてくれと云う。当人から聞くための緒として何か予備知識を得たいばかりにこうしてお願いしているのだというと、暫く考えた末に、それでは世間へ出てお聞きになるがいい――私たちのことは私たち自身よりも世間の方がよく知っている筈、あなただって既に幾分は御承知であろうが、それ以上の事は私の口からは申されないと云うのだ。そうして僕は事実何一つ知らないと言っても信用しないのだ。男爵自身もたしかにヒステリーにかかっているね。言い合っていると男爵はへんに昂奮し、また一層憂鬱になってしまう。最後にやっと知ることが出来たのは彼女の名だけなのだ」

「え？」大場もさすがにおどろいた「名だけですか」

「……」猪股はうなずいて「それから、兎も角も当分、僕たちに預けることは大した異存もなく承諾した。」

「そうして、何という名なのです」

「辰子というのだそうだ――多分二十六になるのだね――辰年の生れで」

大場は、それでは私も同年ですと言いかけたが用もないことだと思って黙った。猪股も黙ってしばらく考えているらしかったが、

「時に、君の家では、新聞を読むかね――一たい、何を見ているのだ。実は、尋ね人の広告を出したいのだがね」

大場は助教授のやや唐突な言葉をいささか了解し難く思った。
猪股はポケットから手帳を取り出して豆鉛筆でしきりに何か書き出した。
やがて猪股はその手帳の一頁を破り、それを大場の前に出した。大場は読んだ。

> 辰《たつ》
> 母ヲ思へ。兄マデ居所ヲ明セ。
> A

「これを一つ」猪股は言った「君の読んでいる新聞へ、二つなら二つとも、広告を出して呉れ給え。それからこの原稿を渡す時それの紙面へ出る日をよく聞いて置いて彼女がそれを見た時の様子に注意することは無論だ。何、この広告は別に深い意味はないよ。ただ一つには彼女の名を彼女自身で名乗らせるキッカケになるかも知れないと思うのだ。彼女自身で言わないとすれば、仕方がないから僕がその広告によって推定したような顔をして彼女に言わせることにする。全く手のやける事だ。でも、我々が警察へ行ったこともそこで男爵に会ったことも明してはならないとすれば、こんな方法によってでも名前を直接彼女から聞く事にしなければならない。これがこの広告の第一の目的だが、第二にはもし男爵がこれを見たら、きっと不審を抱いて僕に何とか言ってよこすだろう。そうしてこれが僕のした事だと知ったら、抗議するかも知れない。何でもいいが、それを機会に僕はもう一度男爵に会って、話をして見たい。——男爵と云えば、男爵は彼女を君のところに世話をさせて置くのは気の毒だから、病院へ入れて欲しいという話だった」

猪股は黙って験《ため》すように大場を見た。大場は猪股の言葉にふと目を上げたがそれが猪股の射るような視線とぶっつかったので狼狽して目を伏せた。

しかし猪股は言いつづけた「病院へ入れることには僕は不賛成だ。今せっかく落ち着きかかっている患者の精神に、それがどう影響するかも知れない上に、何とか世間の目につきやすい。暫く君のところに隠棲させて置きたいのだ。君は賛成だろうね。男爵も僕が世間に目に立つような事がありはしないかと言ったものだから、急に僕の意見に賛成したが、それにしても君には気の毒だからというので、治療及び生活の費用として僕に金を預けた。僕は考えた上でこれを受ける方が当り前だと思ったから預かって来たが、君も受取って置くがいい、さしあたり新聞の広告費などはそのうちから支払うのだね」

猪股はポケットをさぐって紙にくるんだ金を、さっきのノートの紙片の上に重ねた。

「兄さんという人は」大場が言った「よほど変な人ですね。すべての様子が」

「そうだ。あれもたしかに研究の値打がある。男爵は何しろ彼女同様一口も洩らさない。もし知りたければ世間から聞けというのだから、仕方がない。僕も、非常にいやな手段ではあるが、一つ私立探偵を頼んで青野男爵家の事情を、彼女の過去の事をさぐらせなければなるまい。外にもっといい方法があればと思って、実はこの点はまだ考え中だけれどもね。——最初に想像したよりは、ずっと複雑な事情をひそんでいるような気がして来ているのだが……」


今だに独身で身軽な猪股は、学校の付近に適当な離れを貸す家があったので、二年程前からその二室を借りて住んでいた。

その横町から学校へ通う表通りへ曲る角に一本の電柱があって、その上に青地に白く『探偵社』と三字だけは大文字で、その三字の上に『帝都』という二字を左右に割って並べた広告を、朝夕いつも見てとおった。注意したわけではなかったがこの広告は利目《ききめ》があって、自然と行人の目につくように出来ていたのだ。大場と話しているうちに考え出した私立探偵にしらべさせて見ようという思いつきは、多分この電柱の広告の作用であった。

その夕方、猪股は学校の帰途にもう一ぺん曲り角の電柱に注目した。もう一ぺんというのはその朝学校へ出る時にも注意をしていたらしいからである。猪股は帝都探偵社というものの所在を今まで気をつけもしなかったのが、それは町名で見るとここからそう遠方にあるのではないらしい。

夕食後、彼は散歩の序に探偵社を捜した。

表通りから二度曲ると地勢が妙に低くなって、そのためにぐるりは相当な家でありながらその一廓だけ細民住宅区のようになっている。その間にたった一軒だけ、小さいながら門のある家がある、闇のなかに目立つ門灯の文字によっても知ることが出来るが、それが猪股の探して来た家であった。木の門には何何会社創立事務所だの何々会事務所だのという表札が或は木のもの或は白い陶器で出来たのが五つ六つもせせこましく竪《たて》に横に並び合っている。猪股はそれを一とおり皆読み、それから門灯によって照らし出された枯れかかった柘榴《ざくろ》の木がおぼつかなく芽をふいているのまでぼんやり眺めていた。

この機関を利用して人の私行を調べさせようという自分の思いつきを、猪股はどうしてか最上のものとは思えなかったのである。一つは他人の力を借りるのが嫌だったし、一つには何かうしろめたい気がしたのだ。

「構はぬ。外に方法はない」

猪股は心のなかで叫んで自分を納得させ、門をくぐった。二三歩踏み入るともう玄関だったが、そこにあったベルのボタンを押した。女中とも女書生とも見られるひとりの若い女が出て来て取次いだ。うす暗い電灯のある玄関を抜けると、次の広い部屋は、ここは明るく大きいデスクが畳の上にどっしりと置かれてあった。そこを抜けて二階へ上った。六畳ぐらいの部屋で小さな机と椅子が三脚あったが、若い女は彼をひとりそこへ残して行った。

多分今通って来た広い部屋が何々事務所で、この二階が帝都探偵社なのであろう。見まわすと、壁には東京市及近郊地図という図が一杯に貼られて、又長押《なげし》の上にある額《がく》には感謝状が掲げられてあった。何の感謝状なのか、それを読もうとしていると、けたたましい赤ん坊の泣き声が下の部屋から聞えて来た。猪股は感謝状を読んでみようという好奇心は消えて、赤ん坊の声を幻覚したという彼女――辰子のことを思い出した。

今ごろは大場の家でどんな事をしているものやら、そのうちにも一度行って自分の目であの不思議な女を見る必要がある。——そんな事を考えていると階段から人の足音がひびいて来た。男だ。さっきの若い姿の足音より荒々しい。

果してひとりの四十格好の男が部屋に現われた。つけひげかと思える程見事な八字ひげがある外は私立探偵といっても別に変った様子でもなく、猪股を見ると愛想よく笑って見せた。当然の事で、猪股は立派にひとりのお客に相違なかった。

名刺を持たない猪股は先方の名刺を受け取ると同時に、簡単に自己紹介を済まし、それにつづいて彼の依頼を告げた。

「青野男爵の令妹の辰子という人の素行を知り度いのです。——なるべく過去のことまで詳しく知りたいのです」

「青野男爵の？　ははあ？」

探偵は勿体ぶって目をつぶって聞いていたが、急に目を開けて依頼者の顔を見つめた。青野辰子は或る意味では大分に世間に知れ渡った令嬢である。その令嬢が近頃また何か出来事があったというのだろうか。

「七八年前に」

探偵は言いかけて口をつぐんだ。

「そうです。七八年前ぐらいからの素行に関してです」

「早速に取調べましょう」探偵は言った「名流の婦人だけにわかりやすいようでもあり、又ちょっと面倒なようでもあります。で、御依頼の目的は？　それによって念を入れる程度も亦方針も決定するわけですが」

「目的は――それはちょっと申し上げられませんな」

猪股はそんな事までいう必要はないという態度であった。別に理由はなかった。猪股はへんに疲労を感じていた上に、且ついずれは探偵自身で調べはするであろうが青野男爵家としては辰子が今家出している事実をあまり世間に知られたくないに違いなかった。それを猪股もしゃべるまいと思えば、依頼の目的は言わないで置く方が世話がなかった。

「それとも、目的を言わなければ取調べに困難ですか」

「いや、決して」探偵は妙に反抗的に勢い込んで言った「そんな事はありませんや」

全く探偵にはこの依頼者が不審に思えたのである。あまりに言葉少く依頼するだけに、相手があの誰知らぬものもない青野家の事件をどれだけ深く、それも何故七八年も経った今日知りたいというのだか、それともその問題に就ては充分によく知っていた上で最近の事を知ろうというのだか、その辺のことがあまりに漠然としていた。それに今までの依頼者は十人が十人まで、その依頼の目的に就て、質問は詳細に説明するものなのである。先方が喋《しゃ》べれば喋べるほど、多くの場合自らそこに報告の一部分を、依頼者自身が告げているような形になる。探偵もこの意味では易者《えきしゃ》と同じことで、相手の多弁を喜ぶのである。しかしこの依頼者は質問に答えないばかりか「取調べに困難か」と言われて見ると、「そんな事はない」と言わなければ、彼の自尊心と職業的権威に傷がつくような気がするのだ。

猪股は相手が要求するままに十五円の金を支払って、領収書を受取ると五日間の猶予《ゆうよ》を約束してこの家を出た。

探偵社長は猪股が帰った後も暫くの間は、彼が果すべき仕事よりもその仕事の不審な依頼者のことを考えつづけていた。

――青野男爵家の令嬢、たしか辰子とか言ったが、そうだ、その令嬢に違いないのだ。もう七八年も以前の事ではあるが、しかしその当時は半月以上もさまざまな事が新聞に書き立てられた、それ程世間に知られた事件の女主人公というのは確かにその令嬢に相違ない、依頼者は七八年過去の事まで遡《さかのぼ》って調べる必要があると言ったがそうしてみると、あの事件は無論或る程度まで知っているに違いない。そういえばあの事件はその結末がどんな風に終ったのであったか、何だかひどく曖昧な落着《らくちゃく》で要領も得られなかったが……して見るとあの事件が未だに何か問題を後に残しているのかも知れない、それにしてもあの無口な依頼者はその事件にとってどんな関係者だろうか。——ともあれ、これは先ずあの有名な事件の落着の工合から取調べてかかるのが順序であるらしい。

探偵社長は三十分ばかりの間に仕事の方針を立てた。そうしてさっき猪股から受け取った十五円を懐中すると久しぶりにカフェーめぐりが出来ることを喜んだ。——そうだそれに今夜カフェーに行くことはどうやら無駄ではない——青野令嬢の相手はたしか、青二才の文士か何かだった。してみると今夜カフェーでそこらをうろついている文士どもをつかまえたら、何か知れるかも知れない。探偵社長は日頃、カフェーに於ける文士なるものを憎んでいた。青二才どもが愚にもつかないどころか世の中を毒するような事柄を、やれ社会問題の性的生活のといい加減に書きなぐっては、聞けば途方もない金を貪《むさぼ》るそうだが、そいつを振り撒いてカフェーなどを横行していやがる。しかし、その文士どももどうやら今晩は用がありそうであった。

猪股はというと探偵社のかえりを、ラジオの騒がしくわめき立てるこの場末の大通りの群衆のなかを散歩していたが、ふと今まで気づかなかった事に思い到った。それは今日大場に渡した広告の原稿の事であるが、その中に「母を思え」と書いたのは、考えれば邪魔になる文句であったかも知れない。父は厳格な人だったと、男爵は言ったけれども、母のことには一言も触れなかったではないか。いや、まだ母の在世であることは話のうちに出た。「何しろ母も、私からお話し申し上げることは不賛成でもありますし」そういう言葉はあった。しかし、それが辰子の母が辰子を愛し、辰子が同じくまた母を愛していることの証明には決してならないわけであった。父が厳格なら母が甘やかしているだろう――母が生きているなら娘を心配しているだろう。猪股は自分の考えのあまりに拠《よ》りどころのないのにわれ乍《なが》ら呆れた。世の中には父に早く死なれて、同時に生きている母にも見放される男の例もある――こう思った瞬間に猪股は彼が不用意に書いた一句のなかにあった無限の意味をやっと覚った、それは幼少の頃に母に生き別れ――寧ろ見放された彼自身の無意識な願望が、その一端を不思議にもあの広告文のなかに顕《あらわ》したのに違いない。

「明るい賑やかな騒々しい夜の街は人間を軽佻にしたり、感情的にしたりしていけない」

猪股は心のなかで呟きながら、不機嫌になって寓居《ぐうきょ》に帰った。

不可解

猪股が、あんな不用意な一句を書いてしまったのを心配している例の広告は、大場が即日頼んでしまったので、原稿はすぐに新聞社の方へまわって、明日の間に合わないが明後日は活字になる筈であった。広告取扱店が気をきかせてそれは社会記事の一隅へ出る筈であった。猪股は探偵社へ行ったことを大場に話し、大場は辰子の注文でもっと近所の遠いところへ引っ越しをするつもりだという事を話した。辰子が又何故そんな注文をしたかというと、近所の人が辰子に奥さんと呼びかけたからだそうである。猪股は転居の件には賛成し、そうして大場のこの簡単な話のなかから、辰子がすっかり大場の家に居ついている状態をはっきり窺《うかが》うことが出来た。

「大ぶん患者も落着いていると見えるね」猪股が言った「僕ももう一度よく観察したいと思っているよ。しかし今夜も駄目だ。外国へ行く友人の送別会があってね」

その夜、その送別会の席上、向い側に坐っていた佐々木が酒半《さけなかば》で猪股に杯をさしながら言った。「君も、いずれ早晩行くのだね。羨ましいな。何しろ結構だ」

猪股にはその言葉の意味はわからなかった。

「学校ではやってくれそうもなし僕のような素寒貧《すかんぴん》にはそんな金もなし、負け惜みみたようだがあまり行きたくもなし」

「まるで六無斎のような事を言ってら。ハ、ハ、ハ」

誰かが傍から口をはさむのを抑えて佐々木は、

「ところが、諸君、なかなかそうではないのだ。まあいいよ。解っている。とぼけるものじゃない。諸君猪股博士のために乾杯をしようじゃないか」

「賛成賛成」

の声が諸方から起って、猪股は相手の言葉の意味が全然判らないうちに、皆から乾杯されてしまっていた。猪股は佐々木がどうしてそんな事を言い出したか、一座の話題が変っても気になった。佐々木にもう一度聞こうと思っているうちに、開業している佐々木は、自宅から病人の電話を受けて急いで帰ってしまった。すると誰かが言った。

「先生、いつもの手だよ。佐々木の奴、いつでもあれだ——どこの会合ででもきっと病家から呼び返されるのさ。ハヤっているように見せかけるんだね。何も我々にまでそんな見栄を張る事もあるまいじゃないか」

「ところが、あの先生の山気が大《おおい》に当ってこのごろじゃなかなかどうして、実際に流行《はや》っているんだそうだよ」

「まるで円本のような勢で、宣伝これ努めるからな」

猪股は一座のそんな話を聞きながら、もともと好きでもない酒がだんだんまずく成るのを感じるのであった。そうして酒のために神経の尖《とが》って来た彼には佐々木の言葉がへんに気にかかった。何が何だか、まるで謎を与えられたようだ。さして意味はわからぬながら彼は妙に自尊心が傷つけられたような気がして来たのであった。


大場が研究室へ来て言った。

「先生、例の広告をごらんになりましたか」

「いや、僕は新聞を読まないが——どうした」

「出ています。彼女は確かにそれを見たに違いないと思います。しかし、広告は一向、利目《ききめ》がないようです。僕は九時まで彼女の傍に居て見ていたのですが、彼女はいつもと少しも変った様子はありません」

「頓服《とんぷく》のようにすぐ効果が上らなくとも、徐々に作用してくるかも知れないではないか。——広告は一たい幾日間頼んであるのだね。一週間？　それぐらいあれば大丈夫だろう。まだ失望する事はないよ。第一今朝果して見たかどうかも解らないではないか。その広告のところを目つけているのでも君は見たのか」

「いいえ、違います。彼女はいつものように縁側に出て新聞をひろげていたところを見たのです。ずい分長いこと新聞を見ていました——今日には限りませんが」

「今でも彼女はやはり職業を求むの広告欄を読むかね」

「え。それも毎日見ているようです」

猪股は彼女がまだそれを発見しないに違いないと思った。

しかも、折角のこの広告の利目はその次の日もまた次の日も、少しも現われないと聞いた時には猪股も少々腑《ふ》に落ちなくなってしまった。広告はたしかに直ぐ誰の目にもつくような注意を払った場所にあった。もし新聞を読みさえするなら、辰子はたしか、それに目をつけない筈はなかったのである。例の「母を思え」の句が無意味であったにしたところで、「辰」と「A」とだけでも、辰子はこの広告を自分に関係あるものと思わずにはいないだろう。この広告が役に立たなければ立たないでいいようなものの、これでは第一歩からして、あまりに間が抜けている。——緒《いとぐち》さえ見つければあとは自然に運ぶだろうのに。——探偵社の報告のなかにはせめては何か得るところがあってくれればいい。猪股はひとり屈託しきって、ふと先夜、佐々木の言った謎のような言葉を新しく思い出した。それは何度思い出してみても不愉快であり且つ不可解である。わざわざでも佐々木を訪ねて行って、何故あんなことを言ったか問いただして見たいような気持にさえなった。

その時、扉をノックする音がして、看護婦が入って来た。

「こういう方がお見えになって……」

看護婦は言いながら名刺を猪股に渡して

「突然、伺いましたけれどお目にかかれましょうかと申しています」

青　野　茂

ただ三字しかないさっぱりしたものであった。

「うむ。お通ししてくれ給え。――男爵は抗議を申し込みに来てくれたな」

半分を猪股はひとり言のように云った。よく気のつく看護婦は煙のこもった部屋を見まわし、窓を隙《あ》けて置いて出て行った。

青野男爵は看護婦に導かれて、研究室に入ってくると、機械的な一礼をすると、何か挨拶はしたのだけれども、それは呪文《じゆもん》のように口のなかで言われ聞き取ることが出来なかった。猪股が話を引き出して見ると、彼は果して広告に関して不平なのであった。彼は親戚からの電話によって今日はじめてそれを知ったのであったが、何の必要があってあんな広告を出したものか説明を聞きたいというのであった。男爵は決して理解力の鈍い人物でないことを、猪股は最初の会見から看て取っていたが、猪股の説明は男爵にもすぐにうなずけたようであった。猪股等が警察へ届け出たことを辰子に話さなければ、彼女の兄に面会した順序は彼女に一切告げることは不可能だし、してみれば何かの方法で辰子をして自らその身の上の一端を洩らさせなければならないのだが、広告はそのための一手段である。もしその広告を見て辰子が何か変ったことを示したならば、それを機会に猪股は彼女に先ず名告《なの》らせようというつもりであった。

「しかし」男爵は言った「あなたの折角の苦肉の策は失敗です」

「実はそうらしいのです」猪股は図星をさされて言った「一たいどういう理由なのでしょう。あの広告の文句のなかに、御令妹にとって無用なことでも書いてありましたろうか——例えば母堂のことなどですな」

「……」

男爵は無言で首を振った。

「理由は最も簡単です。妹は新聞を、尠《すくな》くともその社会記事は見ないからです」

「は？」猪股には全く思いがけない返事であった「それはまた一体どういう理由があるのでしょう」

男爵は直ぐには答えようとはしなかったが最後に言った「そういう習慣なのです」

「それでは、どうしてまたそんな習慣が出来たのです」

この猪股の問いに対しては男爵は終に答えなかった。

現代の人間で少くとも中流以上の家庭の人で新聞を読まないというのは、少くとも奇異な習慣である。猪股はそう考えてからふとかすかに笑が口辺に浮かんだ。それは浮かぶと直ぐに消えたものであったが、男爵はそれを見逃さなかった。そればかりか彼は猪股のその笑をどうやら悪い意味に、嘲《あざわら》笑いを含んだものとでも取ったらしかった。男爵は言った。

「あなたは、何故お笑いになるのです」

「何でもありませんよ」猪股は再び笑いを浮かべながら言った「人間というものは妙なものですね。自分の事なら習慣を無視しても当然で、人がそれに従ってないと不思議に思うのだから。――何、私も新聞などは読まない習慣ですからね」

「へえ?」男爵は疑うように猪股を見つめて「いったい、それはいつの頃からです」

「そうですね。もう十年にもなりましょうか――学生時代からの事ですから」

「もう十年も!」

猪股を見つめた男爵の目は無邪気に輝いていた。

「僕は」猪股が言った「ごく偶然な事で、新聞を読むのは実に愚にもつかない習慣だった――尠《すくな》くとも僕には愚にもつかない習慣だったのを発見したのですよ。というのは学生時代に一時、僕は新聞を買えないほど困窮したことがありましてね。それが原因で新聞の購読をやめたのですが、一切読まないとなってみて、新聞の用もないものだった事が判然としたわけです。そんなものを読んだところが読まなかったところが、僕の生活には一向何の影響もありません。誰が大臣になろうと皆同じようなものです。アメリカの大統領が何を言明しようと僕の生活には関係ありません。況《いわん》やどこの馬の骨だか知れないような連中の言説行動、市井《しせい》で起った人殺や三百里も遠方にあった火事などを知って見た所で、実際仕方がありませんからね。もし何か僕に関係のあることなら新聞に書かれる前に僕自身が知っているわけじゃありませんか。――第一、新聞には本当の事なんてものは一つも書いてはいないわけです。重大でない問題は重大でないという理由でいい加減なことを書き立てているし、重大な問題になると必ず有力な関係方面があって、それが新聞へ干渉したり依頼したりせずには措《お》かないでしょう。

してみると新聞に書いてあることはいい加減な事ばかりというわけでしょう。新聞のなかで最も面白いのはどうやら、広告文でしょう。あれには金を儲けたがっている人間が相手をだまそうとする態度がこれこそ判然と現れ出ていますからね」

「なるほど」男爵は疑い深そうに猪股を暫く見つめていたが「して見ると、あなたは世間のことを何にも御存知なしに暮して居られますか」

「それが、必ずしもそうではないので。僕にも三人や五人ぐらいの友人がいますからね、その連中は新聞を読むなんて無駄な習慣をいまだに捨てないでいると見えて、時たまには新聞記事のなかから話題がでますよ。つまり僕は友人の選択を経たそれだけに馬鹿馬鹿しくない記事だけを知れるわけなのですね。非常に便利で有効ですよ。そうではありませんか」

猪股は相手をどうかして自分のように多弁にして見たかった。しかし相手は何の意味も吐かないばかりか、稍《やや》しばらくの沈黙の後不意に椅子から立ち上った。そうして一礼しながら言った。

「ともかくも、あの広告は直ぐにおやめを願います。妹は見ませんから、あなたの目的は達せられません。その代りに用もない人間たちが見て用もない注目をするようになりそうで困りますから」

猪股は承知した。猪股は男爵を見送りつつ、廊下を歩きながら、男爵に向って相談してみた——辰子をして彼女自身の境遇をほんの一端でも言わせるに、何か適当な方法はないだろうか。男爵はただ猪股自身の工夫に委《まか》せるより仕方がないというのみであった。

実際、猪股はもう十年近く新聞というものを一切《いっさい》手にしなかった。そんなものよりも有用で面白い読みものは天下に沢山あると信じていた彼は、時折そのために人から笑われるような事を生じて、猪股助教授変人説を裏書するのであった。

青野男爵は不機嫌極まる顔をして自動車に乗っていた。彼にとって猪股助教授は全くそりの合わない人物であった。男爵は助教授に対してその理由を彼自身も考えられないほど圧迫を感じて、せっかく勢い込んで出かけた今日の目的さえ何一つ果さなかった。ひとりであんな広告などを出すような勝手な真似をたしなめた上、出ようによってはたといその結果がどうであろうとも辰子をその手から取返して来てもよし、それとも相手が素直な態度でさえあるならば或る程度までは事情を打明けて話しもしよう――そう考えていた男爵は、助教授の前へ出て見ると、意気地のないほど口が利けなくなる。

「そうだ。あいつは確かに濱地《はまじ》と同じタイプなのだ」

男爵は肚《はら》のなかでそう考えると猪股に対して、増悪に似たようなものをさえ感じるのであった。それはしかし猪股その人に対する感じというよりも彼等の一族をこんな不幸に陥れた序曲の中心になった濱地の永久に消えない幻影に対する憎悪であって、猪股その人をそんなに悪《にく》く思う理由は無いことを男爵もさすがに気づかぬではなかったが、それにしても猪股の人を人とも思わぬげな一面を考えると、どうも濱地を思い出させてならないのである。最初の会見に於てはそれ程でもなかったのが、新聞などは読まぬという理屈などを聞いているうちにとうとう完全に圧迫されてしまったような気がする——「新聞を読まないなどと言って、それも本当だかどうだか知れたものじゃない。話を釣り出そうと思ってあんな風に持ちかけるのだ」

男爵はたしかにこの点だけでも猪股を誤解しているのであった。それにしてもいつも自分を語ることを好み何もかもあけすけに発表する猪股を、男爵が好まないのは無理もなかった。そうしてもし男爵がもっと冷静に考えるだけの余裕があったならば、男爵の猪股に対する圧迫感は、相手が何でも自由に言い放つに対して自分が何も言い得ないというただそれだけの事に、起因していたのかも知れないのだ。

男爵が猪股を不快に思うと同じように、程度こそそれほどではなかったけれど猪股の方でも男爵をそりの合わぬ男と感じていた。猪股は研究室にかえると、男爵の残して行った名刺を弄《もてあそ》びながら訪問者のどこか卑屈げに見える用心深げな様子を思い出して、あの男さえもっと打明けて話してくれるなら、何とか工夫もあるものをと考えるにつけても一層、男爵を好もしからず思わずにはいられない、男爵は何か後暗いものを背負っているような感じがしてならない。猪股は既に何度か、男爵とその妹とが不倫な行為であって結果に子供をでも持っているのではないかという想像をしたものであったが、しかしこの想像は男爵との最初の会見で、男爵が抽象的にではあったが述べた言葉によって打消されているのである――「私は自分に関することだけは申しましょう。私は父の厳格な干渉主義に対する自分の反抗から、妹をも父からかばって自由に放任的にやらせていたのです。しかもその結果、私は無責任な兄になってしまったのでした。それに私は妹をよく了解しませんでした。」――その言葉によって見ると、猪股の想像はあまりに男爵を傷つけすぎていると猪股は呟いた。

「探偵社の報告を早く欲しいものだ」

探偵社長の智慧

探偵社長が猪股助教授の目的のわからない依頼によって青野男爵家の令嬢、当主にとっては令妹である辰子の行跡を調べたところに従うと、八年前にあれほど喧《やかま》しく新聞に書き立てられたその令嬢の相手の濱地英三郎《えいざぶろう》は、その事件のすぐ後に発狂してしまっていた。そうして辰子はと言えば、震災の時にその父たる前男爵が湘南《しょうなん》の別荘で死去して以来全く世間から隠れた生活をしている当主の男爵の一家のうちで、世間には何も知られずに、さびしくしかしどうやら平和に日を送っているらしかった。

探偵社長は最初から或る予測をしていた。その予測によると、彼にとっては青野令嬢は一向問題ではなく、問題は寧《むし》ろ猪股博士にあった。彼は令嬢のことを極く簡単に一とおり調べてそれ以上を知るのは少々困難というところに達した時、彼は一先ず令嬢の方は中止することにした。そうして彼の予測に従って猪股助教授を調べて見るつもりになった。これは面倒なく直ぐにも知れることであったし、その上に探査報告作成上必ずしも不用なことではなさそうに思えたからである。彼の考えに従えば私立探偵も亦一箇の商売である以上顧客の気に入るような報告をつくる義務があるではないか。そこで彼は先ず××医科大学卒業生の名簿を繰ってみて、猪股博士が大正十年の卒業であることを知ると、同期の誰彼を手帳にひかえて直ぐにその人たちを訪問した。そうして彼は聞き知った――猪股博士がまだ独身で且つ郷里にも殆《ほと》んど係累《けいるい》のない事、学生時代の苦学の状態及び大学の助教授などというものは名誉にくらべて収入の少い事、彼の頭脳の明敏、さては新聞さえ読まないという程非世間的な学者風の変り者である事。探偵社長は其らの一つ一つを聞き知るにつけて、彼の予測がいよいよ間違いでないのを自ら確め得たと思うと、もうこれ以上は青野令嬢を調べることは却って無駄だと思うのであった。

　令嬢は確にあれ以後は何の問題もあるまい。もしあるならば一度あれほど噂にのぼった人物を、世間がその後注意せずにいる筈はあるまい。もし又たとい何かがあったところで大して差支のある事ではない、昔から新聞も見ないという事であってみれば、何一つ知らないわけなのだからあの名うての事件をすら報告する必要もないようなものだけれども、それを書かないとなると探偵報告に書く事は無くなる。それに博士にしても調査を頼む位だから多少は聞き込んだ事でもあるに違いはない。何にせよ青野家ではうまい相手をさがし当てたものだし、猪股博士の方にしたところが学位はあっても素《す》寒貧《かんぴん》なんだから、まあ多少のことは我慢もする気でいるに違いない。辰子というのは当時新聞でも見たが美人な筈だ。それにしても青野家の財産はどれ位あるだろう――そうだ、この点はもう少し詳細に調べて置く必要があるな……

　とにかく二日間はそのために歩きまわった自分を慰労しつつ、カクテルを一杯ひっかけた探偵社長は彼の智慧に従って何もかも一人で呑込んだ。そうして猪股を羨望した。

大場が研究室へ来て、助教授にいうところでは、辰子は本当に新聞を見たような様子はなかった。ただこのごろ多少変った事としては彼女は毎日のようにどこかへ転居することを希望した。近所の人が彼女を見かけて奥様と呼んだからというのが、転居したがっている理由だと彼女自身いうのだけれども、大場も大場の姉もまだ一度も辰子が近所の人と口を利いたのを見たことはない。辰子は第一、近所の人の目につくようなところに出ることを避けて、戸外から見えるようなところへも滅多に出ないのに、誰が彼女を奥様と呼びかけたかは、想像もしがたい。それよりも彼女が大場の今の家を好まないのは、この二、三日やっと気がついた事だけれども、十日程前まで空家であった東隣へ、一週間ほど前から借手が出来たが、それは若い夫婦で細君は産み月の近いような大きなお腹をしている。昨日、辰子が縁側から垣根越に注意深く何かを見ている視線の方向を捉えて、大場はそれを発見したのであった。

猪股は大場の観察をほめた。嬰児《あかご》の泣き声を幻聴したことのある彼女が、妊婦を見ることを嫌い、しかもそれを正直に申し立てないのは、愈《いよいよ》確にそこに秘密があるに違いない。

「きっと彼女は子供を産んだ事があるのだね」

「そうです」大場が言った。「姉もそう申して居りました。彼女がお湯に入っている時、大腿部に肉裂けのあるのが目についたそうです」

「君の姉さんもなかなか観察家だね。それに、姉さん自身もそんな事を知っているのじゃ子供を持った事があると見えるね」

大場はただ「は」と答えたきりであった。

猪股は大場に頼んで帝都探偵社へ電話をかけさせた。

電話の返事は御依頼の件は大体取調べはついたが、調査書は只今作成中で、いずれタイプに打ってお目にかけるが、お急ぎの様子だから一度お訪ねをして口頭で御返事してもよろしいが、いつ御在宅かという事であった。今夜自宅で会おうと言わせてその電話は切った。

「これで多少のヒントは得られるだろうよ——今夜、探偵社の奴から話を聞いたならね。それにしても僕は思うのだが、家庭の方では彼女の無事なのを知っているのだが、それを知っている筈のない彼女が、家庭の人たちがさぞ心配しているだろうという事を感じてはいないものか知ら。家庭と非常に不和ででも無い限りはこの心配は当然あっていいものだ。そうして男爵の方では相当心配している……」

「ああその事です」

大場は思い出して答えた。

「姉がそれを言い出して、無事でいる事だけでもたよりをせよとすすめて手紙を書かせました。三日程前でした。まるで小生等が試験の答案を書くように彼女は手と身体とでかくして手紙を書き、夜になってひとりで郵便を出しに出ました——姉は心配して見えがくれにあとをついて行きましたが」

猪股は大場に命じて青野男爵に電話で、辰子からの手紙を果して、受取ったかどうかを問わせた。辰子は本当に手紙を出していた。大場が帰ってからも、猪股は暫くひとり考え込んでいた——表情に活気を帯びて。

……辰子から家庭へ手紙が行っているとなると、その手紙によって家庭では辰子の在所《ありか》をさがすことが出来る。その結果として男爵と自分とが面会したということも言えるわけだ——猪股は、この工夫を思いついてそれを考えつづけながら、探偵社長を待っていた。猪股としては辰子の身の上を知ることは決して目的でなく一つの手段なのである。猪股の目的は辰子がどこまでも隠し切っているその境涯をどうかして彼女自身の口から語らせなければならないのだ。猪股が予《あらかじ》めそれを知って置きたいというのは、彼女から話をおびき出す時の用意のためなのであった。だからたとい探偵社長の調査によって詳細が知れても、辰子に話を持ち出す順序がつかなければ何もならない。猪股の心配は専《もっぱ》らそこにあったのに、辰子が家庭に手紙をやったと知った今は、それによって何とか口火も切れるような気がした。

探偵社長は程なく猪股の住居《すまい》に訪ねて来たが、部屋のぐるりを見まわして想像以上に殺風景な猪股の生活ぶりを見た。探偵社長は相手が学者だけに取り散らした書物に埋まっている部屋か何かを漠然と想像していたのに、この部屋には書物は愚か机一つ見られない。ただ天井からぶらさがった電灯が地震でくずれて四隅に隙の出来た壁を照し出しているだけであった。研究室を書斎にしている猪股にとってはここはただ寝室にすぎなかったのだが、それにしても己れを遇することの薄い猪股が探偵社長を驚かしたのは無理もないかも知れない。

猪股が無雑作に前へ突き出した座布団が新しいのを、それが母屋《おもや》からの借りものだと知らない探偵社長は、その上へ坐りながら意味深いものに観察した——はは あ、このごろ特別にお客があるからだな。

「それでは早速御報告申し上げますが」

探偵社長は折《おり》カバンを引き寄せるとそれを開きながら、事務的な口調で言い出した。猪股に向っては言うべき御世辞も無いし、又それの必要もないと彼は思ったのだ――この考えだけが恐らく探偵の猪股に下した観察で当っている唯一なものであった。

「先刻は電話に対して、まだ調査書は出来て居りませんから取急ぎともかく口頭で述べるように申しましたが、不充分ながら草稿だけは出来て居りますので、いずれ完全なものを作製しタイプにして差上ますが、ともかく草稿の御一読を願い、不充分な点は口頭で御説明申し上げると致しましょう。えーーと……」

彼は折りカバンのなかで幾つかの書類をあれこれと繰り捜しながらそう言った。彼は何時でも、先ずこれと同じ文句を述べ、又同じく草稿を見せる方法によって報知をはじめるのであった。

わかっただけを口頭で述べると云えば彼がどんなに仕事を急いでいるかを相手に感じさせ、また口頭で述べようと言ったものを草稿で見せるとなると更に彼はその短い時間の間に草稿を書くだけの忙しさをも辞せない事を相手に思わせる事が出来る。そうして相手が草稿を読んでいる間に彼はその相手の顔色を読みながら、不備なと相手が感じたらしい点を相手の顔色から発見し、その部分を口頭で説明するのであった。この世智と雄弁とが彼の職業の資本であった。

彼はやがて書類の一つをとり出して猪股に渡した。

それは片面十二行の罫紙へカーボン紙で写したのを、十枚ばかり綴ったものであった。猪股は読み出した。その猪股に対して探偵社長は観察の目をそそいだ。生憎《あいにく》なことには、俯向《うつむ》いて読み出した猪股の広い額の外はあまりよく顔の見えないほど、彼等は接近しすぎていた。初めの三四枚を猪股はいい加減に目を走らせた。――地位や財産の事に関しては、先生、もう充分に判っていると見えるな――探偵社長は肚のなかでそう思った――今に熱心に目を光らせてくるだろう。果して猪股は四五枚目ぐらいからは注意深くなり、一度読んだ一枚をまた逆もどり見直したりした。――その辺は濱地英三郎の事件を工合よく片づけているところなのを、探偵社長は無論よく憶えている。

猪股は一通り読み了ったかと思うと、殆んど無表情な態度で改めて直ぐにもう一度最初から読み直し出した。探偵社長は光った広い額の下で芝居人形のもののように動く猪股の眉を見た。これは観察者にとって意外な発見であった。読み了った猪股はそれをフ、ワリと畳の上へ捨てた。折から吹いて来た風で、紙はピラと翻《ひるが》えった。そんなものを見向きもせずに猪股は言った。

「君は見かけによらぬ文章家ですね」

相手がその意を解くひまもなく猪股は追っかけて言いつづけた。

「こんな内容のない曖昧《あいまい》な事をよくこうも長々しく書けたものだ」

「内容のない？　曖昧？　ですか——と仰《おつしや》有るのは」

「そうです！」

相手の言葉に猪股は一段と挑戦的な口調になった。

「一たい誰が君に青野家の財産調査を頼んだのです。——僕の依頼したのは令嬢辰子の素行に関する件だった筈だ」

「申すまでもなくそれは取調べて記入して置きました筈です。したためるまでもなく世人周知の事実ではありますが、念の為め真相を記して置きましたつもりです——濱地英三郎との事件ならば」

猪股は黙って手を差延べると、今捨てた書類をもう一度拾い上げた。そうして三四枚目をはぐると声を上げて読み出した——

「大正十年十一月、当時十八歳ノ世間知ラズノ今嬢ハソノ美貌ト地位ト財産トヲ目的トシテ悪辣《あくらつ》ナル手段ヲメグラシタル青年文士濱地英三郎ノ誘惑ニ陥入《おちい》リ、名家ノ令嬢ト文士トナルガ為メニ読者ノ好奇心ヲ満足セシムル事件ナルヲ知レル都下諸新聞ノ社会面ハ針小棒大的記事ヲ掲ゲテ騒ギ立テ、ソノ結果ハ不幸ニモ令嬢ハ今日ニ到ルマデ婚期ヲ逸シタルナリ。濱地ハ為メニ社会的地位ヲ失墜シ前非ヲ悔ルノ余リ精神ニ異状ヲ呈シ××病院ニ入院セリ。爾来《じらい》令嬢ハ過去ノ過失ヲ恥テ以来専ラソノ平素ノ行状ヲ慎ミ、平和ナル家庭ノ深窓ニ於テ、大正十二年ノ震災ニ厳父男爵ヲ失ヘル後ハ現戸主タル令兄ノ厳格ナル監督ノ下ニ、専ラ家政ト婦徳ノ修養ヲ念トセリ。カカル美貌ノ才媛ヲシテ過去ノ一過失ノ為メニ老嬢トシテスゴサシムルハ惜ムベキ事ナリトハ、隣人達ノ口ヲ揃ヘテ言フトコロ……。君、これが君の所謂《いわゆる》調査報告かい、一体誰が君に令嬢の弁護を頼んだのだ」

猪股は調書の下書を捨てるとその手で煙草を取ってふかし始めた。

「出鱈目《でたらめ》だ——まるで何もわかってはいないのだ」

猪股はひとり言の口調で煙草の煙と一緒に吐き出した。とうとう降り出したと見えて、八ツ手の葉に雨のあたる音がしている。

「君！」

猪股は突然鋭く相手を呼びかけると、吸いかけていた煙草を庭の闇のなかへたたきつけながら、「君は佐々木――牛込の佐々木を知っているだろう」

「お医者の？」

「そうだ、僕と同期生だ！」

猪股は頭のなかでは、先夜佐々木の言った腑に落ちない一言と探偵社のこの曖昧な調査との連絡が今になって直感的に明かになった。

「おい」猪股は、キョトンとした相手に活《かつ》を入れるように怒鳴った「僕が青野令嬢と結婚でもすると思っているのかい。それで君に身元調査でも頼んだと思ったのかい、道理で御念の入った財産調べだ。――佐々木ならやりそうな事だ！　君、憶えて置いてくれ給え。世間の人は知らない事、僕という男は女房にしようと思う女の事を探偵に頼んで調べて貰うほど散文的には、事務的には出来上っちゃいないんだ。時と場合じゃ女郎でも女房にしないじゃないが、僕は金持から金と一緒に曰《いわ》く附《つき》の令嬢を――それもその因縁を苦にしながら貰うほどの人物には出来上っちゃいないのだ。探偵君、さあ帰り給え傘がないなら貸すよ。――君に調べて貰うことはもう何もないのだ」

「……」探偵社長は相手が急に激昂し出して、一言は一言より鋭くなり、しかも推量がみんな当るのには全く参ってしまって一語も答えることが出来なかった。でも世間慣れた彼は、意味もなくテレかくしの微笑を浮かべながらやっと言った「いや、まことに恐縮で――私の調査は全く不行届きで、――尤もひどく急いでやったものですから……」

「調査の精疎を問題にしているのではないのだよ。君、確《しっ》かりやってほしいものだ。探偵なんてものも、やっぱり言わばまあ一種の科学者だろう。わかってもわからなくても、なぜ事実を事実のとおり報告しないのだ」

探偵社長は外へ出てからも戸迷いした気持が容易に直らなかった。先日の十五円を返せと言われなかったのがまだしもだと思いながら猪股がなぜそんなに不機嫌になったものか、その意味をまだはっきりと了解することが出来なかった。彼は猪股の最も不愉快がっているところに触れた事に気づかなかったからだ。弁慶にも泣きどころというものがあるそうだが、猪股ほどの人物にもそれがあった。

彼が貧困のなかに育った事実がなかったならば、探偵や佐々木の無礼な誤解に対しても、例の他意のない哄笑一番で事が済み、こうも深く彼を傷《きず》つけなかったであろう。

猪股は探偵社長を叱りつけて追いかえした後、ひとりでゴロリと横になって大分降り出したらしい雨を聴きながら、あんな相手に向って自分があんまり昂奮しすぎたのを後悔した。ヘンに淋しくなるのを紛《まぎ》らそうと思って、心のなかでひとり繰返していた——

「でも濱地英三郎という人物が、辰子の過去にあってそれが何か作用しているらしいのが判っただけでも、探偵社の調査は無駄ではなかったわけだ」

夕方の雲

猪股は探偵社長の報告に関しては大場には殆んど言わなかった。言いたくなかったのだ。もし詳細に話すとすれば、勢い、猪股が腹を立てたことまで言い及ばなければならないわけだから、猪股はそれを言う気にはならなかったのである。ただこれだけの事は言った。

「辰子の心のなかに濱地英三郎という人物がいるのだ。尠《すくな》くともそれが彼女の過去をつくる為めに重要な人物になっているらしい。その事件は七八年前に新聞にも書かれたそうだが、——辰子は新聞の社会欄は読まないというのはこれが原因しているのだろうが、何しろ新聞などの言うことじゃわからない。文士だという事だから、その方向の人間に訊いたら、真相がわかるだろう」

「濱地英三郎？」大場は言った。

「聞いた事のある名前です。確に以前、新聞ででも見たのです。その男の相手が彼女だったのですか」

「その新聞記事を君は憶《おぼ》えているかい」

「何んかぼんやりしか憶えていません。まだ中学にいた頃の事でした。え、田舎の新聞で見たのです」

猪股はふと青野男爵を思い出した——男爵は猪股が新聞を読まない習慣だと言った時、何年程前からかと念を押したが、その時男爵は異様な表情を示したのが目に残ったが、その記事は田舎新聞にまで伝わったものだと見える。それらの事どもを総合してみると、青野一族は当時のそれらの記事によって異常に傷けられたのを推察することが出来る。猪股は考えた——外に方法がないとすれば図書館へ出かけて行って古新聞を読むまでである。尤も、彼はそれを読んでも、勿論、書かれた事をそのまま信じはしない。記事の影に隠れた部分を読まなければならない事は承知し切っている。個人に於てもそうであるように同じ社会にしても、なかなか真実は言わないものだ。しかし、紙背に徹する眼光を以てすれば真相は自ずと読める筈である。猛烈に書き立ててあればある程、事件の歪められ方が明瞭であるだけに真相はつかみやすいだろう――それには、どうしても自分自身で出かけて、自分の目で読まなければならないわけだ。猪股は昨夜から降りつづいている雨を無意識にながめた。猪股は雨の日ほど嫌いなものはなかった。――古靴のやぶれから沁み入って、靴の中そのものが泥濘《でいねい》になった学生時代の感官の記憶が、彼をこんなに雨嫌いにしたのかも知れない。

「そうです、先生」大場は思いついたように言い出した「須藤初雄《すどうはつお》という文士がいるそうですね。多少は名のある人だそうですが、何でもクラスの須藤三男《みつお》の兄さんだという話です。兄弟非常によく似ているのでちょっと見違える程です――時々、兄弟で銀座など散歩しているのを見かけますが、もしその人でいいようでしたら、須藤に頼んで紹介して貰いましょう。僕は須藤とは友達ですから」

大場はかえりがけに須藤三男の下宿へ立寄った。大場の用件を聞いた須藤三男は言った。

「兄はたしか濱地を知っているよ。紹介するとも。いつでも僕もお供をするよ。猪股さんも御一緒なら、今晩行って都合を聞いて来て置こう」

須藤三男が兄のところへ行って来た上での返事を、大場は猪股のところへもたらした。それによると、須藤初雄は、幸いにも濱地英三郎と交際があった。青野男爵令嬢と濱地との事件に関しては、当時の風評や新聞記事以外には格別深く知っているわけでもないが、それでも濱地という人物が呑み込めているだけに、多少は真相に近いものを見ているつもりである。青野令嬢には無論同情しなければならぬが、それかと言って濱地をも同情してやらないわけには行かない。何にせよ、もし必要があるなら何時でも喜んで話す。

「そういうわけで、須藤の兄さんは急ぐなら、明日でも在宅だそうです。先生さえ御都合が悪くなければ明日お出かけになってはどうかと須藤は言っていましたが」

猪股は明日、須藤初雄を訪問することにきめた。

雨があがって、まだ一面に曇ってはいたが、雲は軽くなり、空は明るくなった。猪股は窓越しにその空を見上げていたが、大場の家に辰子を診察しに出かける気になった。辰子はこれもやはりヒステリーの一症状であるが、近頃身体のところどころが痛いと言い出したのである。

「乳房が痛いらしいのです」大場が言った。

「しかし彼女は、乳房とはいわないで、手で乳房をおさえて『ここのところが痛い』と訴えるのです。何度聞いても同じ様に答えて決して乳房とは言いません——不思議な気がする程です。『乳房ですか』と問うても『ここです』と答えるのです」

「ふむ？」

猪股も大場の話を聞いて奇異な感じがした。

停車場を下りて歩き出した時に猪股はふと東の方の空の一隅が、ほんの掌ほど雲が隙《す》いてその部分だけ美しく紅いのを見た。猪股は手を挙げてその方を指さしながら大場に言った。

「見給え。美しい色をしている。ところであの小さな美しい色の部分だがね、あれが考え方によってはなかなか重大な意味があるのだよ。東の端に現れているだけに僕には、あの微妙な小さな色彩が実に雄大なもののように空想される。夕日が西に沈もうとしている。西の方の空は深く曇っているからそれはまるで見えないが、あの紅い雲の部分は高いところにあって雲のかげに沈もうとしている夕日が、ぽっちりあそこへ映じている。ただ紅い雲が少し見えると思っただけでは大した意味もないが、あの雲とまるで反対のところに誰にも見られずに今日の夕日が沈みつつあるのだ。そうして空一ぱいの曇天の上には、われわれの方からはただ裏しか見えないが、密集して重層したいろいろの雲の西に面した部分には、みんなあんな風に美しく夕日が当って照らし出されているのだからね」

大場は理屈っぽい助教授が詩人のような事を言い出したのでびっくりした。

「すべて何事でも」

助教授は言いつづけた。

「現われているのはほんの一部分だ。その部分を通じて全部の見えないところを発見するのが、独創的な人というものだろうね」

若しここにもう一人猪股のような明敏な人がいて、この時の猪股の心裏を透察するとすれば、その人は美しい夕方の雲に対する猪股の詩的な一言が、或る意味では猪股の心の空の夕方の雲そのものであったのに気がつくであろう。——須藤初雄という文士の名を聞き、その人に会うことなどを考えているうちに、猪股は無意識に彼の少年時代の文学に対する憧憬を再び思い出していたのである。その憧憬は譬《たと》えば夕日であって無意識の層雲のなかに輝いていたが、その雲の小さい裂目から、彼の憧憬はまるで反対の方向にその一端を現わしているのであった。そう言えば一体、科学者としての猪股の態度そのものがやはり文学の余映《なごり》のような方向をとって、科学と詩との私生児の如きフロイド学説に興味を感じている理由も自ら頷《うなず》けるわけなのである。そうして少年時代の夢想が人の生涯に於て事毎にどれだけ有力に作用するかの実例の一つを人々は猪股に発見するであろう。ともあれ、大場が猪股の説を聞いているうちに猪股を詩人のようなと直観したのは正しかった。

彼等はそれぞれに沈黙して雨の晴れて行く空の下を、泥濘の新開地の土の上を歩いていた。猪股は今のさき意識のかげにあった事が、後には徐々にその表面に現われ出て来た――恰《あたか》も空が晴れて行くように、即《すなわ》ち彼ははっきりと彼の二十の頃を思い出していたのである。その頃にはまだ須藤初雄などという文士は、無名の文学青年であった筈だという事や、若し猪股自身が文学者の社会へ身を投じていたら、今ごろどんな仕事をしているだろうかなどと、それは淡い悔恨に似た追想であった。

「先生」大場が猪股を呼びかけた、猪股は子供らしい気持に耽《ふけ》っていた自分に恥じている間に大場は言いつづけた「須藤初雄氏に会って濱地英三郎の事を聞けば或る程度までは彼女の事情は判りましょうけれど、それで全部が知れるというわけには行かないでしょう——僕はそう思うのです」

「それはそうだとも」猪股は答えた「探偵社の調査だから当にはならないが、濱地は七年前に精神異常になって、それ以来濱地との関係は——少くとも外面的関係は絶えている筈なのだ。今になってたといヒステリーの結果でも死ななければならないような気持になるには、その後の七年間にまだ何か事件があってもいいだろう。それにしても、君はどうしてそういう推察をするのだ」

「姉が、私の姉が」大場は言った「その身の上話を彼女にしたそうです。彼女はそれを聞いて言ったそうです『あなたの過《あやまち》はそれはあなたの罪ではありませんわ。それにあなたはもうそれっきりでおしまいなのですもの』そう言って彼女は長い間泣いたそうです。私の学校に行っている留守の間のことでしたが」

「うむ。なるほど。——それで君の姉さんの方の話というのはどんな事なのだ」

「それは、いずれ改めて申しましょう——家へ行くまでには話せませんから——何、簡単な話ではありますけれど」

彼等は事実もう大場の家の近所に来ていた。

大場の家に来た時に、姉の鄭重な挨拶にも満足には答えないで、猪股は全然事務的な様子であった。

「ともかくも患者の方を拝見します」

猪股は座敷へ入って行った時、机の前に端坐していた辰子は仮面のような硬《こわ》い顔をふりむけた。しかし、それは視野狭少を呈したその瞳のためであって、猪股に対する敵意ではないしるしには、彼女は猪股に礼をする時に不自然ではあったが笑顔を努めた。

「さあ御診察をします」

猪股は命令する人の威厳を具《そな》えて手を延すと、辰子は静脈の青く透いて見えるしなやかな細い手頸を素直に差出した。強く握ったなら砕けてしまいそうな小さい美しい手であった。

「乳房が痛いのだそうですね」

「ここです」

辰子は握られていない方の手で自分の乳房を軽く抱いて見せた。

「片方だけですか」

辰子は考えていたが「え、こちらの方です」

「左の乳房だけで？」

猪股は握っている辰子の手が異常に痙攣《けいれん》するのに気づいた。

「手はいつもふるえますか？」

「……」

辰子は答えなかった。そうして円い大きな、もし視野狭少さえなかったら彼女の顔のなかでも特に艶麗《えんれい》なその眼を上げて、猪股を凝《じっ》と見つめた。それは猜疑《さいぎ》と哀願とを籠めた犬の瞳に似ていた。それを猪股はまともに見返すと、彼女は力無げに目を伏せてしまった。

「さあ、帯を少しゆるめて、ここへ仰向きになって見て下さい、痛いところを拝見しましょう」

辰子は殆んどゼンマイ仕掛けの人形のように動作をした。傍で見ていた大場は、ふと催眠術にかかった人間を思い出した、猪股は先ず左の乳房を圧《お》してみた。それから右の乳房をも圧してみた。

「両方とも痛いでしょう」

辰子は枕をした頭でうなずいた。

「あなたは気がつかないでしょうが、まだこのあたりも痛い筈です」

猪股は卵巣部を圧すと、驚いた瞳を輝かした。

「——どうですか。痛みませんか」

「痛みます」

辰子は言いながら、顔の上半は苦痛の表情のうちに口もとだけは並びのいい歯を見せて笑っていた、それは人に媚《こ》びているように思えるものであった。

「よろしい。心配することは何もありません」

はだけている胸をかき合せながら辰子は起き上り、そうして手を延ばして電灯をともした。

夕方の光りと電灯の光線とが交錯するなかに、辰子は妖姫《ようき》のように立って呆然としていた。大場は再び催眠術にかかった人間を思い出した。

「失敬します。またそのうちに来て見て上げます」

猪股は冷たくなった茶を一息に飲み干すと、立って次の間へ出て行った。

大場の家の玄関で靴をばはきながら、猪股はふと向いの家を見ると、まだ明るい外気のなかで、門灯がぼんやりと光っているその名ばかりの門の傍に梧桐《きり》が若葉を出していた。

「おや！」

猪股は心のなかで軽く叫んだ。それから大場をかえり見て尋ねた。

「向いの家の門には、前から梧桐が植わっていたかい」

問われた人は、質問の意味がちょっと呑み込めなかった。

「さあ？」

「この前、僕が来た時にもあの梧桐はあったかね」

「ええ」姉が大場の代りに答えた「あれは私どもここへ参りました時から、植わって居りました」

「そうでしたか。うむ」

猪股はひとりで何か感心したらしい有様であったがやがて、大場の家から出た。

猪股が感心したのは外でもなかった。この前彼が大場の家を訪《おとな》うて、玄関で不意に旅館を経営している叔父を思い出したのは、きっとこの梧桐と関係があったに違いないと思われたからである。少年の頃、叔父の家で彼は西日の射す二階の小さな室を勉強部屋として与えられた。その部屋の窓の外にはやはり梧桐が植わっていた。この前、大場の家に来た時、彼は向いの梧桐を見たに違いない。そうしてそれを充分に意識するよりも早く、彼はもう少年時代の回想をはじめて叔父の家を思い浮べていたのであろう。その時、片方に辰子の事件という重大な問題を持っていた猪股は、梧桐や叔父の家や彼の少年時代などという閑問題をはっきりと意識しているひまもないうちに彼のその考えはもう直ぐにより重要な辰子の事件と結びついて、辰子の下駄を見ることでその人柄を知ろうという宿屋らしい行動となって表れたものと見える。それより外に考え方はない。猪股は自分の小さい発見に満足を覚えた。

　大場の家を出ると直ぐ猪股はひとりの妊婦を見た。もう出産時に間もない若い細君で、夕食の用意のために近所の店に買い出しにでも出かけた帰りであろう。猪股は振返って見て、果してそれが大場の隣人らしいのを知った。辰子が転居したいというのはこの妊婦を見るのが嫌なのであろう。妊婦に対して彼女は嫌悪或は悲痛な連想を持っているらしい。赤子の泣き声を幻聴したる事実もあったし、また今日は乳房という言葉をどうしても言おうとしない。しかも両方痛みを感ずる乳房を特に左の方だけだと言うのも奇異に思えない事はない……

大場は、もしや、辰子を恋するのではないだろうか。彼はまだ一度も辰子の名を呼んだ事はない。必要な場合には口籠《くちごも》りながら「彼女」と呼ぶ。それぱかりか今日は辰子が白い胸を露《あら》わした時、それをながめた大場は眩しげに見えた。無理もない。辰子は妖艶である上に、得体の知れないところに魅力がある。

——猪股はそんな事を考えつづけながら、ひとり停車場の方へ歩いている。

須藤初雄

学生須藤三男の案内で猪股助教授は三男の兄である須藤初雄を訪うた。大場は助教授のお供をした。大場は文士という者を見るのははじめてであったが、やっぱり一種へんな生活をしている者だと思った。第一にアーチ形の妙な門は閉じ切ってあった。それを開けさせるためには、三男が先ずひとりで台所口へ行って女中にそれを命じなければならなかった。門が開かれる間、その家の外見を見るともなく見ると、低い塀も壁もみんな淡紅色に塗ってあった。三男のいうところでは、小学生が鬼が島の城だと云いながら、前を通るという話であった。女中が出て来て門をあけると、同時に極めて小さな犬がコセコセと客の足もとに附き纏《まと》った。獏《ばく》という不思議な名だと見えて、三男はその名を呼んでうるさい犬を叱った。狭い庭にはありふれた木が一杯に植込んであったので、玄関へ行くまでの五六間の敷石の径《みち》は藤棚の下をくぐるのでその花が昨日の雨でこぼれていた。玄関に入ってみると別にもう一疋《びき》、狆《ちん》がのそのそと内から出て客を見に来た。つづいて小猫が鈴を鳴らしながらかけ出し、最後に主人の須藤初雄が、気どった鼻眼鏡にも似合わずつんつるてんの洗いざらしの飛白《かすり》の着物で、寒くもないこの季節に無作法にも懐手《ふところで》をしてそれでも出迎えたのである。

「ちょっと今、用談の客がひとりいる。すぐ帰るから、ベランダで御待ちを願うことにしよう」

須藤初雄は弟にそう言いつけて、助教授と大場とには一礼をしたまま狆と小猫とを従えて引込んで行った。不意にけたたましく子供の泣き声がひびいて来て、ふと大場にはそれが辰子を思わせた。その泣き声は一転して笑い声になってしまった。タイル張りのベランダに通って見ると、そこに一羽の鸚鵡《おうむ》がいて、今の泣き声と笑い声との不思議を自ずと説明した。蔓《つる》の垂れさがった凌霄花《のうぜんかずら》の蔭には、雲雀《ひばり》の籠《かご》がつるしてあって、それが囀《さえず》り出した。坂の下まで電車が通っている場所とも思えないほど静かであった。

その閑静は愛すべきものであったが、さっきから、猪股の気にかかるのは、隣室の応接間らしいところで主人と先客との取交している談話であった。猪股は別にそれを注意して聴くわけではなかったのに、主人の大声が自然と彼の耳に入るのであった。しかも、その野良声はこの閑静にも似合わしくないような話題なのである。客の方の声は小さくてその為めに事情はよくわからないけれども、それはどうも主人の大声によると稿料の不平を述べ立てているとしか思えない。

猪股は苦々しい笑を禁ずるわけにはいかなかった。そうして仕方なさそうに彼の唯一の贅沢《ぜいたく》である葉巻を取り出してくゆらしはじめた。

「……僕の要求を入れてくれなければ、僕としては書かないだけです。御返事はこのとおり極く簡単なのですから、帰ってそう御復命願いましょう」

どうやら隣室の話は終ったらしい。

先客は、しかしまだ、帰りそうにもないと見えて、須藤初雄の癇《かん》の昂ぶったような声は、再び洩れて来た。

「殆んど毎月のようにあなたの社からは御使を下さる。ただ御辞退したのでは容易に引退ってくれないものだから、仕方がなしに、あなたの方の編輯や営業方針が私には不愉快だからという本当の理由をつい申し上げずにはいられなくなる。忠君愛国の思想これ亦、甚《はなは》だ結構です。しかしあなたの社の諸雑誌の広告を拝見していると、それを購読して御社の顧客になることがまるで唯一の愛国法ででもあるかのような筆法です。その理窟を今までも皆さんに申し上げたのですが、どなたも真意は御酌み下さらないのか、それともお酌みにはなっても社へ御帰りになっての御復命には、私の御答えの通りは仰有って下さらないのでしょう。私は御社の雑誌へ書いてみたい気は少しもないのに、御社からは毎月御使があり、その度に社員の方にはお気の毒だし、それかと言って私の考えは少しも変えられないとしてみると、これは毎月必ず一度は皆さんとこうして一時間以上も議論をしなければならない事になりますな。それじゃお互に時間の空費というものです。それも頗《すこぶ》る不愉快に空費します。だから私は、今までの理窟はもう引っ込めます。理由をごく簡単にします。稿料が折合わない――彼奴《あいつ》は欲ばっていて一枚五十円以上でなければ断然書かないと吹っかけたと仰有って下さい。これならもう御復命も簡単明瞭だしお互に面倒な理窟を言い合わないですみましょう。――追い返すようで恐縮ですが、外にも用談の御客がありますから失敬します」

猪股は聞くともなしに聞いていくらか話が面白くなったと思っていると、急にベランダと客間との間にある大きな引戸が重そうに開けられて、今までの声の主が現われていた。

「いや、お待たせ致しました。どうぞこちらへお出下さい。もう用談も片づきましたから」言いながら須藤は振り返った。そうして客間の方へ礼をしたのは、追い返されて立去ろうとする先客の一礼に答えたのであろう。どことなく落着きの悪いそれでいて尊大な男で、もし猪股が文壇の事情を知っていて、この男が高等野人だと評されているのを聞いていたら、多分同感しただろう。

大場は須藤三男の兄のこの横柄な応対ぶりには、ただもう一驚した。そうして猪股助教授とはいい取組かも知れないと感じた。実際この両人は三男が両方を紹介した時にも、どちらからも別に初対面の挨拶らしいものは何も交さなかった。主人はただ客に椅子をすすめると、彼等がまだ席も定まらないうちに、自分だけは既に腰を下していた。それも自分で安楽椅子を択《えら》んで、ゆらゆらとその底をゆすぶりはじめているのであった。煙草に火をつけたが、そのマッチの序《ついで》に意識的にかそれとも無意識的にか、その前の円卓の上にあった名刺——多分さっきの客のものであろうが、それを摘まみ上げると火をつけて灰皿のなかへ投《ほう》り込んだ。三男は尋ねた。

「どこの人だ」

「何、例の報国雑誌社さ」


はじめて出会《でくわ》した二頭の猛犬のよう、須藤初雄と猪股助教授とは双方で本能的に気味悪がっている。犬ならば唸り合うところを、彼等は人間の紳士だから、黙って煙草を吹かし合っている。彼等はどちらも社交的な訓練を経ていない上に、曽《かつ》て文士を志した事のある猪股医学博士は、漱石鷗外の歿後の文士には碌《ろく》なのはいないと思い込んでいるくせに、今目の前にとにかく有名らしい文士に出会って見ると自分でも腹が立つ程へんに気おくれがしたし、又、須藤初雄の方は学校生活は殆んど満足に遂げられなかった人物だけに、学校をしかも大学までも卒業したなどというのは馬鹿の有力の証拠と心得ているくせに、さて助教授で学位があるなどという相手を見ると、さっき雑誌記者に威張り返ったように好き放題なことも言えない。全くこの二人は、大場が直ぐ感じたようにいい取組であった。一たい大場は素直な青年だけに子供のように無邪気に事物の真を直感する能力があった。そうして大場には、互に口の重くなっている猪股須藤両氏を見ることは、弾丸を込めてないピストルを見るぐらいな程度で不安であった。そうして彼は何か口を利いてこの空気を緩和せずにはいられなくなった。彼は話題を発見して、須藤三男に言った。

「君、あれは何？　あの船は？」

それはファイアプレイスの石の棚の上に飾ってある。三男は答えた。

「コロンブスがアメリカ発見の時に乗った船だそうだ――アベ・マリア号か」

「それの模型かい。古いものだね」

「何、おもちゃだよ！」

突然、弟とその学友との話題に口を挟んで初雄が答えた。それは自分の持っているものを謙遜するというよりも、自分で侮辱して喜んでいるという口調であった。

「ハ、ハ、ハ」

不意に猪股が悪意のない哄笑を発した。その声に誘われでもしたものか鸚鵡《おうむ》は頓狂な声を張上げて、

「坊や、坊や、坊や」

と繰返しはじめた。そうして何だかわからないが、三つ四つぐらいの女の児の口調で

いつまでもさまざまなきれぎれの言葉を喋《しゃ》べりつづけた。泣いたり、笑ったり、歌ったりした。

「大へんよく話す鳥ですね」猪股が言った「あれを聞いていると、まるで、三つ子を精神病にしたようです」

「ハ、ハ、ハ」

今度は須藤が哄笑した。

大場の言葉から出発したアベ・マリア号は思いがけなくも、この一座の為めにくつろいだ気分の新大陸を発見した。

「兄さん」三男が時を見計らって云った「猪股先生に濱地の事を話して上げたらいいでしょう」

「どうぞお願いします」

猪股も気軽になって口をそえた。

「さっきから、実は考えているのですがね」須藤初雄は答えた「世間というものは、人間を殺すものです。甘やかして殺したり、飢させて殺したり、さまざまな殺し方がありますが、濱地などは正《まさ》しく世間から圧し殺されたようなものですね。そうして生埋めに会ったようなものです——尤も、穴は自分で掘ったものに違いありませんが」

「はじめて私があの男に会ったのは」須藤は言いながら指を折って「そう、十二年前になります。私がやっと世の中へ名前を出してからまだ間もない時です。その年の、そうです、ちょうど今ごろ、紫陽花《あじさい》が咲いている季節でした。濱地はたしか二十一かそこらだったでしょう。田舎で徴兵検査を受けるのを待ち兼ねて上京したのだと聞いたように憶えています。北海道の小樽から出て来たのです。そうして当時、私も其門に出入していた先輩の批評家石田氏のところへ、彼は一篇の長篇小説を持ち込んだのです。いや、もっと詳しく言うと、その春の頃から予《あらかじ》め郵便ででも送ってあったのを、是が非でも一読させるために上京したのでした。そういう関係で石田氏は濱地を私に紹介したのです。石田氏は濱地の長篇『太陽の照すところ』というのがひどく気に入って、それを出版することに奔走していましたが、私にもそれの推賞者の一人になるようにというので、その原稿と一緒に作者の濱地を紹介したのでした『太陽の照すところ』という作品はいかにも石田氏好みの作品で、私は石田氏ほどには感心出来ませんでしたが、それでも二十歳やそこらの青年の作であると思うと推服せずにはいられませんでした。それは気むずかしくなればさまざまの注文は持ち出せるにしても何しろ気魄《きはく》に満ちた作品でした。御承知かどうか知りませんが、それは石田氏の御蔭で出版される事になると商売上手の本屋の宣伝もあって素晴らしい勢で売れ出したのです。小説らしい小説が作者たちの間で流行しなくなって小気《こき》の利いた作品ばかりになっていた時代に、濱地の作風はその欠点は素人には苦にならないし、その代りに筋の組立の面白さや英雄主義的の感傷趣味はよく判るわけなので、つまり我々が見て困ると思うところも一般読者にとっては長所と思えるという得もあり、時代に投じたという形でした。三ヶ月の間には三版ぐらいまで出し五千ぐらいは売れたでしょう。当時としては驚くべきレコードで、それがまだ売れ広まるという見越しがついたせいでしょう、出版屋の方では濱地に続篇の執筆を依頼した程でした。こうなって来ると、いろんな雑誌社も黙ってはいません。私のところへも濱地に何か書くことを承諾させてくれと間接に頼みに来た社がありました。私はその時、濱地は長篇はいいが短いものでは面白く出来ない作風だし、それに濱地はまだ年が若い上にあまりちやほやされると心配な点のある男だと言って、雑誌社の間接の依頼を、社の為めにも濱地の為めにも一考したものでした。雑誌社では私がおいそれと濱地に取次がないのが大分不平で、濱地が後輩でありながら地歩を占めるのを、私が喜ばないとでも思った様子でした。そうして直接濱地のところへ行って何か書かしたようでしたがこれは私の予想したとおりあまりいい出来栄《できばえ》ではありませんでした。それ見ろ！　と思いながら私はその雑誌社長の私に対する失敬な推測を憤りましたが、一面にはそれも無理もないと思わざるを得ませんでした。というのは……」

須藤は先刻から客のはそのまま空にして置いて、自分の茶碗にだけ頻《しき》りに注いでは、ひとり茶を飲みながら喋っていたが、今も茶を注ごうとして、空になっている急須に気がつき女中を呼ぶために手をたたいた。

須藤の話のつづきである――

「私のことは暫《しばら》くさて置いて、所謂文壇に於ては濱地の不評判は、彼の書物の売れ行きと反比例でした。そうしてそれはどちらも加速度的なものでした。濱地の作品は幼稚な所詮は通俗的なものだという説と同時に濱地という人物は下等な男だという噂が、文壇の隅から起っていました。それかと言って批評家が濱地の作を題目にして正面から論じた事は一度もなかったものです。さもそんなものを論ずるのは不見識というような顔つきをして黙っていたのです。しかし濱地の作がそんな下らない通俗なものであるならば、しかもそれが日々に売れ行が拡まるのだから、この現象に対しても濱地は黙殺すべきではなかったのです。濱地を黙殺しようとしたのは、私の見るところでは不正当であります。そうして正面から一度も論ずることもなしに、匿名の断片的文章で、通俗の幼稚の下等のと風聞するに到っては不正当以上、卑怯の沙汰なのです。それを漠然と抽象的に書くだけではなく、何かありもしない事を捏造《ねつぞう》したり、誇張したりして他人を傷つけることは、昔から文士相軽《そうけい》という言葉もあるほどで、今に始まらぬ事ですがこの当時最もひどくなっていたのです。それというのも文学が一般社会的に流行し出したからでしょう、或る男の如きはその為めに自分の雑誌を発行したかと思える程でした。知らない人はいずれ文士の筆の尖《さき》のいたずらで気の利いたもの位に思うかも知れませんがその露骨さ下品さは裏長屋のおかみさんでも恥ずる程なので、それがしかも政策的に行われているに到っては情けないとも何とも、全く言語道断です。――私のは公憤だけではありません。私憤もありますよ。大の被害者なのだから。

この連中はこうして同業者を傷つけているうちに、それでなくてさえも大して尊重されてもいない文学者が、社会からどれほど軽《かろ》んぜられる結果になるかなどは考えても見ないのでしょう。文士というものは酒を呑んだり女を買ったり誘惑したり賭《か》け事をして遊んだりするより外には、何もしていないようなことを世間へ吹聴《ふいちょう》しているわけなのですが、そのくせそんな事を書いて人を槍玉に上げる連中自身なのだから困ったものです。そういう一方では文士の社会的地位を向上させるとかで稿料を高くする工夫ばかり考えているのです。そうして稿料さえ高ければどんな趣味の下劣な雑誌でも喜んで書き、さてその書くものと来たら——いや、こんなことは濱地の話には関係もありませんがな。——いや、そうではない、やっぱり関係があります。大ありです。文士はだらしのない生活をしている者だという事を彼等は筆と事実とで宣伝した上に、そのだらしのない生活者たる文士がなかなか大した収入があるのを見て、先ず反感を持った者は同じ文筆生活者たる新聞記者です。濱地は文士の仲間から軽蔑されていても、もし文士全体がもっと社会から好意的に見られていたら、あの事件の時にも濱地はもっと社会からよく了解された筈です。それにしても濱地も人から憎まれても仕方がないように出来ているのでした。そうです。条件は何もかも不足していなかったのです。当時、濱地の増《ぞう》上慢《じょうまん》は頂点に達していたのです。そこであの事件の真相というのはこうなのです」

人生の不幸

須藤の話ぶりは特有なもので、一種訥弁《とつべん》の雄弁に属する。少々訛《ども》りでそれが早口にまくし立てる。平気で枝葉へ繋って行くが、それがいつの間にか本筋と結びついている。蔓草《つるくさ》のようなあぶなげな話の進展で時々非常な独断を犯し、主観的になる。須藤の口から聞くとそれが不思議な味も無いではないが、それをそのままの形で文字にして再録したのでは、読者はその煩《はん》に堪えないだろう、その須藤の談話を、幸いにも猪股助教授は一流の明断な頭脳によって聴き取った。我々も須藤のお喋《しゃ》べりに従うよりも猪股助教授の簡にして要を得る頭脳に従うのを便利とする。そこで、今まで須藤の話したところを、もう一度猪股流に摘要しその後の須藤の談話をも、同じ方法で記すとする。

少年にして高科に登ることは正《まさ》しく人生の不幸である。それは彼を驕慢にしてその才能を大成せしめることを内部から妨げるが上に、外部には事毎に衆人の嫉視《とし》に逢わなければならないのである。須藤の説によると文士の社会には特別の小人が多く従って姦策《かんさく》に満ちているというが、それは須藤の主観で人間の世界はどこも同然であろう。尤も今日一般社会では、文士のように年少で名を成すような職業は尠《すくな》い。そうして文学が一般社会の流行になった時代では、文士は名と一緒に富を成すことも出来る。

それが空しい名ばかりの間は世人も別に問題にはしないが、富も一緒に得られるという段になると、欲望が一般社会と共通なだけに問題は一般社会にまで拡張して行く。社会から嫉まれ憎まれるのが文士であり、その文士のうちで更に嫉まれ憎まれるのが濱地英三郎の運命であった。その運命は更に頗《すこぶ》る皮肉な作用をした。即ち全体の文士が彼等すべてに与えられた世人の嫉視と憎悪との適当な受取人として濱地を推挙したような結果になった。しかも推挙された濱地は彼自身の成功に自ら眩目して、世人の嫉視憎悪の犠牲になるのに適当な人物に自分を仕立て上げてしまっていた。しかし考えて見れば、無理もない事である。濱地はまだ二十五にも成らなかったのに、三年程の間に一管《かん》の筆によって三万円ばかりの貯蓄を持つようになっていた。これがすべて著書の印税なのだから、得たものは単に三万円の金ではなく、寧《むし》ろ作者としての名誉の副物としてその金が自《おの》ずと与えられたのだ。一躍してこんな名と富とを与えられ、しかもそれが白面の少年であったら、たとえ濱地ならずとも心昂ぶるのは当然であろう。それだのに更に濱地と来ては、須藤の言うところによると、一種特別に人を人とも思わぬところがあった。それが毒々しいものであった。どんな倨傲《きょごう》な人物もそれが高輝な魂を抱いている限りには、ふとした機会に思いがけない慙羞《ざんしゅう》のような表情を示すものであるが、濱地にはそんなしおらしさは一点もなかった。無邪気さ愛嬌そんなものは彼には全然影を見せなかった。濱地の才能はどこまでも野心と道づれだった。これを思うと、文壇を挙げて濱地を憎悪したのも故ある哉と思うのである。須藤は濱地と交際すること一年半ほどで、後は自然に遠ざかってしまったのだが、それはほんのちょっとした事が理由であるが、その一些事《さじ》を次に述べたら、濱地の面目は多少伝えることが出来るだろう——。

まだ彼等が快く交際をつづけていた頃の或る日、須藤は家庭で濱地のために夕飯の用意をした。牛鍋をつつくことにして、須藤は食前にちょっと部屋を出た。再び部屋にかえってみると、今まできげんよく用事をしていた須藤の細君が急に、濱地には口も利かなくなってしまっていた。不思議だった。濱地が帰ってから後、須藤の細君の言うところによると、彼女がそれで鍋を掻きまわしていた箸を濱地が物も言わずいきなりに取上げてしまって、自分で鍋をこしらえ出したのだそうである。須藤の妻は非常に憤《おこ》っていた。それは無礼には相違ないが、彼女がそんなに怒るほどの大した事とも須藤には感ぜられなかった。ほんの書生あがりの濱地なら、大した積りもなくそんな事ぐらいやりそうなものであった。須藤は寧ろ自分の女房のヒステリカルな怒りかたの方をたしなめた程であった。しかしその後二月とは経たないうちに、須藤にも彼女の怒りの意味が本当に感ぜられたのだ。

その日、須藤と濱地とは人生観の相違から、ちょっとした議論をした。濱地の簡単明瞭な人生肯定に対して須藤は東洋流の厭世観《えんせいかん》を述べたのである。須藤は虚無に還るという言葉を使ったが、その時であった——濱地はいきなり、須藤の手の甲をつまんで引っぱった。

「どうだ。感じがないのか。痛いだろう——その感じを持っている人間が、そうやすやすと虚無に還れるか」

濱地のこの仕草と口ぶりに、呆然とした須藤の手の甲を、濱地はいつまでもつまんでいた。須藤は我に返ると

「失敬な、何をするのだ！」

声と一緒に濱地は手だけは引っこめはしたが見ると、その顔には一見悪寒《おかん》を催すような笑を浮べていた。その目は悪意に燃えていたし、その口角には凍《い》てつくような冷笑があった。これほど憎々しげな挑戦的な圧迫的な冷酷な笑が、人間の表情のなかに有り得るだろうかと眼前のものを疑いながら、横面一つなぐりつけてやりたい気持さえ消え

た。須藤はただ不愉快というよりも不気味にさえなった。十年を経過した今日でさえもその印象は鮮明であり、それを回想すると感情までも再び湧くのを覚えるが、多少斜視のようなその目つきと、浅黒い顔のなかに特別の真白にそれも小粒な歯が猫歯になって並んでいて、（つまりハッチンソン病徴であると猪股は思った）その上に露出した歯ぐきがへんに暗紫色であったのが、彼の顔をそれ程まで異様なものに感じさせるに有力であったかも知れない。そうして須藤は後に濱地が発狂したことを知った時にも、すぐにあの笑顔を思い出してそれが既に狂人の表情であったような気がしたのであった。この時以来、須藤は彼の女房の濱地を憎悪する心理が解るとともに、彼も濱地を愛する気にはなれなくなって、その後二三度の訪問に対して至極冷淡に遇した。濱地はその後もう須藤のところへ立寄らなくなって、風の噂では濱地は、須藤が濱地の天才を怖れて、中傷している——俺は須藤以外には文壇に交友はないのだから、文芸雑誌に出る俺の中傷は皆須藤のせいだ、とそう言っているということであった。

濱地が三万円にも達した印税の一半を持って、一年ほど欧米漫遊をすると決した時にも、須藤は人にすすめられたが、送別会発起人に名をかすのさえ断った程であった。その為めでもあるまいが、濱地の送別会は遂に成立しなかった。

文壇の濱地に対する態度を不快に思い、ともかくもその才能だけでも認めていた須藤までが彼を愛することが出来ないのは、濱地がよくよく不快な印象を人に与えるように出来ていたには違いないが、又、濱地の立場から言えば、周囲が悉《ことごと》く彼を反感の目で眺めるにつけて濱地の尊大と倨傲とは、反抗的に募って行かざるを得なかったのかも知れない。全く孤立した濱地は、どうかして文士どもを征服しようと考えたのだろう。

濱地はもう文壇などというけちな天地を見切ったのはよかったが、世間を味方にしようというので、先ず箔《はく》をつけるために洋行を思い立ったと見える。帰ったら大作に着手するために先ず書斎が必要だというので、郊外に土地をも買ったという噂もあった。誰にも送別会をされなかった代りであったか、濱地は世俗の所謂《いわゆる》名士たちに頼んで送別の辞を書いて貰った。それに並べて彼自身で書いた留別の辞には『太陽の照すところ』などのような僅《わずか》に三千枚足らずの習作ならばともかくも、今度企てているような大作に着手する前には世界的見聞も必要だし、又一年やそこらの休養も無意義ではあるまいなどと書き立てたものを出版社では好箇の広告に使った。

実際どんな旅行をしたものかそこはよく判らないけれども、濱地の帰朝談というものは、これも後になるまでは単に彼のいつもの大風呂敷ぐらいに思っていたが、思い合すとやっぱりもうよほど正気でなかったのではないかと疑われる。アメリカの大統領と握手したぐらいの事は本当だろうが、アナトオル・フランスと社会問題に就て激論をしたとか、某新進の閨秀《けいしゅう》作家に著作翻訳を好意的に一万円ばかりで譲って来たの、今年の冬になってシーズンさえ越せば何とかいう女優が彼を訪ねて来る筈になっているので、もしかするとその女優と自分は結婚する事になるかも知れないが、その美しい若い女優というのはこれだとか、写真を挿入してある文章だけれども、どうも信用し兼ねるものであった。それればかりか以前には静かでさえあれば簡素な小屋でもいいと言っていたものが、ヨーロッパを見て来ては小屋のようなものへは住めないと言い出して、既に三百坪ほどは買ってあった土地を売り払って新たに千五百坪ばかりのところを見つけることを、出版社の大番頭に頼んだとも言われている。

　そんな事の最中に、須藤は或る朝、大きく出ている濱地の肖像を××新聞の社会面で見つけて、又例の広告的宣伝かと思って読もうともせずに新聞をたたんだのを、女房が記事を発見したのであった。発見するもせぬもない。二段抜きの大見出しに「青野男爵令嬢」とこれは四号大の活字に、「濱地英三郎」と二号大でその下には小さく「に誘拐監禁さる」とあったのを読み落していた須藤は、ほんとうに寝呆けていたのかも知れない。記事は標題や濱地の写真の割には短かった。標題の解説ぐらいより以外には、事件の起ったのは小田原だ、というだけが知れる程度であった。そうしてこの記事は、××新聞以外の新聞には一行もない事も、些《いささ》か腑に落ちないような気がしないではなかった。しかし、××は決して出鱈目《でたらめ》な新聞ではない。

その日の午後、須藤は某雑誌社の編集に用があって訪問したが、話題は自然に濱地の事件に触れずにいなかった。政界の事情などはとんと知らないのを自慢にしている須藤は此花倶楽部の大立物たる青野男爵が××新聞とは政敵だということをはじめて教えられたわけであった。外の新聞は沈黙させる事が出来ても、××新聞だけはどうにもならなかったのであろう。それにしても標題のセンセーショナルな割合に内容の簡単なのは、やはり青野家に多少は遠慮しているのか、それとも大した記事にもならない事を書き立てたのか、須藤のこの疑問に対して政治通のこの雑誌社長は、××新聞と青野男爵との間柄では少しも用捨などをする必要がない筈だから恐らくは後者だろうと決定した。しかしそれならば、あの記事は信用ある大新聞らしくもない空疎な報道だという一事は皆同感であった。その話の最中に、広告部の主任が顔を出した。彼は職業上の用務で今のさっき××新聞社へ行って来たばかりなのだが、彼が××社で聞いたところでは、濱地に関する事件の記事は今に面白い展開を示す筈だと言っていたという。後になって思い合せると、××社はたしかに或る成心をもって、大新聞らしくもないあんな間の抜けた報道をわざとやったのだとうなずける節が多いのである。

一旦××に出たとなると、他の新聞だってもう黙ってはいられなくなったものか、その日の夕刊には、どの新聞にも濱地と青野令嬢辰子の名があった。問題の女主人公は当時たしか十九であった筈だ、諸種の夕刊の記事は××などのようにとりとめのないものではなく内容も詳細に報じられてあった。しかも不思議なことにはこの事件の最初の報道者たる××は夕刊の紙面でも、あまり詳細な報道をしていないのである。

濱地の非人格なことは××紙も既に多少記してはあったが、他の諸種の夕刊では特にこの点が力説されてあった。辻々では鈴の音と一緒に、夕刊売は喧《やかま》しく濱地英三郎の名を叫びつづけていたが、なかにはその名の上に色魔色魔と呼び添えている者もあった。或る者はまたその胸や、腰にある箱に貼りつけたビラ紙の上に「色魔文士の暴行事件」と赤インキで記してあった。その紙が秋の風にヒラヒラと吹かれるのを須藤は散歩の途上で見かけたのであったが、須藤はさまざまな記事を照らし合して考えてみて、どうもこの事件のなかには腑に落ちないものがあるのを感ぜずにはいられなかった。最初、××新聞の朝刊で曖昧な記事を見かけた時には、その報道を不正確とは思いながらも、濱地ならば或はそのぐらいな事はやりかねないような気がしないではなかった。しかももっと詳細にわたってさまざまな記事を見ているうちに須藤はその詳細な報道が、どうも反って信じがたいような気がして来たのであった。濱地はなるほど其位なことはやり兼ねない人物には相違ないが、さて辰子とやらいう令嬢はいかに深窓《しんそう》の令嬢であろうとも十や十二の娘ではないのだから、そう事もなげに誘拐されたり監禁されたりする筈はない道理である。しかも、濱地が令嬢を監禁したというのは、濱地の私宅でもある事か宿屋なのである。これだけの事からしてもうこの事件は歪められて報道されているのは充分に察せられる。

十九にもなる令嬢が、それも都会で育ちまた別だんに低能児でないらしいその令嬢が、どんな手段で誘拐されたか。活動写真や探偵小説にでもあるように、魔睡のうちに自動車ででも奪い去られたとでもいうのか。又、誘拐せられたその令嬢が前日の午後三時からその日の正午まで二十一時間のあいだ、逃亡しようと企てる隙《すき》は決してなかっただろうか。濱地に共謀者があった様子もないし、小田原の宿屋は別にポン引宿というわけでもないらしい。

須藤はこういう不審を抱いたが、この疑問を解くに足るような記事はどの新聞にもなかった。その方法も手段も一切記さずにただ一途に誘拐監禁の文字を使用している。その外には、有名なる某文士という匿名の談話で、濱地はどうも、非常識で平生から狂暴な一面を持っている男で困る――こんな出来事によって文学者全体の品位を傷けなければいいがと語ったと記されてある。青野家の女中頭の談話はその前日、令嬢のお供をして三越に買い物を仰せつかったが、場内の群集のなかでふと令嬢の影を見失い、たずねあぐんだ末に令嬢は恐らくもうひとりで帰邸したものと思ってそのまま帰ったがために、かかる大事を生じて主家に何とも申訳ないと涙を流していたという。

又、濱地を引致した刑事の談話としては、濱地は辰子の入浴中にさえ監視の眼を放さず、また監禁中に令嬢が抵抗を試みた証拠としては満身に殴打の痕やら抓《つね》られて血のにじみ出たところがたくさんあると記されてある。どの夕刊の記事も大同小異であるが、それらの紙面のどこにも、宿の女中の談話というようなものを掲げたものは一つもない。またどうして刑事が濱地を引致するに到ったのか――令嬢自身が訴えて出たというのか、宿屋から届け出たというのか。それらの順序についてもどの新聞も一言も触れていなかった。

こう考えてみると、行数こそ空費してはいるが、どの夕刊記事も要するに××の朝刊と同じ程度にとりとめのないような気がするのであった。唯一つ、前記の刑事の談話というのを読みながら、須藤はふと思い出した。それは濱地が変態性欲者で異性を乱暴に取扱う嗜好《しこう》があるのを、或る時濱地自身が話の序《ついで》に須藤に告白した事があったのだ。それを聞いた時には、須藤は濱地の言葉を大して意味があるものとも思わず、ただ奇を衒《てら》うことの好きなあの男がいい加減なことを言うぐらいにしか感じなかったが、それは事実であったのかも知れない。そうして刑事の言うが如く、令嬢の体には多少それらの乱暴の痕跡があったかも知れない。——それにしても、それは結局どうも愛人の愛撫の一種と見るべきものであろうが、辰子とやらいう令嬢が痕跡が残るほど暴行を加えられながら、人に救いを求める声を立てなかったのか。もしそうならばいよいよ濱地とこの令嬢との間柄は、監禁者被監禁者というような単純なものではない事になる。若し又、その宿屋は令嬢が悲鳴を上げても通じないような建物でもあるか。或はまた宿屋の人々はその声を知っても救いに行かなかったものとすれば、これは正《まさ》しく濱地の共謀者になるわけだ。何にしても、この宿屋側から記事をとっていないということが、この事件を不明瞭にしている重大な原因である。即ち報道者にとってはこの点がこの上なしの手抜かりと言うべきであろう。

外貌と真相

須藤の疑念はしかし、その翌日から少しずつ解けはじめた。というのは××新聞が翌日の朝刊でやや内容のある報道をしたからである。それには小田原の宿屋の女将《おかみ》の談話というものもあった。それによると、濱地は別にこの宿と知り合いの間柄ではなく、不意に来た客であるが、濱地の求めに応じて離れの別室に案内したのであった。別室は電話は通じてあるが、本館とは全く独立している。だからその室でお客様方が何をしていたかはわかる筈はない。女中の話では別に大して変った様子もなかったけれどお風呂まで御一緒でおふたりともお部屋から外へ出ることはあまりなかった。だから或は殿方の方で令嬢を逃がさぬように番をしていらっしゃったのであるかも知れない。何にしろ、そんな変ったお客様とも気づかなかったので、大した注意も払わなかったので、これ以上は何とも申し兼ねるというのであった。

又、同じ××新聞は濱地の引致せられた事情についても記しているが、当日、その地方には高貴の御方が御用邸へお引越しになる御日取になっていたので、警察では特高の刑事を停車場に張り込ませて警戒していたのであるが、折から改札口を出ようとする濱地の挙動に不審の点があったから、住所氏名を問うと男は威猛高《いたけだか》に「弁護士の濱田盛三郎を知らんか！」と怒鳴った。側の女を見ると、顔色蒼白で見るから恐怖に打たれているらしい上に、手頸には新しい繃帯がある。何となく腑に落ちないから、ともかくも本署まで引致して取調べると、先ず男の氏名詐称がわかり、つづいて青野令嬢の中立てによって誘拐監禁の事実が知れたのである。令嬢が家名を重んじているのに乗じて濱地は専ら令嬢を威嚇《いかく》脅迫し、そのために令嬢は宿屋に於ても人の助けを求めることも出来ず、また濱地は令嬢を決してひとり室外に出さない為めに逃れ去ることも出来なかったが、意を決して自殺するらしい模様を見て濱地はやっと驚いて令嬢を東京へ連れかえすところを捕えられたと記してあった。

この××の第二次の報道はそれの最初のものやその他の諸新聞の夕刊の記事よりはずっと、具体的に記述されてある。そうして之ならばある程度まではあり得ることとしてうなずけるのであった。ただここまで判って見ると、濱地と青野男爵令嬢辰子とが、以前から知り合いの間柄であったか、もし交際があるならばどの程度の交際であったか、それらの事に就ても一言之に及ぶ必要があると思われるけれども、その点については調査が及ばないのか、少しも触れてはいなかった。それでも他の新聞の同じ事を取扱った記事に比べればその用意は実に雲泥《うんでい》の差があるので、他の新聞はといえばどれもこれも、昨日の夕刊からまるで一歩も出ていなかったのだ。そうして夕刊が出るようになってからやっと、××のその朝の記事と大同小異のものを掲げ得たに過ぎなかった。そうして単にこの記事の報道だけを見ても、××はさすがに大新聞で、外のものはまるで、××の引うつしをしていると云われても仕方がない程だらしのない次第であった。

　翌日の××新聞はほんの十行ばかりあっさりと記してあった。問題の青野男爵令嬢は既に即日夜に入って帰宅を許され、家人によって伴いかえられたが、濱地英三郎のみは取調べのため二日間留め置かれて昨夜一先ず放還されたというのである。

　もうこの事件には興味がないと言わんばかりの××新聞に対して他の諸新聞は今になって、非常に力をそそぎはじめた。その朝も沢山の行数を費していたが、青野男爵自身の談話というものが、各新聞に掲げられてあった。記者たちは当時の模様を知るために令嬢辰子に面会を求めたが、事件発生以来令嬢は驚愕のあまり殆んど失神に近い状態で身体も衰弱して病床にいる折から、当人に面会して当時を語らせては今更恐怖を新にさせるのみだろうというので、令嬢の代りに男爵自身が記者を引見したのだそうである。男爵の談話なるものは凡《およ》そ次のようであった。

——まだ取調中に属するから一切の事件は言明する時期ではなく、いずれそのうちに公表する筈であるが、不徳漢濱地某の行動は娘からこれを明細に聴き取って、今更その行動の非常識非人格なのに驚いている。娘は満身に殴打の痕があった。それにしても娘は濱地の非倫な要求に最後まで抵抗した証拠が、それによって歴然としているのは満足である。家庭では常に最も厳格に教訓しているつもりであるのに、今日のような事件によって世間をお騒がせ申すのはまことに申訳もない。もしこの事件に於て何か娘に落度でもあったならば自分は畏《かしこ》くも皇室の藩屏《はんぺい》の一人としてまた国家の干城《かんじょう》として、また社会の上流にいるものの義務として、娘はもとより生かして置かぬばかりか自分自身も生きて諸君に再びお目にはかからないつもりである云々。

新聞記事は男爵の言葉に対して秋霜烈日《しゅうそうれつじつ》とか何かに賛辞を呈していたが、これを見た須藤は何となく不快な感じがした。それは政治家の言明らしいその場かぎりの不誠実なものでないとすれば、男爵は実に頑迷不霊な人物に相違ない、こういう父によって厳格に教育されたのでは令嬢も堪まるまい。それにそんな家庭には不思議に得て不良児がいるものなのだ。

須藤の反感は、他の新聞の記事を見て更に募った。それは男爵の談話のためではなかったが、やはり教育家の某氏の講話であった。

某氏はこの事件に対する教育家として意見を問われたのに対して、この際正面から批判することは避けたいと言いながら、文学は社会教育上必要なものではあるが、志操《しそう》の堅まらぬ青年子女がこれに耽《ふけ》る時には間違いを生じやすいものだから、父兄は今度の事件に鑑《かんが》みて、なるべく危険な文学の愛読を監督すると同時に、文学はいいものではあろうが、それの作者たる文学者必ずしも高潔な人格者ではないことをこの機会に学ばせるがいい――というのがこの教育家先生の意見であった。

須藤はその説には必ずしも反対しない。それは常識を教える人としては当然らしい言い分であった。けれどもその調子の低い生ぬるい常識なるものが須藤には腹が立ったのだ。

これにくらべれば、もしその言明のとおりに実行してくれるなら、青野男爵の言い草の方がまだしもずっといい。

諸新聞はもう報道することがなくなった。そうして専ら濱地の攻撃をあらゆる方面からつづけるのみであった。報道らしいものとしては、唯、青野家では濱地を訴えるだろうという予測、その次の日には訴えたという事実を伝えた。

この時から××新聞の記事が又急に活気を呈して来た。そうして「この事件は今に面白く開展しますよ」とその記者が得意気に言ったという意味が少しずつわかって来た。全く濱地事件に対して××新聞のとった態度は、単に悪辣《あくらつ》などの言葉では表し得ないほど深刻千万なものであった事が、後になるほど明確になった。その奸策《かんさく》はいつも見事に同業者の鼻をあかすと同時に、遂には政敵青野男爵をも一挙にたたきつぶしてしまったのだ。

最初に諸新聞が青野家から買収された時に、自由にこの問題を取扱えるものは××新聞だけであった。××社はそれを見すまして直ぐにこの事件の直相をあばくほど単純ではなかった。同業者の意表に出て××では、まず青野家に有利なような記事をつくって見せた、そこで諸新聞はどうしても××に見習うより方法がなかった。彼等は××が報道してから後、××の記事を修正する方法で一斉に記事を作ろうという方針を申し合せた上で青野家の相談に応じていたのを、××社ではちゃんと心得ていて其裏をかいたわけであった。諸新聞は毎日くやしがりながらも青野家への義理で××より一歩ずつ立ちおくれになりながら不徹底な××を更に曖昧にして読者に見せていたのであった。そうして諸新聞では面白い記事を自由に作れる××がどうしてあんな不徹底な記事で満足しているものかを怪しんだものであるが、××社では老獪《ろうかい》な策士がいて何もかもちゃんと心得切っていたのである。——もし××が最初から自分ひとりで真相をあばき、そうして他の諸新聞が皆こぞって反対の筆を揃えて××とは違った報道を作ったならば、一部少数の具眼者は別として一般大多数の読者は、多数決の心理によって××の伝える真相を信ぜずに、他の多数の新聞の手かげんのある記事の方に信を措《お》くに違いないのだ。折角の××の記事はこれでは何の役にも立たない。これに対して最初先ず青野家に有利な報道をすれば、他の新聞と歩調を一つにし、しかもいつも一足先んじた報道をつくれる。何も知らない読者はさすがに××は機敏だと感ぜざるを得ない。ただ青野家では充分に安心して後始末にかかるであろう。××社ではそれを待っていたのである。そうして青野男爵自身の談話なるものをよその紙面で見た時には、事の成就したのをひそかに喜んだが、青野家では更に自家に好都合なこの与論《よろん》を利用し、また幾日かの間それぞれの諸方面へ手をまわして多少の見込みがついた上で、愈《いよいよ》自家の名誉を確保するために起訴するという段取になった時に、この事を待ち設けていた××新聞はわなにかかった狐に向って犬を放つような勢いで、筆を新たにして今度こそ遠慮なく真相を発表し出したのである。そうしてそれは実に思いがけない開展であった。

濱地は同郷の先輩時岡鶏鳴《ときおかけいめい》に縋《すが》って善後策に奔走したが、それも不成功で、青野家は遂に濱地を告訴したという確報と同時に、××新聞ではいよいよ事件の真相に触れはじめた。

それによると、一体、濱地と令嬢辰子とは既に一ヶ月ほど以前から交際のある間柄で、しかもその交際は令嬢から濱地に手紙を出した事からはじまった。令嬢は著作を愛読するあまり、その作者たる濱地に崇拝讃美の情を述べたのである。爾来この両人の間には数回の文通の往復があった模様で、当日の如きも令嬢の方から濱地に面会を求めたものらしく、新橋駅の待合室で人待ち顔の令嬢を見かけた者もあるのだから、この誘拐監禁事件は今日まで世上に伝わったものと多少の事実相違の点があるものと思われる。従って青野家の告訴は取調べの進行とともに、青野家の不利になるような事実を発見しなければいいがと、反って青野家のために憂慮している向もある。それに就て記者は濱地を訪い前述の事実を確めようと面会したが濱地は只「青野家では自分を告訴などする筈は決して無い」と何事か信ずるところがあるらしい模様ながら、それ以上いかに追求するも一言も告白しなかった。

××のこういう記事に対して、その日の他の多くの新聞の夕刊には、青野家の側の言い分があった。青野家では一切家庭に文学などは入れていないから、辰子が濱地の著作を愛読した事実などはなく、××の記事は多分濱地の言い分であろうと思うが、さすがは小説家らしく巧なものである、と冷嘲の調子を帯びていた。

一旦はもう一段落ついたと思ったこの事件は、そういうわけで再び盛返した。しかも今度もやっぱり××新聞のひとり舞台であった。××の記者は毎日のように濱地を訪問したらしい。濱地の所有している辰子からの手紙を公開したならば一切は明白になる筈だから、それを貸せよと言って記者は濱地に頼んだのだが濱地はそれを拒んだ上に、「一度自分が令嬢に会わせてもらえれば事件は一切落着するのだから、それを青野家に懇願しているのだけれども、先方は頑として応じてくれない」と記者を相手に濱地が泣き言をいっているのを見た時、須藤はふと濱地が気の毒になり、そうしてこの事件は正しく××紙が新しく報道したとおりに違いないと信じた。最後には濱地は「自分は令嬢とは婚約をしているのだ」と××記者に語った。しかし以外の新聞記者は、一度も濱地を訪問しないばかりか、濱地はこの事件のために多少精神に異常を呈しているらしいと書くようになった。

検事局の取調べを受けた濱地はその筋の要求によって辰子からの手紙を提出した。その内容は知るべくもないが、数は八通に上る。こういう報道を××がしたのは、再度の話題が栄え出してから一週間ほどの後であったが、この記事を境目にして多くの新聞は一切沈黙してしまった。××新聞でもどういうわけかもう余り書かなくなった。青野家は告訴を取下げた。そうしてこの事件は有耶無耶《うやむや》のうちに終ってしまった。

泰山の鳴動は鼠一疋も出ずにしまった。しかし世間では不思議とそれを問題にはしなかった。世間はもうこの問題の興味には飽きてしまっていたころに、好奇心を煽《あお》る筈の新聞紙が皆知らん顔をしてしまったからであった。

大抵の世評というものはみんなこんなもので、彼等は別に正義や道徳からそれを問題にしているのではなく、単に退屈しのぎの噂の種として喜ぶ序に、世道人心がどうとかしたなどといい加減な理屈をいう。そうして真相にも触れもしないでけろりと忘れてしまう。世評はこの点まるで子供のように無邪気なところがあり、そうして又蜻蛉《とんぼ》の頭を捩切《ねじき》る子供のように残酷である。

もし世道人心を論ずるなら、自分で皇帝の藩屏たり国家の干城たる責任を自覚し、もし自分の娘の方に些かでも落度があったのなら娘はもとより自分も一命を以て世間に謝罪すると言った青野男爵はもっとその言質を責られてもいいのだ。しかし世間は無邪気な寛大でこれを宥《ゆる》した。これに反して濱地英三郎は真相を見究めて貰うことも出来ず、彼の悪評は更に世間へ伝わった。濱地は世間にとっては青野男爵ほど重要な人物ではないからである。濱地は頭をもがれるに丁度いい程の蜻蛉だったのだ。

××紙が筆を新にしてその真相を書き出して以来、須藤はやっと何もかも腑に落ちたような気がした。誘拐だの監禁だのという大ゲサな事実より、××の新報道の方が、いかにも起り得べき性質を素直に具えていた。そうして単にそれだけの事ならば、それは青年男女一恋愛事件にしか過ぎないのである。それがたまたま流行文士と貴族の令嬢との間に起っただけの事なのである。須藤は新聞記者どものさも一大事らしい筆の尖《さき》に操られて、こんなあり触れた簡単至極な事を今まで見とおせずにいた自分が腹立たしかった。そのくせ最初から随分辻褄の合わない話とは思っていたのである。その自分でさえこうであって見れば、もっと正直な何の内幕も知らぬ読者が、仰々しい言葉に充分眩惑《げんわく》されて××紙があれだけ書いた後でさえも世間は終《つい》に真相には気づかないらしいのも無理はないかも知れない。それにしても須藤にもまだ了解され得ない事は、こんなくだらない出来事が、どうしてあんなにセンセーショナルな事件として成り立ったかの理由である。それに就て××紙のとった老獪《ろうかい》な態度はもう聞いて知っているが、××が最初それを取扱うに到るまでに、この事件は一体どこでどうその形を歪められたものであるか、須藤はその経路を知りたかった。それにあの場合になっても、恋人の手紙を新聞記者に貸し与えようともせず、最後まで殆んど相手を罵《のの》しるような一言をも発しなかった濱地を、須藤は日頃の濱地を知っているだけに意外にも思い、また可哀そうにも思った。濱地が深く相手を思い込んでいる証拠のようにも思った。濱地はいやな奴だが世間はあまりに冷たすぎる。意味ありげな事件の本当のところを知りたい。須藤がもう一度、久しぶりに濱地に会って見る気になったのはこれらの理由からであった。

あの事件の核心

濱地に会ってみたいと思った須藤は、濱地の居所を知るために先ず時岡鶏鳴を訪ねた。時岡氏は三十年も文壇生活をつづけている人だから、相当な年輩でもありその上に大家として一般社会にも通りがよかったから、偶然同郷の出身というのを幸に濱地は時岡氏に泣きついて、今度の事件の解決を依頼していることは須藤も聞いていたし、時岡氏とはかねて面識もあり、又当時牛込にいた須藤の住所も近かった。

時岡氏に面会した須藤は、この事件に対する時岡氏の見解をも聞くことが出来たが、それは事件に直接関与しただけに事情にも通じているところへ、さすがに世相に通じた作家だけに、真を穿《うが》ち得たもので人をうなずかせるに足るものであった。

この事件は新聞社へ廻る以前に警察署でももう充分に歪められてしまっていたのだろうというのが、時岡氏の意見であった。濱地のあの特有な傲慢な態度がすっかり警察官達の心証を害しているところへ、その同伴者たる令嬢の身分がわかって警察では頗《すこぶ》る当惑したに相違なかったのだ。それにしても何が何にどんな関係を及ぼすものか、物事には全く想像も及ばぬつながりがあるものである。そうしてさまざまな力がせり合って、あんな事件がむくむくと持ち上がったのだ。――というのは、もしあの日高貴なお方の御旅行さえなかったら、濱地は恐らく警察官につかまる筈はなかったのだ。刑事は停車場で目を皿にしていたが、幸にも彼の注意を促すような人物には一向にぶっつからなかった。しかも忠実な刑事にはそれが物足りない。自分の怠慢になりでもするかのような気がしている折からそこを通りかかったのが濱地であった。濱地とその美しい同伴者とは、最初は恐らくそんな危険思想的人物としてよりも、普通の若い男女の同行者として刑事の目にふれたに違いない。しかしこの場合自分の役目の無為に退屈していた刑事は、濱地を誰何《すいか》して見る気になったのであろう。弁護士何某とその妻と濱地が名乗ったのが、そもそもの間違いであった。二十五にもならぬ濱地は一向弁護士らしくないところへ、十八の辰子は奥様らしくもなかった。それればかりか濱地の例の高飛車な調子は刑事を怒らせるには充分すぎた。刑事はこの不届きな逢《あい》い曳《びき》者をたしなめてやらなければならないというので、本署までつれて行って取調べた結果には、女が意想外にも社会的に有力な名家の令嬢だということを発見したのであった。濱地は氏名を偽称したのと警察官に無礼な言辞を弄したのとで本署へ連れ行く筋は充分にあったし、それがたとえ有名だろうが何だろうが文士のしかも青二才であって見ればこの方は問題ではないが、それの同行者が世に時めく青野男爵の令嬢たる事今はかくれも無いとなって見ると、事態は少しは面倒になって来るわけであろう……

「……と、まあ私は勝手にひとり自分の頭で小説を書いているわけなのだがね」

時岡氏は須藤に言うのであった。

「そうだとも。――何簡単な恋愛事件なのさ。××新聞などは、あれゃ、最初からすっかりちゃんと心得ているのさ。そこで私の今の小説的想像だがね。それが当らずと雖《いえど》もさほど遠くもないという証拠がつい四五日前に私の手に入ったのだ。それは青野令嬢から濱地に宛てた手紙なのだがね」

時岡氏が話し出した令嬢の手紙というのは、裁判官に提出したという八通のものとは別で、あの手紙は示談の一条件として青野家へ返還してしまった。序にあの手紙の事を言えば、濱地がもっと早くあれを誰にでも示しさえすれば直ぐに事は判明したのだ。しかし濱地はそれをいつも肌身放さず持っていたというのだから、多分事件の当初に警察署ででもそれを見せることも出来たのだ。何故にそうしなかったと時岡氏は濱地に尋ねると濱地は辰子が可哀そうだからと言っていた。問題がやかましくなってからも、時岡氏は濱地にそれを見せることを度々勧告したけれども、濱地はいつも承知しなかった。時岡氏にさえ見せようとはしなかった。その為めに濱地はあらゆる人々、第一に青野家の人々、新聞記者、さては裁判官などからさえ有りもしない手紙を有るように言い触らしていると疑われ、反って不利な状態を招いた。濱地は青野家の言い分や仕打ちを見聞きする毎に、

「それは嘘だ。そんな筈はない。そんな裏切りをする女じゃない。辰子とはしっかり約束をしているのですから。どうぞ、たった一度だけ直接当人に逢わして下さい」

と濱地はそればかり言っていた。それほど信じている辰子の手紙を自分の立場を弁明するだけの目的で公開しては辰子を売るようなものだという濱地の気持はしおらしいものであった。そうして濱地はどたん場が来るまでこの事件は円満に解決するものだと信じ切っている様子であった。辰子に会うという希望が全く失われた時、濱地はせめて辰子の兄に会わせてくれと言い出した。しかしこれも青野家によって峻拒《しゅんきょ》された。そうしてとうとう告訴されることにまでなってしまったのだが、濱地はやっと夢がさめたようにそんな女とは思わなかったと言って、例の秘蔵の手紙を弁護士の手から裁判所へ提出したのであった、その結果は青野家は狼狽し切って告訴を取下げたのだから、その手紙というものは時岡氏も封筒だけしか見なかったけれども、よほど有力な証拠であったらしい。それらの手紙はみんな発信者の家庭の方へ返し、全く示談で完全に成立したと

思っているところへ、新しく青野令嬢からの手紙が時岡氏気附で濱地にとどいたのだ。それは封筒には無記名であったが、その書体で青野辰子からのものであることが察せられた。時岡氏はその手紙の処置に窮した。折角この事件が片づき濱地が辰子をあきらめた今日になって、又してもこの手紙を濱地に見せたならば、その中には何を認《したた》めてあるかは知らないが、きっと多少の面倒が生ずるのを覚悟しなければならない。それでは発信人の方へ返してしまおうか。それは無記名である上に、直接辰子の手に返るかどうかもわからないとすれば、これも最善の方法ではない。時岡氏は最後に決心をして、何はともあれ内容を見た上で処置しようというので、親展書ではあったが、思い切ってひとりで封を破ってしまった。実は内容を見てしまった今日でも、まだどう処置するがいいかわからずにいる。

「そうだ、須藤君」

時岡氏は言った。

「幸に君も濱地の友人だから、これを考えてみてくれ給え――その手紙をお目にかけよう。いや、内容だけを話すとしよう」

時岡氏は手紙を見せてはくれなかった代りに、その内容を語った。厳重な家庭の監視の目をぬすんで慌ただしく一筆書いたと言っているその手紙は、至極簡単なものではあったが、情緒には欠乏していない。

それは先ず事件の成行を悲しみ、人々がみんな彼女が満足するように計ろうと言いながら彼女をだましてこんな結果にしたことを憤り、それにしても彼女自身の弱かったことを自ら歎き、彼に詫《わび》た上で暫《しばら》く隠忍して再会を待とうと約束している。――「警察の人がいろんな事を問うた時、わたしはただ泣きじゃくりばかりしていて、あなたがわたしの愛人だということをはっきり言えなかったのが、後になればなるほどわたしには口惜しくてなりません」文中にはこういう文句もあった。

何しろ短い手紙は事情を明かに記してはない。しかし彼女が濱地を裏切ったわけではなく周囲の人たちがそんな風にしてしまったのだということだけは、短い行間にも真実に語られている。そこで時岡氏はこの手紙を開いてみて途方に暮れたわけは、今はもう何もかもあきらめたように見える濱地に向って今更、辰子のこの手紙を見せることが、果していい結果になるかどうかは疑わしいからである。それというのも時岡氏は今までの交渉によって、青野老男爵という人物がよほど頑迷な人であって、この後たとい時機を待っても到底円満に辰子と濱地とが相見《あいまみ》えるような日はないことを充分に悟ったのである。老男爵の思想では芸術などの存在意義は認められず、小説作者などに到っては有名と無名とを問わず人間の屑《くず》であった。時岡氏はこの老男爵を寧《むし》ろ痛快に思った程だが、もっと皮肉で痛快なのは、その老男爵の子供が二人とも辰子もその兄という青年も熱心な芸術愛好家であった事だ。

辰子に逢うことが出来ないものなら、せめてはその兄に会いたいと濱地が希望したのはその為めであるが、老男爵は彼の息子と時岡氏とを会わせるのさえ好まなかった。でも時岡氏は一度だけ辰子の兄に面会はしたけれども、辰子の兄はこの事件に就ては自分は全く無力だと言明し、事実彼は家庭では何も勢力も持っていないようであった。こういう事情であって見れば、辰子がたとい再会を固く約していても要するに空頼みであり、たといもし再びそんな機会があったにしても、老男爵が在世の間は、その為めに更に事面倒になるばかりである。ところが老男爵は意気組み同様に肉体も壮者以上に頑強である。してみれば辰子のこの手紙は、寧ろここで握りつぶしてしまう方が処置を得たものではあるまいか。

時岡氏はこの相談を須藤にした。この世智に富んだ先輩さえ迷うことに対して須藤に明確な意見があろう筈もなかった。結局は、時岡氏の意見のとおり、或る時機まで、というのは濱地がもっと冷静になるまでその手紙は時岡氏が預かって置くのがいいという事に決した。

周囲の事情がどうであろうとも、濱地の日頃の不評判がこの事件を悪い結果に導いた事は言うまでもないが、世間はあまりに濱地に冷酷だ。濱地はよく知ってみると一体そう憎める男ではない――時岡氏は、そう言って濱地に同情し、それから最近の濱地に就ての一挿話を聞かせた……

時岡氏は事件解決の奔走のために、濱地と同乗して自動車を飛ばしていた。銀座の十字街へ来た時交通巡査が濱地たちの車を交通整理のために停めた。その時、車上の濱地は恭々《うやうや》しく帽子を脱いで交通巡査に一礼した。不思議に思った時岡氏は濱地に尋ねてみた。

「君は、あの巡査と知り合いなのかい」

「いや、別に知り合いというわけではありません。――でもこういう際だから反感を持たれてはよくないでしょう」

濱地のこの返答は悲しいほどおかしいではないか。事件のために逆上してしまっている濱地。天下の悪評のために狼狽し切ってしまった濱地。行人が悉く自分の顔を見知っているると思い込んでいる主観的な濱地。警察官に対して特別に怯え切ってしまっている濱地。濱地のあの言葉のなかには、それのさまざまの彼が錯雑《さくざつ》して一度に表現されている。全く、それはおかしくなると同時に気の毒にならざるを得ないではないか。

この話を帰り際になって聞いた須藤は、時岡氏の家を出てしまってからも、ひとりで悲しい笑を笑いつづけた。そうして諸新聞が濱地のことを気違い扱いにしているのを思い出すと、ふと本当に彼が気違いになりかかっているのではないかと考えられるのであった。そうして直ぐこの足の序に一度、彼を訪問して見る気になった。須藤は告白をしたが、それは必ずしも須藤の濱地に対すると同情のためではなく、好奇心がその重なる理由であった。時岡氏から濱地と辰子と、また辰子の父兄などの話を聞くにつれて、それでなくてさえもこの事件に興味を覚えていた須藤は、一段と興味を覚えた結果はこの事件は書けるという職業意識を抱いたのであった。そうして実際の濱地に就てはともかくも、須藤の空想のなかの濱地に対しては須藤は同情をもった。いや濱地を特に同情するというよりも、青野老男爵やその他の者に反感を抱くという方が適切である。その社会的地位を利用して濱地を威圧しようとした青野家を憎むのであった。またその青野家を操った××新聞の奸策をも許し難いのであった。泣きじゃくりしていて何も言わないという辰子に、誘拐と監禁の事実を述べさせて、この事件の出発点を誤らせた者を摘発したいのだ。骨を砕いてそのなかの髄を味わうことを知らない俗衆に教えたいのだ。須藤は自分の創作的空想に従って、濱地に同情し、また創作的空想を豊富にする目的で濱地を訪問したのである。

時岡氏から聞いた下宿を見つけて、玄関にいた女中に案内を頼むと、二階へ上って行った女中は、在宅だと思った濱地は不在だと答えた。その答えが曖昧に思ったので須藤は押問答をしていると、お神が出て来た。そうして彼女はどうしても部屋にはいなかったという女中に命じて、もう一度濱地を探させた。女中は二度目には、濱地が在宅であったのを発見して来たが、聞けば濱地はとっぷりと暗くなった部屋の闇のなかにひとり踞《すわ》っていて、呼んでも返事をしなかったのだそうである。

導かれて、須藤は濱地の部屋に入った。

須藤の予想に反して、濱地は別だん大して変った様子も見せなかった。ただ元気のない濱地としては物憂げな態度で話もあまりはずまなかった。事件に就てはどちらからも一言も話し出さなかった。濱地はそのうちに田舎から母を呼び寄せて、近郊へ寓居を構えるつもりだと言っていた。いつも何か議論の相手にされていた須藤は、濱地からそんな私事を聞くのをちょっと珍らしく感じた。間もなく女中が濱地に夕飯のことを聞きに来たので、それをしおに須藤は席を立った。濱地は須藤を見送るために出たが、廊下を歩きながら彼は言った。

「君は、僕をなぐさめに来たのかね。それとも見物に来たのかね」

「両方兼ねているんだ」

須藤がそう答えると、濱地は声を立てて笑った。その質問と笑い声とに濱地らしい衒《げん》気《き》があった。この問答を最後にして、須藤はその後濱地には会わなかった。須藤は老父の病気のために当分田舎へ帰っていなければならなかったからである。

田舎で須藤は、濱地が精神異常を呈したという新聞を見た。しかし、それも真偽の判定しかねる記事で或は現代伝説の一つかと思っていた。濱地は、彼の言葉どおり母と一緒に目白の奥の方に寓居したらしいが、或る日その家の障子に火をつけたとか、また壺に入れた金をその家の床下に埋めているとか、そんな事を伝えているのである。そういう噂の間にも濱地の著作「敗けたる者」が世に現われた。だから須藤はこの新聞記事を見てもやっぱり一種の広告的手段ではないかと疑ったのであった――出版屋は今日ではあらゆる広告の手段を使う。そうしてもう昨日までのように所謂社会的名士などという先生方が広告を書いてくれない今日の濱地の書物を宣伝するには、こんな方法より外には無かったかも知れない。

しかし事実、濱地はとうとう発狂したものと見えて、彼は精神病院に収容された。そうしてそこでもう六年ほど生活しているわけであるが、一昨年の秋のこと須藤は濱地を病院に見舞った。それこそ彼をなぐさめるのと見物とを兼ねたものであった。濱地は須藤を記憶しているのかどうか、それははっきりわからなかった。ただ彼の笑い顔は不思議と柔和なものになり、その柔和な笑いをいつも口角に漂わしていた。彼は須藤の帰ろうとするのを見ると、土産《みやげ》をやろうと言って手もとにあった手帳の一頁を引き破った。それには鉛筆で何か認《したた》めてあった。二三の字の間違いはあるがそれは次のような即興詩である――

おれは泡を喰って
停車場へ忘れて来た
大きなカバンに

古新聞が一パイ
人が見たら笑うだろう
警察へ届け出よ
大事のものだ！
大事のものとは人も知るまい
泣いても泣いても
大事のものだ！

半分だけ

「濱地英三郎に関して私の知っているのは先ずこれぐらいなものです。これ以上に彼の生立ちや何かを御存知になりたいなら、彼の書いた本でも御覧になるのですね。もし又、必要ならあの事件に関してもっと詳しく取調べる方法もあります。大分、年月も経っていますからその点不便でもありますが、その同じ理由で反って都合のいい点もありそうです。当時はいろんな人が、——仮令《たとえ》ば宿屋の連中なども口どめされていたろうかと思いますが、今なら何もかも話しましょう。お話をしているうちに、私もあの事件を書いて見たいという気持がもう一度起って来ましたから、序にもう一度確かめてみてもいいのです」

須藤はちょっと息を抜いて、左の手で煙草を吸い、右の手では又してもお茶を汲んでいるのであった。

猪股は黙ってうなずきながら、しかし彼は熱心に、今のさっき須藤がさがし出して来て見せた紙片に書かれている濱地の詩だというものを、自分の手帳に写し取っていた。それを終った時、猪股は言った。

「いや、有難う。またお願いしなけゃならないかも知れません。ところで、この詩は実に面白いものですね。停車場だの、警察だの、新聞だの、人が笑うだろうのと、これを書いた人間の心象がはっきりと判りますね。——尤もお話を聞いていなかったら、ただの囈言《うわごと》に過ぎないと思うかも知れませんが。一体に、精神病者の談話を聞いていると、時々、正気の人の話より一層よくその人の生活を語っていることがありますがね」

「そうです。その詩には彼の生活が鮮かに反映しています。私もあなたと同じ意味でその詩には興味を持っています。近ごろ流行の超現実主義とやらのこしらえものとは自ずと違うようです。事実、それを読んだ時、私も濱地に対する同情を新にしました。……同情と言えば、そうそう、濱地は私以外に、そうして私以上の、かくれた同情者をひとり持っているのです。そうだ。これは是非とも御紹介して置かなけゃならなかった。全く意想外な人物なのです。〇〇百貨店の支配人なのです。濱地はあの事件のすこし前に、結婚をするのだというので、その為めに必要な衣裳や調度を、何でも三千円近くも〇〇百貨店へ注文してあったそうです。ところがあの事件が起ってしまって濱地の注文品は、無論注文流れになってしまったものです。外の品物とは違って、何しろ紋服や何かですから店でも頗《すこぶ》る困ってしまったのを見て、支配人は身銭《みぜに》を切って店の損失を補ったそうです。この話を私は偶然、あの店の事務員の一人から聞き知ったのです。そこでその後、その支配人に面会する機会があった時それを思い出してその話をしたのでしたが、思いもうけない事に、この商売人はただ濱地の同情者というばかりではなく、この事件そのものに対しても私の知っている限りでは、唯一の理解者でありました。聞けばこの支配人は小僧から成り上った人だそうですが、さすがにえらいものだと感心しましたよ」

須藤は話つづけた——

「その商売人は徹底した見識をキビキビした言葉で言い現わしました。教育家なんて手合いに聞かせてやりたいもんです。こうなのです。——有名な人なんてものはお気の毒でさ。あれゃあなた、若い方にありがちのほんのちょいとした間違いですとも。それにしても濱地さんとやらは何も聖人や君子というので有名なわけではありますまい。片方が華族のお姫様でさえなけゃ、問題にも何にもなる話じゃありません。警察だの新聞だのといろんなものが這入っちゃ、なんでもない事をごったかえすのです。早い話が華族様の方で少し気の利いた人がいて最初から本当のところを見抜きさえすれば、裁判沙汰はおろか、新聞も警察もあったものじゃありません。人間みんなある間違いを、もしやうちの娘だってやりはしないか位なことは、いくら華族さまだって考えて見てもよさそうなものでしたな。——こういって支配人は愉快そうに笑うのです。身銭を切って店の損失を償ったという噂を持出すと、支配人は手を振って、その話は違います——私は商売人だ、縁もゆかりもない金なぞ何で使うものですか、あれはちゃんと濱地さんから頂きました、と言いましたが、事実は支配人が処置したに違いないんです」

「ふふん」猪股はひとり言らしく返事をした「それは痛快だ」

「そうして、一番不愉快なのは青野老男爵だと、あなたもお思いになるでしょう」須藤はそういって、猪股の賛成を求めた。しかし猪股は賛同の色を示すと、須藤は言った「私は当時はそう思ったのです、しかし老男爵もさすがに老男爵だけの事はしたのです。というのはそれっ切り、政界からも身を引いて二度と再び社会へは顔を出さなかったのです。一切の社会的な地位を辞退して、全く隠棲してしまったのです。皆が引とめるのに聞かなかったのだそうです。頑迷な人物だけに、きっぱりした処もあるのは認めなけゃなりますまい」

猪股はうなずいた。それから言った「それで青野令嬢はその後どうなったか、あなたはその方は少しも御存じはありませんか」

「その方は、あまり——いや一向に知りませんが……」

「令嬢は濱地との間に子供が出来たような事実はありますまいか」

「子供が？」須藤は寧《むし》ろ驚いた「そんな話は一向聞きませんな。何かそんな事実があるのですか」

猪股はこの問いには答えずに、しばらく考えていたが最後に言った。

「それでは濱地との間は、それっきり終ったわけですね。濱地はその事件から一年も経たないうちに病院へ収容されたというのですから」

「少くとも私はそう信じているのです」

須藤は答えた。それからややあって、彼は言い添えた。

「もし青野令嬢のその後の事を知る必要がお有りなら、画家の友人に尋ねたら、多少は知れるかも知れません。辰子の兄さんという当主の男爵は、美術の愛好家です。ですから美術家の方面には、最近の青野家の消息に通じている人がいそうな気がします」

黙って聞いていると須藤は後から後からと何か思い出しては話し出す。しかし、もう一とおり話を聞いた猪股はそれ以上の細叙《さいじょ》を必要としなかった。彼は須藤の言葉の切れたのを見計らって言った。

「いずれそのうちには又、何か御助力を仰ぐようなことが生じて来そうです。さし当っては先ず、濱地英三郎と令嬢辰子との関係がそれで打切りになったものか、また令嬢辰子は子供を持った事がなかったか、この二点を知りたいものだと思います。願えるなら、そいつを一つお確かめ下さいますまいか。……御多忙のところを、それとも御清閑をですか、何しろ半日費させてしまいましたわけで……」

「いや何、一向にかまいません。誰かを相手にお喋《しゃ》べりをする事が私の日課です。私が作をするのはほんのお喋べりの続きなのです。私はまあ紙を相手に喋べっているようなわけです、ですから私の文体は……」

猪股はこっそりと微笑をした。全く須藤の話好きにはさすがの猪股も少々呆れていたからである。しかも須藤は、自分のお喋べりそのものを、新しく話題にしようとしはじめている。猪股はチョッキのポケットをさぐって、時計を取り出した。須藤は子供のような好奇的な眼をかがやかして見ていたが、唐突に言った。

「それは恩賜《おんし》の時計ですか。ちょっと拝見させて下さい」

猪股は不意の言葉に驚いて、直ぐには返事をしかねたが、やっと答えた。

「いや、恩賜の時計ではありません。私はそんな結構なものは拝領しませんよ。――これは親父の古時計です。ハ、ハ、ハ」

「ハ、ハ、ハ。いやこれは失礼しました」

この二人の問答に、大場も三男も思わず声を発して、大笑いをした。その声に和するように鸚鵡《おうむ》が叫んだ。

「坊や、坊や――」

鸚鵡の声はおしまいに子供の泣き真似になって消えた。

須藤の家を辞した猪股と大場とは、雨の後で、急に夏らしくなった入日を背中から浴びながら、坂道を下りていた。猪股は再びさっきの時計の話でも思い出したのか、ひとり忍び笑いをした。大場は尋ねた。

「先生、どうなさいました」

「いや、何でもない。――須藤の兄さんというのは、君、面白い人物だね。あれで、頭は悪い方じゃないが慢性の神経衰弱にかかっているぜ。それにせっかちな人だ。なんでも議論からまっさきに話し出す。あれは一種特有の話風だね。まるでロマンティックな小説見たようだ。事件の中心から話がはじまる――ともかくも、あれもちょっと精神分析をして見る値打のある人物だね。話は一向とりとめがなくて要領が得にくいけれど、あの話風のなかには何となくアトモスフィがある。夫で何とはなしに自然と話していることが呑込める……」

「はあ」大場は気のない返事をして「時に、あの鸚鵡ですが、あれはなかなかよく話をしますね。子供の真似と、子供をあやすお母さんの真似ばかしです。私はへんな気がしました。そうして、あれを辰子さんに聞かせて見たらどうだろうと考えたのですが」

猪股は歩をゆるめて大場をふりかえった。そうして言った。

「それは、なるほど思いつきだ」

猪股は大場の意見の奇想天外なのに感心した、そうして坂を下りながら、猪股は大場にも意見を述べさせた。大場は今日の須藤の話には大した興味を持たない様子であった。たった一つ、警察が濱地英三郎を或る戒心を持って冷やかに取扱ったらしいという須藤の説明には頷《うなず》き、またそれに対する須藤の感慨にも同感であった。というのは、まだつい十日ほど前に大場自身が婦女誘拐の不良少年扱いをされた生新しい記憶が鮮かだからである。この一点を外にしては大場は須藤の話に聞く濱地よりも、寧ろ須藤の家にいる鸚鵡の方に興味を持っていた。いかにも真に迫ったあの鸚鵡の泣いたり笑ったりする声を聞かせて、それが辰子に与える反応を見たいと思っているのである。

最初レールのそばでおぼろげに動いていた若い女を発見した時から、大場は彼女を子供のことで苦悶していると殆んど直感的に思い込んで以来、その推測は彼女が先ず嬰児《えいじ》の鳴き声をそら耳に聞いた事で確められた、又更に隣人の妊婦を見るのを厭《いと》う事や、辰子の肉体に関する姉の観察などによって、彼の想像は確信にまで代っていた。それ故、辰子が生んだらしい子供の父が濱地でないというならば、濱地の事件は辰子にとって、今日ではもう大した影響を与えていないものと考えられるのであった。

「そうだ」猪股は大場の意見を聞いた上で言った「それはそうかも知れないが、発足点として濱地の事件は必ず何か重大な影響を今でも与えていそうだ。或は濱地の事件とは、君のいう通り全く無関係な別な事件かも知れない。しかしその無関係らしく思えるところに何かつながりがありそうに思うのだ。僕は須藤氏の話を聞いている時には、辰子令嬢の身の上は尠《すくな》くとも半分だけは解ったような気がしていた。而《しか》も今になっては、はっきり駄目を押して見ると、君のいう通りやっぱり一つも手掛がないような気もする――でも探偵社の報告よりはいくらか増しだろうよ。少くとも僕は辰子令嬢を取扱う方法だけでも覚えた。あの令嬢は優しく扱うよりも少し高圧的に命令した方がいいような気がする。父の男爵がそういう性格の人であったらしい。そうして令嬢は極く小さい頃はその父を敬愛していたに違いない。大抵の女性はフロイド的見地からいうと、自分の父に似たところのある男子を愛好するらしい傾向がある。そんな理屈よりも事実に於て、令嬢は濱地という男を愛していたらしいが、その濱地は少々乱暴な男らしい。だから令嬢を心服させるためには、父の男爵や愛人の濱地のような態度である必要がありそうだ。一つ思い切って詰問的に出るのも一策かも知れない。いやいや――それ迄《まで》何の関係もない挿話のように見えることが、後になって全部がわかって見ると、案外重要な事件であったりすることが有がちなものだ。まあ、そう悲観せずに気永に考えるとしよう。――青野令嬢は僕達の前へは一つの結論として現われたのだ。まるで須藤初雄の話ぶりと同じ方法を自然と時々やるらしい。少し気ながに見ていると、ぽつぽつ真意のあるところがわかるだろう」

大場は猪股助教授がいつに似合ずひとり言のような話をするのを聞いて心細くなった。

辰子に対する猪股助教授の興味は最初に比べていつの間にやら熱心の度が減じたように、大場には感じられるのであった。例えば今日にしても辰子とは直接何の関係もありそうにも思えない事を、須藤に長々と喋べらせた揚句、退屈でもする事か何だか半分ぐらいはわかったような気がするなどと云ってすましている。それにしても実際には何もわかって来ない証拠に直ぐまた途方にくれたような口吻《こうふん》でもある。それが大場にとっては甚《はなは》だ不平であった。

主観的な大場は、猪股助教授の興味が最初に比べて決して減じたわけではなくて、寧ろ彼自身の態度が日増しに熱心になっているのに気づかなかったのである。大場と猪股との相違は、大場が同じ家根《やね》の下にいる異性に対して、日々に感情が加わるに比し、猪股はその点で全く冷淡であった。だから客観的に見れば、猪股が興味を減じたのではなく、大場が熱心の度を加えただけなのである。大場は辰子に対して愛情を持って来ていることを自ら拒むことは出来ない。しかし、それは恋愛というものではなく単に親愛の感じである――と、大場はいつも自分が自分にそう云って聞かせている。そうして大場はこの親愛なる辰子の過去の内面的生活を一時も早く知りたいとあせっている。そうして猪股助教授の悠々たる態度が気に入らないのである。

「もう蟬《せみ》が鳴くような季節になったのだね」

大場の考えなどはもとよりわからない。猪股はこの木の多い坂道で入日の梢のなかで鳴いている蟬を聞きつけてそう言った時、大場は妙にそぐわない気がした。蟬などはどうでもいい、もっと辰子のことを話すべきだと思ったのだ。

大場は、そこで妙に反抗的に言った。

「先生、あなたは須藤の兄さんの――初雄さんの話で聞きそこなったところがありますよ。――猫歯というのは、ハッチンソン病徴の事ではありますまい、ハッチンソン病徴というのは歯の端が三日月形に内へ凹《くぼ》んでいることでしたね、もしそうなら猫歯とは違います」

「そうかい。僕は俗語は知らんものだからね。でも、僕がハッチンソン病徴だというと、須藤氏はそうだと云ったじゃないか」

「それは先生が俗語を御存知ないように、須藤氏は術語を知らなかったのでしょう。――あの人は自分ばかり話していて、人の云う事はよく聞いていないのかも知れません」

「僕は又、濱地という男の性格を聞いていていてどうも早発性痴呆ではないかと思ったものだから、ハッチンソン病徴を思い出して、人の話さない事を勝手に聞いたものらしいね」

話はそれで切れてしまって、再び辰子の噂にはならなかった。

同じ時刻に、須藤初雄は居残った弟の三男をつかまえて、濱地の話をつづけていた。一つ事に興味が集中されると、当分はそれからはなれない兄の性分を知っている弟は我慢をしながら、初雄の話を聞いていた。

「何にしても、濱地は可哀そうさ、別に世間では濱地をわざわざ撲滅しようとしたわけじゃないのだ。つい世間という大きな機械が運転するなかへ濱地は巻込まれてつぶれてしまったわけだけなのだ。――それだけに濱地にとっては一層つまらないわけだ」

第二回の発作

日曜日であった。午後、大場は姉の発起で辰子をも誘い、三人してぶらぶらと貸家を捜しに出た。辰子は新しいパラソルをさしていた、それは大場の姉が辰子に貸したのである。そのパラソルをクルクルとまわしながら、辰子はこの日快活であった。

空は特に青かった。

「辰子さんにいて頂くとすれば、ほんとうに今の家では手狭ですものね」

姉がそう言い出した序《ついで》に、大場は言った。

「それに隣の細君は身重《みおも》だから、今に子供を産むにちがいないが、そうなるとうるさいですからね」

大場はそれを辰子に向って言いながら相手の顔色を注意してみた。辰子は返事をしなかったが、しかしこれと言って特別の表情をも示さなかった。しかし、気のせいか彼女は少しずつ憂鬱になって行ったようにも思えぬではない。そうして二軒目に見た空家のなかで、辰子はとうとう全身痙攣《けいれん》の発作を現わしてしまったのだ。最も驚愕したものは貸家の案内者であった。大場は二度目の経験だからさほどでもなかったが、場所が場所だけに途方にくれてしまった。彼は教科書の教えるとおりに、先ず卵巣部を強圧して強い刺戟《しげき》を与えて発作を一時反射的にでも阻止してみようと試みたけれども、無効であった。家主が近所の医者を呼んでくれたが、それは場末の開業医だけに、大場と同様に困却していたが、それでもスコポラチンの皮下注射が奏効して、かれこれ二時間ばかり後には蒼ざめ切った辰子を人力車に乗せて帰るだけの事は出来た。

狼狽し切ってしまっていて、大場はその時のことをはっきりと見定めては置かなかったけれど、発作を起したのは東京の近郊にこの頃時々見かける小さな西洋館の一室であった。その家の全部は日本建なのだが、一室だけ洋風の部屋があった。扉をあけてその部屋を覗いた。その次の瞬間にふりかえって見ると、大場のすぐうしろについて来ている辰子が、部屋の入口で倒れてしまったのであった、その洋風の部屋は当然応接間であるべきものを、前住者の考えからか寝室に使っていたらしく、その奥にはベッドが見えてあった。大場は家主の家の人と一緒に、倒れた辰子をともかくもベッドの上に横《よこた》わらせたのであったが、辰子が意識を回復した時に、彼女は自分がベッドの上にいるのを見ると、いきなり、そこからいそいで下りた。そうしてよろめき倒れそうになったが、この動作も亦、何となく、発作の続きのような勢いであった。

家へつれて帰ってから後の辰子は全く沈鬱になり、そうして誰にも口を利こうとはしなかった。大場はその容体を報告して指図《さしず》を仰ごうというので、猪股助教授を先ず学校に訪ねた。日曜日でも研究室にいるという評判だのに、その日は生憎《あいにく》とそこにはいなかった。やっと寓居《ぐうきょ》の方へ行って助教授に逢うことが出来た。

猪股は辰子の体の事はあんまり心配もしないで、この第二回目の発作が起った場所や機会などをばかり詳しく聞くのであった。

大場はそれに答えるために前記の事実を思い出したのである。

「私は」大場は言った「彼女をためしてみるつもりで妊婦の噂をした事よりも、あの西洋風の部屋の方が彼女の第二回の発作には関係があるような気がして来ました。――もしや」大場は言いかけて口ごもったが「濱地が彼女と一緒にとまったというのは洋風の部屋でもあったのではないでしょうか」

大場の目には、その心には一つの景色が浮かんだ。小さな洋館の外には大きな巻葉《まきば》を持った芭蕉《ばしょう》が植わっていて、その部屋の二つの窓には、それぞれひとりずつ濱地と辰子とが倚《よ》りかかっていて、熱情の誘うままに行動しつくした二人の異性たちが悔恨に似たような気持ちで、じっと庭の青苔《あおごけ》を見つめている。そのふたりの背後には椅子と卓子《テーブル》との後に一台のベッドがある……。大場はふと白日の夢を見ていたのである。彼は見も知らぬ小田原の旅館や濱地の顔などを勝手にこしらえていた。大きな巻葉のある芭蕉や青苔は須藤の家の窓から見たものであるし、その須藤の客間には窓が二つあった。大場は須藤の家の建物には好い印象を持っていて、その須藤の家の記憶の中に、昨日の貸家にあったベッドを結びつけていた。そうして大場は濱地を不快な傲慢な男に、辰子をしおらしげに心に描いている。これがもし本当の夢であったとしたならば、窓のそばにいる濱地がいつの間にか大場自身に変っていたかも知れない。大場の一瞬の想像画はそのまま消えて行ってしまったから、彼の白日の夢がどんな風に構成されていたかも見究めなかったが、しかしその想像画のなかには、濱地に対する多少の嫉妬と羨望とが働いていたことは、自ら否むことは出来まい。

濱地と逢った場所の記憶が蘇《よみがえ》って、それが辰子を刺戟したのであろうという大場の説に対して、猪股はただ「そんな事もあるかも知れない」と軽く賛成した切りであった。猪股は寧《むし》ろ、辰子を刺戟したものはやはり、赤ん坊の話であるらしいという意見に傾いていたように見える。というのは、猪股はこういうのであった。

「もし辰子令嬢が我々の想像どおりに出産した事があるとしたならば、無論最初のお産ではあり、それに骨格の華奢《きやしや》に出来た上流婦人の事だから、産婆は用心をして医者にも必ず相談をしたに違いない、してみると青野家では平生《へいぜい》どんな医者を健康上の相談役にしているか、それを知りさえすれば手がかりは得られるわけなのだ——僕は昨晩その事を考えついたところだった。辰子令嬢が発作《ほつさ》を起しているというなら、それを幸いに一つ君から、かかりつけのお医者の名を聞いて貰おうではないか。治療の上から既往の健康状態を知るに必要だと言えばいいのだ。いや、辰子令嬢に聞かずに、青野家へ聞いてやることにしよう。それから念の為めに、これは一つ君を煩《わずら》わして、彼女の戸籍抄本をとって貰おう。区役所へ行けば誰にでもくれるものだよ。無論、しかし、戸籍の上では、彼女は母になっていないだろうと思うのだ。多分彼女が子供でも産んだとすれば、きっと届出をする前にどこかへ里子に出しでもしてよその子供になっているだろうとは思うけれど」

猪股は青野家へ手紙を認《したた》めた。先ず辰子の近状を述べて大体に於て順調の経過である事、しかし昨日再び痙攣発作を起した事、就ては既往症を知る必要上、従前掛りつけの医者を紹介されたいという猪股の手紙は、速達で送られた。しかしその翌日になってもその返事は与えられなかった。

大場は猪股の命令に従って、区役所から辰子の戸籍抄本を得て来た、しかしこれもただ辰子の生年月日を知った以外に、何等の得るところはなかった。

こうして二三日を経ているうちに辰子の症状は一層悪くなった。新しく与えられた臭素剤纈草剤《けっそうざい》、阿片《あへん》剤等を配合した鎮静剤は無論の事、今までは寧ろ楽みにして飲んでいた強壮剤をも拒否して一切飲まなくなった、それから何か話かけるとわざととんちんかんの返事をした。当意即妙症と名づける現象であろう。

辰子がこのような状態になったに就ては、隣家の妊婦が偶然にも出産して、その嬰児《えいじ》の泣き声を聞いたことに原因しているらしく見えた。しかもこの嬰児の泣声はその出産の四日目から聞えなくなっていい塩梅《あんばい》だと思っていると、それが又逆に作用したらしく、辰子は嬰児の声の聞えなくなったことに就て、さまざまな質問を提出した。大場の姉はそれに答えるためにわざわざ隣家まで出かけた、そうしてひだちの悪かった嬰児の死亡したことを知って、それを辰子に知らせようと其病床に近づいて行くと病人は理由なく怒り出した。それから彼女は今度は食事をさえ拒否し、二日程というものは泣きつづけた。そうして何人をも病室へ入れなかった。

大場の姉は、辰子の病状が自分にまで伝染するような気がすると訴えだした。実際、彼女も亦少からずヒステリー的になっていた。そうして辰子に対しては猪股もどう手をつけていいかわからなくなってしまった。

しかし天啓の恵みとでもいうものか。それが頂点に達したと思われる頃に、幸にも病人は昏々《こんこん》として眠りに落ちて行った。彼女の頭もとに忍び寄って見た大場の姉は、低い叫び声を上げて病室から飛び出した。大場はそれを見て、辰子は絶食のために死んでしまっていたのかと思った程であった。しかし彼が病床へ行って見た時には、姉の驚きの原因を知り、そうして姉がそんなにびっくりしたのも無理はないと思った――辰子の枕のうえにみだれた髪の毛は、いつの間に変ったのか殆《ほと》んど白髪《しらが》になってしまっているのを発見した。

大場の姉が、そうして大場が凄然として怖れたのも道理である。猪股さえ、ヒステリー患者の毛髪が急劇に白化したという研究報告を読んだことはあったが、それをまのあたりに見るのはこれがはじめてであった。

猪股は昏睡している辰子の手首を握って脈搏《みやくはく》を検《けん》しながら言った「癲癇《てんかん》がもし神聖な病気だというのなら、ヒステリーは全く悪魔の病気だね」

辰子の第二回目の発作は、彼女の秘密を無言のうちに或る程度まで告白するものとしては有力なように見えた。それは辰子が懐妊し出産し、子供を持った過去があるだろうと大場や猪股の想像を証拠立てたように思われる。しかし、結局それだけの事であって、かつて母であった事のある無数の若い女のなかで、辰子だけがどうしてこんな状態で悶絶しているのかを知るには何の役にも立たない。

猪股は徐《おもむ》ろに考えた。兄の男爵は不可解千万な性格の男ではあるが、それでも妹の身の上を心配していることだけは疑うべくもない。しかも彼は妹の病状がこんなに激烈なものだとは、きっとまだ知らないのであろう。そうして患者の発作も今までに幾度あったかは知れないが、多分は今度のものが最も怖ろしいに違いないであろう。少くとも髪という具体的なものがあるだけに、誰の目にも、これは直ぐ訴えるにきまっている。この不憫《ふびん》な妹のいたましい病床へ、男爵を呼びよせて彼を先ず感動させた上で、もう一度、猪股の信ずる治療上の学説を説明し、猪股等が用もないのに青野一族の秘密を知りたがっているのではない事を充分に納得させ、さて先ず男爵の口から出来るだけ詳しくそれを聞き取り、それによって辰子にも打明けさせるのが、極めて順当な方法ではなかったか、そうだそれが最善の方法である、猪股は自問自答して、それから正当な最善の方法を今までどうして努力しなかったかを自ら怪しむ気持になった。しかも、猪股が再びそれを考え直した時、彼は辰子の兄なる若い男爵の小柄な猫背の発育不充分のような体つきや、また卑屈な狐疑するような表情を思い浮かべると、彼の最善方法も実行はおぼつかないのを覚えるのであった。外《ほか》ではないが、辰子の兄その人も亦辰子と何等選ぶところなくヒステリー患者に違いなかった。健全な人に対する論理はここには通用しそうもなかった。

猪股は昏睡している辰子の手を放した。脈搏には何の異状をも認めなかったのである。彼は大きな銀時計をポケットに納めながら、意味なくかすかに口もとに笑いをうかべた。彼はその時計から須藤初雄を思い出したのであった。

「大場君」猪股は言った「須藤初雄氏を訪問したのはいつだったかね、今日で幾日目ぐらいかな」

「あれはたしか前週の金曜日ですから」

「どうだろう、あの時頼んで置いた事を、もう確めてくれてあるか知ら」

「学校で月曜日に須藤に逢った時には」大場が答えた「須藤の兄さんは、何でも非常に興味を持って日曜日にはわざわざ小田原まで出かけて行った筈だと言っていました。それ程だから、きっと外の事も問い合してくれているだろうと思います。その事を須藤に確めたいと思って、昨日も今日も学校で須藤をさがしたのですが見つかりませんでした。僕もうちがこのとおりで心配なものですから、あんまりゆっくり捜してはいられなかったのですが」

猪股はうなずいた。彼はもう一度、須藤初雄を訪《おとな》うて、何か新しい発見があったかを知ろうと思った。

猪股が急に須藤初雄に会おうと思い立った時には、彼の心中の一面ではやはり患者の兄青野男爵を説破して先ず彼に告白させようという計画をおぼろげに立てていたのであった。しかし最初の会見に於て青野男爵が何も語らぬというがままに、それならばこの男などから何を聞くものかと腹を据えた猪股は今更になって青野男爵から聞くより外に方法がないのがいかにも口惜しい気持だった。これは猪股の強情であった。しかし片方では事は強情などを言っていられないほど切迫していた。これは猪股の義務的良心であった。強情と義務との間にはさまった猪股は無意識のうちにうまい一方法を思いついていたのであった。それは青野男爵から何も聞かずにただこちらからの質問に対して「然り」と「否」とだけを答えさせ、それによって想像の範囲をせばめて少しずつ事実に近づいて行こうというのであった。そういう遊戯がある。猪股はその遊戯を思い出したのである。この方法ならば猪股自身は彼の強情を満足させると同時に青野男爵にしても多分は答えやすいに違いない。それにしてもこの問答を効果あるものにするのは、質問者の智慧《ちえ》ばかりなのである。だから質問者となるべき猪股は一歩一歩真に迫って行く質問を発するためには、出来るだけ多くの質問的素材を知って置かなければならないのである。猪股が、慌ただしく須藤初雄を訪おうとするのは、その為めに外ならなかった。

須藤初雄は幸いに在宅であった。

その弟の三男が大場に話したとおり、須藤は、猪股の最初の訪問以来、しばらく忘れていた濱地英三郎の事件に再び興味を持ち出した。そうしてあの翌日、或る学校で講演があった時に、未定であった演題を「文芸を愛好する事は有害か」という題に決定したばかりでなく、その引例のなかにまで名は言わなかったけれども、濱地や青野令嬢なども出て来た程であった。そうしてその次の日の日曜には小田原へ出かけたのである。しかし宿屋は地震以来経営者が変っていた。建物だけは毀《こわ》れずにあった。

「それは西洋風の建物ですか、離れというのは」猪股は問うた。

「いや。どうしてです。数寄屋風《すきやふう》のやにっこい建物ですよ。私もそこにとまりました。――があれが地震でこわれなかったのは不思議ですね」

須藤はその他、画家の友だちなどを訪うて青野男爵の事や、令嬢のその後を聞き合してみた。けれども濱地と青野令嬢との間に子供が出来たという事実は誰も知らなかった。絶対にそんな事はないと断言した者もあった。令嬢のその後の消息はこれ亦、誰ひとり少しも知らなかった。そうしてその言い分は異口同音《いくどうおん》であった。――「そんなに悪く有名になった人のことを、近しい人に聞くわけには行きませんからね。それに男爵という人は、それでなくとも女性的に気をまわす人なのです」何でも誰かひとり、男爵に令妹の事を言い出した者があったが、男爵は何も答えなかったばかりか、その後その質問をした人には度々居留守を使った。そうして一時は美術家連と交際もあったが、それも今ではもう無いらしい。

要するに須藤の話から、猪股は何の得るところも無かったのだ。

男爵家の医者

猪股は全く途方にくれていた。須藤の言葉に従うと「書きかけた小説の筋が行きづまった」ようなものであった。――恐らくは須藤初雄の奴、今書きかけている小説の筋にでも行き悩んでいるのであろう。この自己放散家須藤初雄のせめては十分の一だけでも、青野男爵がお喋《しゃ》べりをしてくれるなら、必ずどこかに捉えどころを発見するだろうのに。猪股がそんなことを考えている間に、須藤はなおも話しつづけるのであった。

「濱地と辰子との間に子供がなかったということは、どうも確実らしいのです。そうしてあなたは辰子がお産をした事実を認めることも確実なのですから、問題はつまり濱地以外にもうひとり別の人物が――男性の人物が伏在していなければならないわけなのですね。そうすれば何もかも判明するわけなのでしょう。――この間、フランシス・カルコの書いたフランソア・ビヨンという本を読んだのですが御承知のとおりビヨンは人殺をした昔の大詩人なのです。この人の伝記は明瞭にはわかりません。そこでカルコの書いた小説的伝記は、わかっている限りのことはみんな史実によったのです。わからない部分をカルコは独特の方法で書きました。つまりもうひとり別の人物がいたことにしさえすればそうして了解出来ない部分をみんなその架空的人物との関係として考えて、それで解決しているのです。そうすると今まで辻褄《つじつま》の合わなかった部分がすっかり分ってくるのです」

「なるほど、小説は便利ですね」猪股は多少皮肉に笑った。それから稍《やや》真面目になって
「実は私も、いろいろ小説家的にやって見ているのです。そうしてフランシス・カルコとやらのように湮滅《いんめつ》している人物をひとり捜し出しているのです。しかし何しろ、その架空的人物を決定して見る程度にすら、肝腎の史実が充分に判明しないのですから。小説なら、あとで必要と思う人物の片鱗を、話のどこかに伏線として出して置きましょう。ところで事実は……」

「そうです」須藤は相手の言葉を奪いとって「そいつをうっかり出しそこなうと、筋はたちまち行きづまってしまうのです」

「今お書きのお作も、そういう塩梅ですか」

猪股は笑いながらそう尋ねたが、須藤はそれに和して途方もない声で笑い出した。そ

うしてちょっと声をひそめると、

「実は新聞の小説ですがね。少し考え込んでいるとすぐ追っかけられます。するとゲキレイヲコフという電報が来るわけで、いやどうして、こうなって見ると小説もそう便利ではありませんよ」

「そうでしょう」猪股は頷《うなず》いて「話をのこらずわからせようとする小説でさえ、うまく運ばないとそんな結果になりましょう。ところが、事実を知らすまいとしている出来事には、伏線などは殆《ほと》んどないのです。全然、痕跡のない犯罪を発見する探偵小説は、探偵たる作者が犯人をも兼ねているから出来る仕事で、とても現実では不可能な事です」

「ところで、あなたはどうなさるお積りです。小説だとこんな場合作者はひらりと体をかわして、まるで別の方面から再び説き起すものなのですが」

「それは小説ばかりではありません」

猪股は答えた。

「碁にしろ将棋にしろ、行きづまった方面はしばらくおっ放《ぽ》り出して、別の方面から開拓するようですが、私は青野家の健康顧問をしている医者の方面から聞いて見るつもりです」

「それは名案だ！」

　須藤は感心して叫んだ。

「ところが手紙で問い合して見ても、男爵は返事さえくれないのです。折角の名案もこれでは何にもなりません」猪股は浮かぬ顔をしてそう言った「最後の方法として私はこれから男爵を訪問して、直接詰問的にでも聞くつもりです。けれどもあの不思議な男爵を思い出すと、気が重くなるのです。彼は私を探偵か新聞記者でもあるかのように思っているのです。そのくせ私の学説を信じていないでもないのでしょう。でも妹を私に預けて置きますからね。全く男爵兄妹は同じように病気なのです」

「同じように病気？　ですか」須藤は目を見張った「同じ原因で同じように精神的の打撃を受けているのでしょうか。——もしそうなら、さっきの話の架空的人物として男爵をそこへ当て嵌《は》めて見てはどうでしょう」

「それはもう、私もやっては見たのです」

「そうして、うまく当て嵌まらないのですか」

「……」猪股は深くうなずいた。

「男爵は直接の責任者でないと言明しているのです。その言葉は信じてもいいでしょう。多分第三者として妹の秘密をよく知っているのでしょう。私にはそう思われるのです。もし男爵と辰子とが全然の共同責任者だとすれば、生来快活らしい辰子より、性格的に陰鬱な男爵の方が余計に打撃を受けるわけです。そうして共同責任である場合には、男であり兄である男爵はこの点から見ても、辰子よりもっと悩んでいい筈なのです。私はそんないろいろの点から考え合せて、男爵をそれほど重要な関係人物とは考えないのです」

須藤は猪股の観察は当っているだろうと思った。猪股と須藤とは対話がとぎれて、互にしばらく沈黙したがしばらくして猪股は椅子から立ち上った。

「やはり、男爵を訪問するとしましょう。外に方法もありません。このままでほって置けば妹が廃人になるより外《ほか》無いことを、男爵の頭のなかへ、はっきり印象させてやります。それでも取合わないようならば私は令嬢を男爵家へかえすより仕方がないのですから」

猪股は目前に男爵その人を見てでもいるかのように力を籠めて言いながら須藤に別れをつげた。玄関まで送り出した須藤は、ふと思いついて言った。

「別に急ぐわけではありませんが一度、××精神病院へ御紹介下さいませんでしょうか。私は濱地に一度会って見たくなっているのです」

「承知しました」

猪股はほんの機械的にそう答えたまま、須藤の玄関を出た。彼の頭のなかに今は青野兄妹だけで濱地は無かったから、彼は須藤の言葉に対しても満足な返事をしている余裕がなかったのだ。


夕闇のなかにまだ電灯もともされていない玄関は、そのだだっ広い式台があるために妙に不吉なほど陰気であった。門灯によって僅《わず》かにそのありかの知れたベルの釦《ぼたん》を押して、猪股は案内を乞うと、電灯だけは直ぐにともされたけれども取次は容易には現われなかった。やっと出て来た若い婢《おんな》は要領を得ずに奥へ引き込んで行ったが次ぎに今度は直ぐに現われたのは先だって来た時に見憶えのある老婢であった。女中頭とも、辰子の乳母とも思われるこの老女は、すぐに猪股を認めたが、主人の男爵は生憎《あいにく》と散歩に出て不在だという事であった。猪股は予想のとおり居留守を食ったような気がして不快であったが、さればといって外に仕方もないので、この老女に対して詳しく辰子の病状を説き、男爵が明日の午後三時ごろまでに学校へ猪股を訪問してくれることを頼んだ。猪股の話は効果を強めようと思ってわざと少々誇張した点があったし、老婢の驚きは非常であった。猪股は薬が利き過ぎたのを今更気の毒に思って、却《かえっ》て心配をなだめなければならない程であった。

猪股は何となく男爵を卑怯者のような気がして不快でならなかった。

「しかし、あれほどにおどかして置いたら、さすがの男爵でも、明日は間違いなく来るだろう」

そんなことを自分に呟《つぶや》きながら電車を待っていた猪股は、ラッシュ・アワーで満員の車に吊り下がりながら須藤初雄の事を考えるともなく思い出した。猪股は男爵を好まないと同じ程度に於て須藤を好んでいた。自分ながら気質が似ているような気がしているのであった。猪股は別れ際に須藤の云った言葉を思い出し、放心していた彼自身がそれに対して満足な返事を与えなかった事にやっと気がついた。精神病院へ濱地を見舞いたいと須藤は言っていたっけが、そうだ、一度学生たちをつれて病院を見学してもいいのだから、その時でも須藤を誘うてやることにしよう……

猪股は寓居に帰ったが、そこには思いがけなくも男爵からの手紙が彼の机の上に置かれてあった。猪股は開いて見ると、それは三日前の彼の手紙に対する返事で、辰子のかかりつけの医者を教えているものであった。町の名を見ると男爵家の近所の開業医らしいのだが、それにしても高橋医院などとあまり名もないただの町医者であるらしい。猪股は思案していたが脱ぎかけた上衣をそのまま再びひっかけると、今行って来たばかりの麻布までもう一度出かけて見る気になった。彼は滅多に使った事もない名刺とそれに紹介状がわりのつもりで男爵からの手紙をポケットに納め、彼の空腹を近所の一品洋食屋で満足させると、通りかかった円タクを拾って乗った。この車は偶然にも新しいもので、それを自慢に兼ねては夏の気分を逸早く示すために幌《ほろ》をあげてしまったオプンで、それが走る時に爽《さわや》かな風を呼んだ。猪股は夏らしい活気に満ちた自分を発見して、今日の一日の奔走が今は大して不平ではなくなり、こんな時に思い出して見ると青野男爵も大して不愉快でもないのが自分でも可笑しいような気がするのであった。そうして人間の気分がこんな些細事で支配されるのを今更つくづくと感じた。

高橋医院は電車通りにあって、直ぐに見つかった。しかし男爵家の医者というほどに堂々たる構えのものではなく、幸いに在宅した主人の高橋医師というのも、世に隠れた名医という見かけでもなかった。頭の禿《はげ》かかった五十ばかりの平凡な先生で、猪股が名刺に青野男爵の手紙を添えて来意を述べると極めて気軽に先生自身が玄関口にまで出て来て、猪股を迎えた。

見るからの好人物であったが、高橋医師は、猪股の名刺を見て甚《はなは》だ敬意を表していた。それにもともと謙遜《けんそん》なのか、男爵家のお出入を無邪気に光栄がっていた。

「左様《さよう》で、わたくしが時折に令嬢を拝察致して居りますので」

と、いかにも世慣れた人の口調で、温和な笑いをたたえていた。彼の言うところによると、四年程前の夏、令嬢が癲癇《てんかん》のような発作を起したというので、その時近くにいたのを仕合せに、彼ははじめて過分にも男爵家から迎えられ、それ以来時々いつも同じような症状の令嬢を診察し治療しているのであった。

「ははあ、それではやはり、それがヒステリー性の癲癇でございましたかな。ははあ、なある……」

高橋医師は猪股の意見に対しては徹頭徹尾感心し切っていた。そうして自己の尊厳などは敢て気にしていないような調子であった。それが期せずしてまことに飄逸《ひょういつ》なユーモラスな感じを猪股に抱かせるのであった。それにしてもこの医者がどんな治療や診察をしたろうかと思うと、少々心細くないではなかった。猪股はそれを尋ねてみた。治療はいつも単に対症的にやっていたらしく、そうしてそれでも一時の効果は無論あったわけであろう。しかし辰子の症状に対する診断に就ては高橋医師は言おうとはしないのであった。

「どうせ私などの診断でございますから博士方の御参考になるようなものではございませんので……」

相手がこういうのを猪股は無理に問いつめて見たのであった。高橋医師はもうこれ以上は云いのがれは出来ないとでも決心をしたらしく、最後に話し出したのである。

「それは実におかしいので、私は御覧のとおりの開業医で、夫《それ》に実は医師免許状を持っているだけなのでございますから、全く満足な診察などは出来るわけもございませんので、いつも令嬢の御病気の季節になるとこれはいけない、一つどなたか専門の方に見ていただかなければならないと思いながら、其うちに令嬢の御病気の時期が過ぎてしまうのでございましてね」

「病気の時期ですか」猪股は言った「すると周期的にでも現われる症状なのですね」

「左様で」高橋医師はうなずいた「夏でございます。重《おも》に六月ごろから九月ごろなのでございます。それが過ぎさえしますればいつも御丈夫になられますので、これは私が拝診したこの三年間いつもその通りでございました。そうして今年も、どうやらまたその時期から始まって居りますな」

高橋医師はお茶をすすめ、それから彼はもう新しい団扇《うちわ》を用意していた。

「ええ――」高橋医師はちょっと躊躇《ちゅうちょ》したが、思い切ったような調子で言った「物品苦悶症というような病気はございましたでしょうかな」

「さ、別にそういう名称はないかも知れませんが」猪股は答えた「こしらえてもいいでしょう。現象はあるのですがね」

「現象はございますか」高橋医師は吻《ほっ》としたとでもいう調子だった「もしも、そんな事実があり得るなら、男爵家の令嬢は、それなのです。――何か夏の季節関係のある物品を極度に恐怖するらしいのです。それがどうもハンケチではありますまいか、と私は今まで数回の経験上そう思って居りますので」

「ハンケチ?」

猪股は疑わしげに反問した。

「ハンケチ苦悶症ですか」

「そんな馬鹿馬鹿しい病気はございますまいね」

高橋医師は無邪気にも忽《たちま》ち自信を失った口吻《こうふん》であった。その様子がユーモラスなので猪股は思わず微笑させられたが、その微笑は一瞬間で消散し、直ぐに真面目な態度にかえった。

「そういう名前をつけて呼べばおかしいようではありますが、そういう事実はあり得ないとは言えないのです。特定の物品に何か特別な連想を伴わずにはいられない場合には、ヒステリー的症状として苦悶を呼びおこすことはあり得るでしょう――大に参考になります」

高橋医師は、彼が辰子の苦悶がハンケチであるという不思議な発見をしたまでの径路を、猪股に述べ聞かせた。いやそれは高橋医師の発見ではなく、辰子の気に入りの小間使が偶然にも医師に話したのである。この小間使は、辰子の発作の時にはいつもその場に居合せたので、その前後の模様を高橋医師に説明したが、そのなかには不思議と必ずハンケチの話が出るのであった。例えば最初の発作の時には令嬢たちは或る洋品店で香水を買ってると、その後から来た一人の青年紳士がハンケチを求めた。家を出がけにハンケチを忘れたらしいこの青年紳士は買い求めた新しいハンケチを上衣のポケットへ押し込みながら、その店を出て行ったのを見ながら、令嬢は眩暈《めまい》を起したのであった。或る時には又、男爵家の玄関で額の汗を拭《ぬぐ》うた客を見て、そのまま苦悶をはじめた事実もある。偶然の事であるかも知れないけれども、今までの数回の発作には、ハンケチが必ずつき物であった。高橋医師は奇異に感じながらも、今までそれを患者にも患者の家の何人にも話さなかったのは、そんな病源は医者の言い分けとして、あまり荒唐無稽《こうとうむけい》過ぎたからである。

猪股は、しかし、高橋医師の話を笑わないばかりか、注意深く一とおり傾聴した。もっと詳しく知りたいと思って、その小間使が今も男爵家にいるかどうか聞いたが彼女は去年の暮に暇をとっていた、最後に猪股は辰子の妊娠や出産の有無に就て高橋医師に質問をした。高橋医師はその事に就《つい》ては何も知らなかった。尠《すくな》くとも彼が知るようになってからはその事実はなかった。高橋医師は言った。

「男爵家の健康顧問《こもん》とも申す方は川田《かわだ》博士――左様です、その川田博士でございますから、博士にお聞きになればその方はおわかりかと存じますがな」

川田博士は猪股《いのまた》の学校の有力な教授で、内科の一権威であった。学才もあるがそれよりも世才の方かずっと上かも知れない。学校外でも盛んに患者を見て、内密の収入なども相当にあるという噂であるが、それはともかくとして、これ程の人だから、高橋某などとは違って、男爵家の医者としても充分な資格を具備した適当な大家である。それにしても、辰子の病気を先ずこの川田博士に相談することもせずに、名も無い町医者に、それも三年間も見せているのもおかしいと疑えない事はない。それとも辰子の病気は、今までのところその程度の極く単純なものであったのかも知れない。何にしても教室こそ違え日ごろ知り合いの川田博士に一応聞き合わすのは苦もない事だし、必要なことでもありそうである。

午《ひる》の食事が過ぎたころを見計らって、猪股は内科の教授室に川田博士を訪うた。猪股は出来るだけ簡単に事情を述べた。川田博士は辰子を知ってはいた。しかし博士はもう四年間以上一度も、辰子の病気を見た事はなかった。そのくせ時折、辰子のお母さんの風邪などは、最近にも二三度見舞っているのであった。その四年程前の事を言えば辰子は当時からヒステリー的の徴候はあったが、特に専門家に見せなければならない程度のものでもなく、又特に夏期に入ってそんな徴候を示すような事実はかつてなかった。博士は彼女の軽微なヒステリーを治す方法として、結婚させることを乳母に向ってすすめた事があった。川田博士は言うのであった。

「それで令嬢は私の考えではもう結婚でもしてその為めに当時の病弱な状態が、自然的に治療されたものと信じていたよ。尤も、令嬢が結婚したというような披露《ひろう》も何も別に受けたわけではなかったが、君の御承知のとおり何分ちょっと問題のあった事のある令嬢だから、ほんの内輪に祝言《しゅうげん》でもしたろうと思ったものだ。でなければ男爵家とはもう二十年来の交際があるのだ、あの令嬢も生れた当時から知っているのだから、お互に何とか挨拶《あいさつ》ぐらいはあってもいいわけだったがね。それに私がそう信じたわけは、そうそう、最後に乳母の婦人が来て、産科婦人科の医者を紹介しろという話があったので、その時にそう直感したのだった――それ以来あの令嬢の病気は私は見ないのだ。だから、私はあの令嬢もうまく納まるところがあって、今では子供でも抱いていいお母さんになっているものと、時々はそう思い出していたよ。患者でも綺麗なのになると時々は思い出すからね。ハ、ハ、ハ。――そんな病勢になって、君を煩《わずら》わさなけゃならないなんて、夢にも知らなかったね。――そうかい」

猪股は要領のいい川田博士の話を聞いて至極満足であった。考えた上で念のために川田博士が産科婦人科の誰を青野家へ紹介したかを知って置きたくなった。

川田博士は直ぐに思い出して答えた。

「佐々木——そうだ。佐々木だ。確か君と同期だろう。麹町《こうじまち》で開業しているのはあの先生がその頃、うるさくどこかへ紹介しろと言って来ていた折から、恰度《ちょうど》、青野家へ紹介したように憶《おぼ》えているよ」

川田博士が口にした佐々木の名は、猪股にとってはまるで呪いの言葉であった。

「有難うございました」

猪股は自分の感情をかくす努力のために精一杯になって、そのために川田博士に述べる礼の言葉までが舌の尖《さき》で硬ばってしまうのを自ら感じた。

読者諸君は記憶してもいられるであろうが、この事件のまだごく最初に猪股は或る宴会の席上で佐々木から思いがけなくも結婚の祝盃を上げられ、その意味を解することが出来ない折から、彼が青野令嬢の身元について頼んだ私立探偵の齎《もたら》した調査書が、婚約のための身元調査に相当するものであったのを知った時、猪股が探偵に向って激怒し、探偵のそういう誤解を裏書した佐々木に少からず不快を感じた事実があった。

その同じ佐々木が、青野令嬢の身の上をただ世評で、無責任に知っているばかりではなく、職業の秘密として、何人よりも以上に承知しているらしいのを直覚した時、猪股のいつぞやの不快は忽然《こつぜん》として蘇生し、それが以前のものよりももっと深刻になったのは、猪股として無理もない事であった。自分が秘密を把《にぎ》っている女を、友人が何も知らずに娶《めと》ろうとしていると考えて北叟笑《ほくそえ》んでいる佐々木の下等な面つきがふと猪股の目の前にちらついた。

「ああいう下劣な奴の事だから、堕胎の手伝いぐらいは、実際やり兼ねないのだ」

猪股は自分の空想のなかに現われた佐々木を心中で面罵《めんば》した。それにしても辰子はどんな子供を誰の子供を堕胎したというのだろう。猪股は佐々木を憤るためにそれの形容として用いた自分の空想に囚われて、辰子が堕胎したのだという仮定を危く自分で信じようとしているのに気づいた。それでなくてさえも混沌《こんとん》たるこの事件の最中に、用もない佐々木に対する憤慨などを雑《まじ》えて、そのために一層わからなくして仕舞おうとしていた自分をとり直して猪股はもう一度改めて冷静に、事件の昨日からの発展を整理しはじめた。

そうだ。辰子は寧ろ堕胎したよりも、出産したらしい方が根柢のある想像であったのだ。大場の姉の時子がそれを観察しているのである。それでは、辰子が何時出産したろうか。川田博士は佐々木を――忌ま忌ましい佐々木を、四年程前に青野家へ紹介したと云っている、しかし川田氏は妊娠している辰子を見たことはなかったのである。受胎しているかどうかの診察をも佐々木はしたであろう。それにしても高橋医師はこれも同じく四年ほど前の夏にはじめて辰子を診察したというのだけれども、その時に辰子が産後であった事実は知らない。妊娠中では無論なかった。時日を繰《く》ってから考えて来ると、辰子は妊娠をしている間はなかった事になる。しかしこの疑問はもう一度川田博士に確かめたならば多分は決定するだろうが、或は川田氏が佐々木を青野家に紹介したのは、四年ほど前ではなくて五年前の、それも春ではなかったろうか。高橋医師の方は彼にとって名誉ある患者青野令嬢を見た時日を間違って記憶している筈はない。時日の間違いがもしあるとすれば、それは川田博士の方でなければならない。それに川田氏はただ漠然と四年ほど前と言ったのだ……。

猪股はめったに使う事もない机の上にある電話をとり上げて、内科の教授室を呼んだ。

川田博士との電話の問答によって、それは猪股の想像のとおりに春——というよりも二月ごろであった事は確実で、又、四年前ではなくどうも五年になっているらしい事も知り得た。佐々木に問い合せれば確実なことを猪股は無論気づかないではないが、どうもその気にはなれないのだ。

ともあれ推測することは出来る。もし辰子が出産した事実があるものとしたならば、それは五年前の年の秋である事になる。……

こういう推説の最中に、いつものとおりにノックする音が聞え、大場は扉を開けて葉巻の煙と香とに満ちたこの部屋に這入《はい》って来た。

大場の顔を見ると、猪股はいきなり質問を発した。

「君はハンケチを使うかい」

あまりに唐突な言葉に大場は呆然として自分の耳を疑った。

「ハンケチですか」

「そうだ。君のところの患者が発作をおこした時に、君はハンケチを持っていたかい」

「持っていました。昨日もおとついも暑い日で……」

「よろしい。それで患者が発作を起すすぐ前、ハンケチを彼女に見せたようなことはなかったかね——わざわざ、見せるのではない、彼女が君の使っているハンケチを見るような機会がなかったろうか、という意味なのだが」

大場はますます腑に落ちない質問に驚かされたが、問われるがままに考えると、あの空家のなかへ這入って行った時に、戸を閉め切ってあったせいかそこは蒸し暑かった事を憶えている。従って或はハンケチを使ったかも知れない。——持っていた事は持っていたのだから、多分ハンケチを使いはしたろう。しかしハンケチなどというものはひどく意識せずとも、寧《むし》ろ反射運動的に使うことさえあるのだから。つまり、大場は、はっきりとした記憶はなかったのだ。

「憶えてはいないかね。——よろしい。それで患者はどうなのだ」

「まだ——私が今日十時に家を出て来る時には、まだ昨日のとおりでした。——別に営養注射などしないでもいいものでしょうか」

「まだ、いいだろうと思うが」

扉をノックする音がした。

それが看護婦であることは疑うまでもないのだが、猪股の疑うのは、看護婦が青野男爵の来訪を伝えたのではないだろうか、どうかである。扉をあけた看護婦が一枚の名刺を持っているのを見た時に、大場は立った。

「わたしは、では失礼しましょう?」

「いや、いてもいいよ。多分青野男爵が来たのであろう。それならば君もいた方がいいわけだ」

看護婦の渡した名刺を見て、猪股は自分の想像の当っていたのに満足した。客をこの室に通すことを、取次に命ずると、青野男爵が来る間、猪股はへんに、不機嫌な沈黙を守った。大場はそれを感じたのである。

佐々木の事で感情を浪費した猪股は、予期してはいながら青野男爵と応対する手順については全く考えて置く余裕を持たなかったのである。猪股はその自分に、又手順なしには応対も出来ぬ面倒な相手に対して憂鬱を感じたのである。

小刻《こきざ》みな、慎ましい——というよりも遠慮勝な、或は気の進まぬげな足音が近づいて来た時、猪股は考え直して大場に言った。

「君はやっぱり一足先に行って貰おう。僕は直ぐあとから男爵をつれて行くことにする」

命じられたとおり大場は椅子を立った。一礼して扉を出ようとしている時、外の足音は立ちどまって扉は外側から開けられた。

扉の把手《ハンドル》を握った看護婦を真ん中にして、室外の人と室内の人とは顔を見合った。大場は一歩引き退いて道を譲った。男爵はためらい勝に、そのくせ自分の前に佇立《ちょりつ》している見知らない青年に対して、検視的の一瞥《いちべつ》を与えて猪股に近づいた。猪股がすすめた椅子につきながらも男爵は、室から出て行く学生の後姿を尚も不安げな眼差で見送った。

「あれは大場です――令妹をレールの傍で見つけたのは彼です」

男爵は答えなかった。まるで聞えなかったような調子であった。猪股は相手の不作法を、いや不作法以上の無礼ともいう可《べ》きものを、咎《とが》めたいような気持ちになって男爵を見つめると、男爵は次第にうなだれて、羞《は》じらっている処女のような態度になってしまった。猪股は心の中でひそかに溜息をついた。――辰子よりも、まずこの兄の方を何と持《もて》あつかっていいものだか。永い不自然千万な沈黙の後に、猪股はやっと気をとり直しておだやかな気持で言った。

「青野さん。多分お聞き下さいましたでしょうが、御令妹を今のままで捨て置けば廃人になる外はないことは昨日お宅の方へ申し伝えたとおりです。あなたもきっと御心配でいらっしゃいましょう。御兄弟として忍びない処でしょう。――それならばこそ、こう

して お出かけ下さったのだ……」

男爵は目を上げて猪股の顔をながめていたが、相手の言葉を奪うように言った。

「そうです。それで私の手紙は御受取になったのでしょうね」

「そうそう。御返事を拝見しました」猪股は答えた「早速高橋医師に面会しました。有難うございました。いつも出来ますことなら、ああいう風に御援助が願いたいので。以前にも、たしか初にお目にかかった時、一度申述べたこともございましたから、もう御了解下さったかと思いますが、私の信じているヒステリー治療の方法では……」

「学説の方は拝聴しました」猪股は又しても男爵に言葉を奪いとられた「私も、お説には同感なのです。実はその後になって、私はフロイドの学説を少しは読みましたので」

「いや、これは御熱心で、愉快です」猪股は目を見張って男爵を改めてながめ入った。猪股は本当に意外でもあり、愉快でもあったのだ。

「ほんの少しなのです」男爵は言いつづけた「でも、あの学説を私も信じます。しかし、失礼ですが、あなたは学説の方はお詳しいようですが、今までにその学説で患者を御治療なすった事はまだございますまい」

言い放って男爵は皮肉げな笑いを洩らした。

男爵の一語に、猪股は明かに狼狽の色を示そうとして、努めてそれをつつんだ。

「つまり私はあなたの学説は信じますが、御経験は信じないのです」

男爵は畳みかけて言った。処女の如しと思った男爵は、いつのまにか脱兎《だつと》のような勢を見せたのである。

しかし、不思議と男爵のこの気勢は猪股の今まで抑圧されていた気分をすっかり開放した。

「御言葉のとおりです」猪股は正直に、しかし応戦するような口調で答えた「あなたがそんな明敏な観察家であろうとは存じませんでした」

「あなたは、何故に」男爵は猪股の言葉を無視したまま言いつづけた「私やその外の人間をつかまえて、さまざまな事を知ろうとなさるのです。妹の心の秘密をあなたがどれだけお知りになっても、妹のヒステリーは治るわけではありますまい。問題はそれを、底の底まで、妹自身に、そうでしょう、妹自身の口で語り尽させてしまわなけゃならないわけではありませんか――ちょうど古井戸の腐敗した水をくみつくして、新しい泉を心のなかへ湧かさせるように。そうでしたね」

「そうです。確かに、御令妹自身の口から残らず知る必要があったのです」猪股は追いつめられた人の声を出した。彼は言いながら自分の迂闊《うかつ》な態度を自ら怪しんだ。全くこれを辰子に言わせることの目的を忘れてしまって、彼自身で知ることばかりに気をあせっていた。当の辰子自身からは彼女の身分や名前さえもまだ語らせていないのではないか！　猪股は確かに背中に冷汗を流した。そうして沈黙に落ち込んでしまったが、自分で自分に言いわけするが如くに呟くのであった「予備知識を持って置く必要があったのだな」

彼はやっと自分の冒していた錯誤の原因を本当に発見した。

そうして男爵に言った。

「私は予備知識が欲しかったのです。それは私が最初からあまり重大な質問を令妹に発してはならないための予備なのです。たとえばあなたはどうしてハンケチを見るのがおいやですかとか、あなたは五年前の十月ごろにお産をなさいましたか、などと言っては悪いだろうと思ったからです」

猪股が殆んど意識せずにこれを言い、言ってしまってからはじめて意識したのだが、彼のこの言葉は全く矛盾していた。何故かというのに、彼は予備知識を持たなかったならば、そんな重要な質問をしようにも、その問題をさえ知らない筈だからである。そうだ。彼女をしてごく自然に言うだけの事を言わせ、するだけの事をさせ、その上で問題を捉えて行けば、それは自ずと遠巻きに真相の中心に追々と接近して行けた筈だったのである。何となれば自分を打明けることを意識的に避けているヒステリー患者たちは、いつもこの意識になやまされていればこそ、いつも口を開けば出来るだけつつみ隠しながらも、必ずこの問題に触れずにはいられない筈だからである。猪股はそんな事は机上では疾《と》くに知っていながら、この事件に当っては全く忘れたかのようであった。

猪股は男爵を見上《みあげ》た。

そこに、この上なく蒼褪《あおざ》め切った男爵が気味の悪いばかり呆然として、猪股の面前にあった。彼は最も小さな声で叫んだ——ふるえる白い唇のさきで、どもりながら呟いた

——「あなたは、ぼ、ぼくを非難するつもりですか！」

男爵とその父

「あなたは私を非難しようとしていらっしゃる」

男爵は今のさっき昂奮のあまりに言い放った言葉を、もう一度言い直した。よほど落ち着いた筈であったのに、その語尾はやはりふるえていた。猪股は彼の述べた一語が、男爵の心の傷口にでもふれたらしく思いも及ばない効果を奏したのに多少狼狽《ろうばい》気味であった。その狼狽とまた異常な好奇心の期待とで彼は男爵の二度目の言葉に対しても適当な返事を思いだすだけの余裕がなかった。無言は時にとっての有力な返事である。

この場合では、男爵は相手の無言を、自分の主観で「それは無論、非難しますとも」という風に聞き取ったらしく、彼は激した調子を抑えるために努力しながら、自分の事を或は僕と呼び私と言い、殆どしどろもどろに話し出した。

「それは、その非難を僕も受けましょう。父は最後まで僕を非難したものです。その父に対してこそ僕は非難を加えたい。そのくせ、君が、あなたが私の父を非難なさろうというのなら、僕は君に抗弁するつもりだ。なる程、父はこの上なしに峻厳《しゅんげん》な人だった。すべての人間を皆自分の部下と心得て、命令せずにいられないというのも、父の永年の軍隊生活の為めであったかも知れません。それとも生れながらの気質かもわかりません。何にせよ、父は家庭ででも、妻をも子供をも、征服し命令していたものです。服従させることを知っていて、愛することを知らない父は気の毒なものです。でも父は辰子だけは甘やかして愛していたものです。私に対しては父は愛を示したことなどは一度もありません。でも父は無論私をも愛してはいたのだ。しかもそんな愛情などの表現は、父にとっては恥ずべき事だったのでしょう。父のその気持は僕にも今は了解は出来る。でも、僕は父に反抗しつづけて成長したのです。体質の弱い私が軍人になれそうもないのを、父は先ず第一の不満に思ったのでしょう。しかし、そんな事は僕の知った事ではない筈です。父は二言目には女々しい奴だと僕を罵《ののし》ったものだった。実際、僕は父を見ていると怖いものに思えて、すぐに泣けて来たのです。父は中学を出た僕に法律を習わせるつもりだったのです。高等学校の法科に入学はしました。父にとっては軍人と政治家より外には、人間のする仕事は無いと思えたのでしょう。国家と名誉とが父の宗教だったのでしょう。僕は大学へ入学した時には父には無断で美学を志したのです。こんな科目を択《えら》んだのも父に対する反抗の一つに外ならなかったと言えます。成長した妹は、年ごろになると父よりも私の方に親しみを示し出したのです。事々に父から圧迫されている私を、妹は気の毒と思ったのでしょう。いや、それよりも寧《むし》ろ、妹は父の世界の窮屈なのをやっと気づいたのでしょう。私や妹ばかりではない、家庭全体の者が、父の秋霜烈日《しゅうそうれつじつ》に表面では服従しながら、かげでは皆反抗していたのです。皆はこっそりと無言のうちに同盟して、みんなお互に相手を父の目からかばい合っていたのです。この意味では、気の毒に父はみんなから裏切られていたのです。そうしてこんな孤独な立場にいる自分を、父は永い間知らずにいたのです。晩年の父をあんな失意に逐《お》い込んだのは、社会ではありません。断じて社会ではありません。……」

「政敵や或は世間の非難攻撃などは、私の父にとっては、何の打撃でもなかったのです。そんなものに対しては、父は、それが猛烈であればあるほど寧ろ勇気を加えたのです。父はよく言ったものです——俺は実戦でよく心得ているよ、敵が軍力を集中して立向って来るのは、こちらの勢力を重視している証拠なのだ。敵が卑怯な態度に出るのは正当な方法では及ばぬことを知っている証拠なのだ。卑劣なやり方はそれ自身がもう負けていることの告白なのだ。こういう考えを抱いている父にとって、恐ろしかったのは断じて敵ではなかったのです。父は味方の裏切りが淋しかったのです——家族たちが、服従し切っているものと信じていた家族たちが、彼の目のとどかぬところでは彼を無視して振舞っている事を知った時、それが父にとって何よりの打撃だったのです。私の結婚問題が起った時、私を法学士で大学院にいるものとばかり思っていた父は、私は美学の研究者で、それも大学などは中途で廃学《はいがく》してしまっている事実をはじめて知ったものでしたが、それまではそんな反逆者を僕ばかりと思っていたのです。僕は子供のころから父にとっては、どうせ不肖《ふしょう》の子に相違なかったのです。そうして女でこそあったが、いいや、或は女の子であったそのためかも知れません、辰子は父の鍾愛《しょうあい》の子だったのです。ですから辰子に対しては父は盲目も同然でした。そうして辰子を信じ切っていたのです。その辰子が、あなたは何もかも御存知でしょうが、あんな不面目な事件をしでかした時、私は最初から辰子のふとした間違いを直感したのに、父はそんな事は夢にも思っては見なかったのです。父の地位と名誉とに媚《こ》びるつもりで、さまざまな人間が、その地位を利用して、捏造《ねつぞう》した報告を父は真に受《うけ》たのです。人の甘言などを決して喜ぶ筈の父ではなかったのに、之も世にいう親馬鹿なのでしょう。わが子が可愛いばかりに、見えすいた真実が見えなかったのです。そうして罪を相手ばかりに着せたかったのです。私はあの事件に対する父の態度には最初からハラハラしながら、なるべくおだやかに、内々に処置してしまいたいと計ったのに、父は私の言葉などに耳は仮《か》さなかったものです。夫《それ》というのも、私の学校生活の不信任がばれてから、まだ半年とは経っていなかったせいもあったのです。父は私を一概に卑怯者と罵って、あの事件には一切立入らせなかったのです。まるで断崖を目ざしてまっしぐらに疾走する馬車でした。父はその馭者《ぎよしや》でした。私は手をつかねてそれを見ているより仕方がなかったのです。とうとう結局が来たのです。厭《いや》でも応《おう》でも父は真相を見なけゃならなかったのです。自分達の一家の事ながら、私は父に『それ見ろ！』と云ってやりたいような気持ちでした——僕と父との間柄はまず夫程《それほど》だったのです。でも、あの事件の後の父の悄然たる様子を見ては、さすがに私も気の毒にならずにはいません。世間では父を名誉欲と権勢欲とばかりで生きている、単純な人物ときめてかかっています。そうしてそう思われても仕方のない父ではありましたが、しかしあの事件を区切りにして父が社会の表面から消えたのは、ただ社会に対する申訳というような単純なものではありません。先刻からもいうとおり、それは社会に対する面目不面目よりも家族に対する憤怒からです」

「父は家族の全部を憎みはじめたのです。最も多く憎まれたものは辰子でした。あなたは妹が父に不名誉を与えたから、父は妹を憎んだとお考えになるかも知れませんが、そうではありません。それは今まで愛し信じていた程度が多かっただけに、憎《にく》しみも亦多かったのだと僕は思います。それでは私自身はというと、日ごろから愛されていなかった私は、妹に小説などを読ませてそんな間違いの動機をつくらせたというので、今更一層に疎《うと》まれなければなりませんでした。峻烈《しゆんれつ》な性格の父は、愛するということは宥《ゆる》すということだとは知らなかったと見えます。愛情を示すことを好まなかった父が、憎みだけをどうしてああまで強く見せなければいられなかったのでしょうか。たしかに、そこに父の性格の破綻があったのです。父は生涯に沢山の敵を持っていました。敵なしには生甲斐を感じないというような、不思議な性格もあるものと見えます。そうして父は社会から隠れた生涯の最後には、こうして家族全体を敵にしていたのです。三十年前に父とともに戦場を往来した老馬丁《ろうばてい》の夫婦と書生ひとりとを相手に、父は鎌倉の別荘に引籠ってしまったのです。もう二度と辰子や僕などの顔は見まいと決心をしたかのように、父は一度も家には帰りませんでした。行って訪ねた辰子を、自分で玄関から追い払った事もあります。自ら求めてこういう孤独のなかにいた父の晩年は、思えば私にも悲しくない事はありません。妹にとってはなおの事でなければならないと思います。御承知のとおり、父はあの地震のためにつぶれて死んだのです。庭に飛び出せばわけもなく避難出来たものを、泰然自若としていたばかりにこんな事になったと、馬丁は泣いて報告をしましたけれど、それさえも私には、父が寧《むし》ろ死を喜んでわざと逃げなかったような気さえしてならないのです。妹もきっと同じように考えることがあるに違いありません」

男爵は永く話しつづけて来た話を突然に切った。

そうして一瞬間深い沈黙に陥ったが、恐らくそれは父に対する哀悼の思い出のためであったろう、猪股は男爵のこの話によって、その父である老男爵の肖像をおぼろげながらに見ることが出来るような気がした。それと同時にその人の子である目の前の男爵の特別な性格も、どうやら理解出来たように思う。そういう父によって、しかも絶えず相争いながら、そうしていつも打勝つ事の出来ない反抗をつづけながら成育して来たこの男爵は、まるで岩の上に育った松のように、不自然な心の形をしているのも無理ではないように思う。

「有難う。お話を承って、お父さんの御性格や従ってあなた御自身をも御了解出来るようになったのは何よりの仕合せです」

猪股は感ずるがままにそう言った。話のあとを促したいと思ったが、うっかり下手な問い方をすれば、話がそのまま消えてしまいそうなことに気がついたので、彼は口をつぐんだ。この彼の言葉のない質問方法はこの場合にとって有効であったように見えた。

男爵は再び話し出したのである――

「我々は、私も妹も今だに決して父の話を言い出しません。怖ろしいからです。それほど父の思い出は痛切なのです」

　折角再び話しはじめた男爵の言葉は、今までの急速なテンポを失ってもとのところに足踏みしたまま、それっきりも一度とぎれてしまった。男爵は新しい煙草《たばこ》をとり出して、沈黙を取つくろうたが、それは前刻《さつき》の深い沈黙とは全く別のものだということが猪股には察せられた。今度のものは父に対する哀悼の余情ではなく、これから起ろうとする話題に対する躊躇《ちゆうちよ》としての沈黙に相違なかった。

「そうです」男爵はやっと口を開いた「私はここで話をやめてはならないのです。父の死後一層憂鬱になった妹に結婚をすすめたのは川田博士でした。でも私は、白状しなければなりませんが、博士の意見を尊重して妹の結婚を急いだとばかりはどうしても言い切れません。私が一点の疚《やま》しいところは実にここなのですが」男爵は軽い吐息を煙草の煙にまぎらした。「そのころ私は、私自身が結婚したかったのです。申込みをしようという相手を見つけていたのです」男爵は続けさまに煙草を吹かした。「私は自分が妻を求めるについては、妹をも早く結婚させたかったのです。――どうも妹の為めにとは言えないのです。私自身の為にです。あのような事件のために婚期を失おうとしている妹のある家庭は、妻を娶《めと》るためには決していい条件ではないという考えが、いつも先に立っていたのです。私は妹を無理に説きすすめてやっと結婚をさせる事にしたのです。私は妹の意志を認めて、試みに結婚することを賛成したのです。満足に式を挙げることもせず、戸籍を動かすこともしないそんな結婚を、母はもとより悲しみましたけれども、私はその点をまで母を説きました。いずれはもう相当な結婚をあきらめていた母は、私の説を案外にも早くわかってくれたものです。私の説——私は今にして思うと、それは主張というようなものでは決してなく、ただの自分に都合のいい考え、私にとって便利な方法であったものを択んだにしか過ぎなかったのです。夫《それ》でもさすがに相手だけは私も充分に選択し得たつもりでありました。それは私の学友で身分は低かったのですが、学才はありました。温和な性質——尠《すくな》くとも私にはそう思われた上に、彼はたしかに妹を心ひそかに愛していたことを知ったのです。私は生活の補助を与えることまで喜んで約束をしました。妹はその相手を女性的な人だといって好まなかったのでしたが、それでもやっと事は好都合に運んだのです」男爵は煙草の最後の一服を吸うと、それを灰皿のなかへ持って行って、火を皿の上になすりつけて擦り消しながら、「……」特別な早口で小声で何か云ったけれども、それが猪股には聴き取ることが出来なかった。

「は？」猪股は問い返した「何と仰有《おつしや》ったのです？」

「ところが、あの男は気が違ったのです」男爵は今のさっきと同じような早口で一息に言った。

「あなたのおっしゃるのは」猪股は腑に落ちないままに再び問い返した「濱地氏の事なのですか」

男爵は無言で強く首を振った。

彼は濱地の名を聞く事も口にすることも、好まない様子であった。

猪股はここで思いがけなくも濱地以外に、もう一人の精神病者に出会《でくわ》した。

「ともかくも」猪股は言った「あなたが私のヒステリー療法を御理解下さったのは愉快でもあり、またこの際最も仕合せでもあります。出来ることならこの場合、欲には事の序に何もかも一応御聞かせ下さるといいのですが——いや、御無理には御願い致しますまい。いずれ又、あなたが気の向いた時には、自発的に御聞かせ下さることはわかっています。その御気持ちになるまで待つとしましょう。それでは今日は、これから令妹を御見舞いに御出で下さいましょうね」

「無論です。私はそのつもりだから出かけて来たのです」

男爵は何という意味もなく怒ったような調子であった。もし男爵が何かを怒っているとすれば、それは不用意にも言わでもの事を、話した自分に対して、不機嫌なのかも知れない。それとも又、もっと話すべき話を途中でとぎらしてしまい、それをすっかり言い切ってしまえないことに、原因しているのかも知れない。

猪股は男爵の話によって、濱地事件の一切はどの立場からも明瞭になったのを喜ぶと同時に、しかし、茲《ここ》にまた新しい問題にぶっつかってその新しい問題こそ、辰子にとってはもっと直接の力を持っているに違いないのを知った。それにしても彼女のために二人の男——そのひとりは情人であり、その一人は夫であった者が次々に精神病者になり、その愛していた父が彼女を憎みながら不慮の死をしたという事だけでも、もしその原因が彼女にあるとより外に考えられない場合には、彼女をしてヒステリーに陥入らせるには充分なものである。しかもその上にまだ何かもっと隠れた事情が伏在するとしたならば、辰子が死を決して線路の傍に立っていたのも無理もないのかも知れない。

そういう妹を持って、しかもその妹を愛している兄になって見れば、ひどい神経衰弱にかかるのも当然のようでもある。……

男爵の自動車に同乗して、大場の家に向う道すがら、猪股はふと青野男爵兄妹に対して同情の念を呼び起した。

正直なところ猪股は今まで辰子に対しては単に学者としての好奇心を、そうして男爵に対しては反発する性格に対する軽い反発をしか持っていなかった。当然もっと早く抱いていなければならなかった同情の念を、今になってやっとはじめて持つのは遅すぎるくらいであった。それというのも男爵が少しも打とけた調子を見せないからだと、猪股は自己弁護したいのであるが、逆に男爵になって見れば、たとい相手が医者であろうとも何であろうとも、同情心をも持たないような人間に、己の一家の事情を披瀝《ひれき》するようなつもりにならないのは当然に違いない。――ヒステリーや神経衰弱者というものは、他人の心理に対して異常な感受性や反発性を持っているものだからである……

こういう考えに耽《ふけ》っているうちに、車は大場の家の近くに来ていたが、猪股は男爵が車の行手を見つめているその視線を追うて、路傍にひとりの女が、あたかも彼等の車を待ち受けるように立っているのを発見した。

その女はどうやら大場の姉の時子であるらしいのを猪股は疑った。

死の承諾

立ちつくして車を迎えているように見える時子が仔細ありげに思われた猪股は、車を停めさせた。時子は早くも車の窓まで進みよって、一礼すると言うのであった。

「随分《ずいぶん》お待申し上げました……」

「どうしたというのです」

問うたものは猪股であったが、問わなかった男爵の方がもっと心配げであった。

「いいえ」時子は男爵の顔色を察しながら「何も御心配の事ではありませんけれど、御病人が昏睡からさめましたので、そこへお兄様がお見舞いにお出下さってもいいものやら、弟がそれを案じまして、それでわたくしさきほどから――もう小一時間もここでお待ち申して居りましたのよ」

「それは大へんでしたね。――さあ、それにしてもどうしたものか」

猪股は処置を決しかねた。昏睡している辰子の枕頭《ちんとう》へ兄の男爵をつれて行って、兄を感動させることが彼の目的であった。目のさめている辰子のところへその兄を案内して行って、辰子を疑わせ驚かすことは考えてみてもいなかった。それが果して辰子にどんな影響を与えるものだか、大場がそれを案じて、姉を猪股の来る途中に見張りさせたのは頗《すこぶ》る気が利《き》いている。それにつけても猪股は狼狽した。

「とにかく、車から降りましょう。青野さんもお降りを願いましょうか。大場の家へはもう三丁とはありません。それに少し歩きながら考えましょう」

猪股は時子と男爵とを引き合すことさえ忘れていた。しかし時子は男爵が車から地上に立った時に、鄭重《ていちょう》な礼をし男爵は黙って礼をかえした。猪股は出来るだけのろのろと大場の家の方向へ歩いて行った。時子も男爵もそれに従って歩をうつしていたが、時子は猪股の耳もとで、それが男爵に聞かれるのを遠慮するが如く囁《ささや》くのであった。

「辰子さんは、目をさますとまるで寝起の悪い子供のように不機嫌でしたが、そのうちに、わたしを枕もとへ呼んで、あなた方はわたしの事を何もかも御承知のくせに、知らないふりをしていると仰有って、駄駄をこね出しましたの、そうして、こんな探偵の寄り集まりの様な家にはいない、というかと思うと、もうどこへも行きどころはないからわたしを死なしてくれなぞと、それはもうあとからあとから様々なことをおっしゃるので、弟とわたしとで全く手こずってしまいましたの。――で、辰子さんがそんなことを仰有っているところへ、もしお兄さまがお見えになるような事があっては、というので弟がわたしを迎えに出したのです。どうしましょう。お兄様をお連れ申してもいいものでしょうか知ら」

「……」猪股は時子には答えなかったがその代りに男爵をふりかえって「青野さん。只今大場君の姉さんから伺うと、令妹《れいまい》は昏睡からさめて大ぶん、昂奮しているらしいのです。折角《せっかく》ここまでお出下さったのだけれど、私の考えではあなたはやはり今日はお会い下さらない方がよくはないかと思います」

「そうですか」男爵は立ちとまりながら「それじゃ、私は帰りましょう」

男爵は、機械的な無表情でそう言ったかと思うと、誰にともつかぬ一礼を残して、直ぐさま踵《きびす》をかえした。

男爵の無雑作とも冷淡ともつかない態度に、時子は驚いてその後姿を見送った。その時、男爵は何と思ったものか、三四間歩き出していた道を再び引かえした。見送っていた時子を男爵は気づかなかった。何故かというのに、男爵はうなだれて地面ばかり見つめて歩いていたからである。目を上げて男爵は猪股と時子とを見上げた。

そうして口早に言った。

「どうぞよろしくお願いします。――私は何だか妹を見るのが怖ろしいのですから」

そう言い残すと、男爵は又再び引返すと入陽《いりひ》をまともにうけて長い影を曳きながら歩き去った。非常識な男爵のすべての様子が、好悪を超えて時子には異常に深い印象を与えた。

「その外に、患者は何か変った様子でもありませんか。変った事でも云いませんか」

「先生を」時子は言いかけてちょっと躊躇したが「辰子さんは、先生を待ち兼ねて居りました」

「ほう。それはまたどういう訳です」

「さあ、どういうわけかは存じませんけれど、とにかく辰子さんは先生を、お力にしていることは確です。そうしてわたし達はすっかり信用を失ってしまいましたわ、ほんとうは私、以前に辰子さんから一度御身分や何かを伺った事がありましたの。お宅へお便りをなさるようにおすすめした時のことでした。決して他言はしないお約束でしたから、私も今までもどなたにも申しません――弟にも先生にも。それだのに辰子さんは、どうしたわけか私が皆さんにおしゃべりをして、その為めに御自分でわたしにお話なすった以外の事まで、すっかりわかってしまったのだと思い込んでいらっしゃるらしいのです。そうして、こんな探偵の寄り集まりのような家にはいられません、などとおっしゃるのです。お気の毒なお身の上に違いないのですが、それにしても少しひがんでしまっていらっしゃるのでしょう」

「あなたがそんな無実の罪を着ちゃお気の毒ですね。探偵をやったのは僕だのに。ハハハ」

猪股は、これも辰子の影響をうけてよほどヒステリックになっている時子を、慰めるつもりで快活に笑った。

こういう対話をしながら彼と彼女とは、家の門まで来た。

時子は猪股に対して小声で、

「御免下さいまし」

と言いながら、一足早く家のなかへ入った。猪股もつづいて玄関をくぐった時、彼は家の奥で癇《かん》高い辰子の声が響くのを聞いた――

「有難うはございますけれど、わたし御同情は真平《まつぴら》なのですのよ」

猪股はつかつかと奥の部屋へ這入って行った。部屋のなかは辰子の声から想像したような変った様子は何もなかった。大場の姿も見られなかった。辰子も亦、いつもと大した変化があるようにも見えなかった。彼女は猪股を認めると白い歯を見せて歓迎した。

しかし直ぐに眉をひそめて訴えた。

「先生、わたくし、頭痛がしてしかたがありませんのよ。それにお隣と来たら、ラジオ――ラジオ、（ラジオ気違いと云いかけて、彼女は気違いという言葉を言えなかったに違いない）……ほんとうに休みなしですよ。うるさい事……」

脈搏《みやくはく》を見ようとして手頸を把《にぎ》った時、猪股は辰子の指が意味ありげに彼の手にからまったのを感じた。

次の部屋から大場が入って来て、まださほど暗くはなかったけれども、部屋の電灯をともした。辰子は大場を一瞥《いちべつ》し、それから猪股の方へ目《ま》ざ《な》しを向けたが、それは秋波《しゅうは》であった。

「先生、わたくしね、随分先生をお待ち申しましたのよ」

辰子は甘ったれた調子であった。それは猪股に言うと同時に、大場に聞かせる言葉であったと見える。辰子は言いながら再び大場に一瞥《いちべつ》を投げた。猪股は辰子がこのまるで二重人格にでも襲われたように、一個の妖婦《ようふ》のようにふるまうのを見逃さなかった。猪股はおだやかな、しかしごく事務的な調子で問い返した。

「そんなに私をお待ちになって、何か特別の御用でもありますか」

「え。ちょっとお願いしたいのです」

「……」

「わたくし、先生にお願いして、ここのお宅を立ち退きたいと思いますの」

「そうして御自分のお宅へおかへりになりますか」

「……」辰子はそれには何とも答えなかった。

「それではどうして」猪股は問うた「大場の家があなたには不愉快なのですか」

「いいえ。決して不愉快というのではありませんの。不愉快というのとは違いますとも。お姉さまもその方も」辰子は大場の方を指でさして「それは御親切にして下さいますのよ」

「親切なのがいけないのですか」

「親切がいけないというわけでもありませんわ。でも、わたしうっちゃらかして置いて欲しいのですわ」

「でもあなたは御病人でしょう」

「……」辰子はそれにも答えようとはしなかった。そうしてただ彼女自身の言いたい事を言いつづけた「あんまり何かと注意深く見ていられるのは、それゃいやなものですわ。そうではございませんの、先生」

「それはそうですね」

猪股は一向にはかどらない辰子の話をもどかしく思った。辰子は一句一句注意ぶかく自分で自分の言葉を検《けん》しながら言うのであった。それを面倒がる様子や、或は辰子の言葉に反対のような語気が見えたりすると、彼女は直ぐにそれを反射して口をつぐんでしまう傾きを、猪股ははやくも看て取った。彼はいずれそのうちに試みなければならないと思っていたこの患者との問答が、こうして今もうはじまっていることに気がついた。彼女は猪股にむかっては、大場の姉に言ったというように、この家の人達が探偵のようだなどとは決して言わず、その代り親切すぎるとか、注意深く見ていられるのがいやだとしか言わない。それは猪股に対して彼女が特別に用心をしているしるしなのである。それでいながら彼女は、わざわざ猪股の来るのを待って何事かを訴えたいと思っているらしい。猪股はそれを無論知りたいのだ。しかし彼はわざとそんな顔はしなかった。そうして彼女の話が暫《しばら》く断えた時、全然別の事を言った。

「食欲はおありですか」

猪股は、まるで辰子の話には何の興味をも持たないものの如く振舞ってみたのである。反応は直ぐに現われた。

辰子は明かに不満の様子を示し、それでも答えはした。

「食欲でございますって？――食べたいとは思いますの。でもわたくし頂かないつもりですの」

「食べたいなら召上った方がよくはありませんか」猪股は相手の反抗的な語気を受けながして、おだやかに言った「いや、召上りたくなくっても、召上って頂くようにおすすめしなけれゃなりますまいね」

「ところが、わたしは頂きませんのよ」

「召上ると気分でも悪くなるのですか」

「いいえ、別に」

「……」猪股は無言で、ぽつりと切れた辰子の言葉のつづきを促した。猪股は辰子の兄の男爵から話を聞く時に、このコツをおぼえたのであった。

「ただ、わたし、飢《う》えて死んでしまい度《た》いと思っているんです」

猪股は言葉の真意を知ろうとして、辰子の顔をまともに見た。さっきまでの妖婦のような表情はいつの間にか去ってしまっていて、彼女はまるで仮面のように冷淡な様子をしていた。彼女の言葉はどれだけの深いところから発せられたかはわからないでも、冗談のつもりでない事だけは窺《うかが》えるのであった。猪股は言った。

「それは困ったお考えだ。私は医者として反対をします——御承知でしょうが、医者というものはどんな場合にも人を生かせることを唯一の目的にするものですからね」

「それでは、医者としてではなく人間としての先生は？」

「人間として？　さあ、やっぱり反対をします」

「ホ、ホ、ホ」辰子は低い声でそうして少々非常識な調子を帯びて答えた「それではあなたも、わたしの死ぬのを邪魔をなさろうという組ですのね。そんな権利を、皆さん一体どこから持っていらっしゃったのです」

「権利は」猪股は案外真面目に考えてから言った「そうですね、権利は多分、誰にもありますまい。ただ何だか義務があるような気がしますね」言いかけてふと、猪股はニーチェの言葉を思い出さざるを得なかった——自殺者の一族が自殺者を非難するのは、ただ彼が彼等の名聞をそこねたという事ばかりである、——この言葉が猪股の頭をかすめた時、猪股は自分の言葉がごまかしのような気がして来た。それにしても辰子は猪股の一族で、彼女の自殺が決して彼の名聞をそこねるわけではない。それでは辰子に対する愛着か、猪股はそれほど辰子を愛着しているという自覚もない。それだのは辰子が死ぬというのがもし真面目ならば、理由はわからぬながら、それを阻止《そし》せずにいられない気持がする。それは医者としてだの人間としてだのという区別に立つものではなく、単に同類の生物としてである。もしかすると、その感情は自分に出来ない事を敢行する他人を、拒もうとする気持だけにすぎないかも知れない。猪股は言った。

「理由は今私にはわからない。だが、権利や義務の問題ではなさそうです」

蝸牛《かたつむり》のような辰子の心はまた触角を持っていた。それはこの上無しの鋭敏さで、相手を知っていた。そうして笑って冗談にあしらうかとおそれていた猪股が、案外に真面目に考えている様子に満足した彼女は、座にいた大場に対してまたしても一瞥を与えながら、猪股に言うのであった。

「先生はほんとうに頼もしいお方ですのね。先生、わたし死にたいのです。それだのに誰も本当に考えて下さいますのね。卑怯なその場のがれは仰有らないで、本当に考えてはくれないのです。みんなかかり合うのが怖いのです。迷惑なのです。そのくせ正直にそうは言えないで、みんなわたしに対する同情のような口ぶりなのです。わたくし、同情や憐憫《れんびん》の押売りにはもう懲々《こりごり》しているのですわ。生涯を過ったわたしを、死なせてくれてこそ本当の同情というものでしょう。みなさんが御迷惑そうだからわたくしここを出てしまおうと申すのです。いいえ、自分の家へも帰るのではありません。――わたしには帰るところは無いのです」

猪股は辰子の言葉が追々と熱情を加えてくるのを見た。彼女はいつの間にか病床の上に端坐しているのであった。そうしてその態度のなかに、彼女の父を想像させるような意志的な強ささえあった。それは彼女の第三性の現れのような気がする。同情を拒否している辰子にむかって、猪股は同情を催すのをおぼえた。そうして猪股は言った。

「あなたは死にたいと仰有っている。私達はそれを無理にとめる理由はどこにもないようです。ただささきほどいうとおり本能的にそれを阻止したいのかも知れません。あなたにとって考えるべき重大な点は、あなたの生命はあなたのもので、同時にあなたを愛しているすべての人からも共有されているものなのです」

「そうです」辰子は猪股の言葉を遮《さえぎ》った「それだのに、わたし共有しようにももう誰にも愛されてはいないのですわ」

「確にそうですか」猪股は厳然と言った「もしそうならばあなたの生命はあなただけの物です。あなたおひとりの物です。そうしてあなたの考えるべきことは、あなたの生命はあなたにはたった一つ、永久にたった一つしか与えられていない事です。あなた自身さえ重要視しないなら、実際それは無用なものかも知れません。そうして無数に無意味にある生物の命は、自然の目から見れば一つぐらい何でもないのかも知れません。ただ我々は同類だけに人の生命に対して自然のように無慈悲にはなり切れないのです。あなたはこの我々の気持に対してでも、生きている気持になってもらい度いのです。――でも、あなたがそれをすら拒《こば》むのなら、せめてはそんな気持になった理由を述べて見て、我々を納得させてくれるぐらいの義務を感じてはくれないものでしょうか」

辰子は猪股の言葉を注意深く聴いているらしかった。彼女は永く考えて答えた。

「もしそれを述べて、尤《もっと》もだとお思いになれば、あなたはわたくしの死ぬことを御承認なさいますか」

猪股は辰子と同じように永いこと考えて、やっと答えた。

「それをあなたが私に述べて聞かせて私が、それを尤もと思えば――そうです私が尤もと思えば、その場合私はそれを拒むことは出来ますまい」

一週間

辰子との押し問答を二時間ばかりも繰返した末に、猪股は辰子と一つの約束をせざるを得なくなった。それは辰子の身の上話を聞いた上で、もし猪股がそれを充分に解決する力がなかった場合には、辰子の死ぬことを見て見ぬふりをするばかりか、その自殺が自然的なものに見えるような結果になるために、何か適当な薬品を用意してやるという約束であった。そうして辰子は彼女の身の上話を明かすまでの心の用意に必要な時間として、一週間の余裕を猪股に申し出たのである。それに対して、その一週間のあいだは素直に食事を摂るという条件を猪股は附加して来たが、こんな申出を進んで持出すほど辰子は真剣な態度であった。

大場の家を出た猪股はさすがに不安に襲われないわけにはいかなかった。哲人でない猪股は人生は果して生きる価値があるかどうかを、理智によって人に説得するだけの哲理を知らなかった。また信仰を持たない猪股は、人生はいかなる犠牲に堪えても生くべき義務あるものだと、熱誠をもって人に説教するだけの誠実もなかった。寧ろ彼は生死を単に一つの自然現象として考える科学者の教育を受け、また一切の事を犬儒派的《シニカル》に見る性格とを与えられていた。そうして彼自身はというと、それこそ別に何の理由も自覚をもはっきり持つこともせずに、ただ漠然たる力に支配されて生存をつづけているだけである。彼は今までのどんな不幸のなかでもまだ一度も自殺を考えて見たことのない男であった。このような彼にとっては、ほんとうに死を欲している人間に対して、それを思いかえさせるだけの力があるという自信はどうも持つことが出来なかった。それだから、猪股は辰子が本当に深い理由で死を決しているとすれば、一週間の後に彼はそれを彼女に思いとどまらせる力とてはなく、それればかりか彼女の自殺を幇助《ほうじょ》することをさえしなければならない。何故またそんな馬鹿なことを彼が引受ける気になったかと言えば、猪股は一面に於ては辰子に高をくくっていたのである。要するにヒステリー女のヒステリー的囈言《うわごと》として或る発作さえすぎれば自然的に消滅するもの位にそれを考えながら対話をすすめていたのである。しかも考えてみると辰子は一ヶ月半も前に既に一度死を企《くわだ》てていた事実がある上に、もっと怖ろしいのははっきりとつかむ事も出来ない辰子の性格そのものであった。単に普通の良家の子女としか思えないしとやかな辰子や、また妖気を帯たなまめかしい女としての辰子や、またいかにも青野大将の息女らしい自尊心と意志力とを発揮した辰子や、それらのすべてがまるで入り代り立ち代って交々に現れるがために、そのどれを真の辰子と思っていいやら判断し兼ねるだけに、彼女がどんな態度や考えによって死を択ぶやらも測り知る事が出来ない。そればかりか、父の死や、情夫の狂気やまた良人の狂気や、それだけでさえも充分にひとりの女を陰惨にするに充分だのに、それ以上にまだ何事かが伏在していることを思うと、彼女が死を択ぶすべての条件がもしや充分に具備しているのかも知れない。

こう考えて来ると、不安はなかなか杞憂でないように猪股には感じられて来るのである。

最初はそれは単に好奇心であった。次には学問的興味であった。それから人としての多少の同情であった。それが今ではどうやら自分自身の苦しみの一部分になってしまった。猪股は心のこんな変化を自ら味いながら、郊外の夜の町をひとり停車場の方へ歩きつづけていた。煙草を喫《す》おうと思ってポケットへ手を入れると、それはもう空箱になっていた。それを握りつぶして道にすてながら彼は何心なく空を仰いだ。月のない夜で一面の星がきらめいていた。猪股はながい間その存在を忘れていた星などというものを見出したことが、珍らしい気持であった。市中では人工的な光のために消されてしまって殆《ほと》んど見ることが出来ないものが、灯の少い郊外だけにはっきりと見られたには違いない。しかしもっと大切な事には、平生の猪股はたとい星をみてもそれが目に入らなかったに相違ない。彼は医科大学の助教授ではあったが、天文学者でも又は詩人でもなかったからである。

その彼が今日は端《はし》なくも空に星辰《せいしん》のあることを思い出し、それはかりかその代りに彼が中学時代に読んだ或る書物の一句をさえ思い浮かべたのである。それは誰の言葉であったか知らないが、「人は常に人間の偉大を知らざるべからず。然して時に人間の微小を感ぜざるべからず」というのであった。この言葉を吟味《ぎんみ》している間にも、猪股の頭には辰子がいつの間にか影を現じていた。猪股はこの哲理ある一句を辰子に感じさせたいと思った。もしそれが出来たならば、辰子はそのせせっこましい執着から来る呪《のろい》を解かれて、生死を脱却する気持になれるだろう……

猪股はいつの間にか停車場に出て来ていた。そうして都合よくも直ぐに疾走して来た電車の一車室に腰をおろした。彼の坐っている席の向側には、どうしても夫婦とは思えない二人の青年男女が、奇異さえ感ぜられるほどの最新流行の姿で、何事かをしげしげと囁き合いながら腰かけていた。いずれはそのうちに多少の悲劇或は喜劇の主人公となる役割を持っている彼と彼女とであろう。猪股はそんなことを思っているうちに、又しても辰子のことを思い出した。しかし、それはさっき郊外の道で考えたほど、哲学的で詩人染《じみ》たものではなかった。寧ろ、猪股は先刻の自分に多少赤面するような気持であった。人間の微小を感じてその微小な人間のひとりたる辰子の死生などは、どうでもいいような平生の彼の気持になりつつあった。そうして彼は辰子の告白を聞く可き一週間の後までの間に、彼女を悲劇のヒロインとした濱地英三郎を一度見て置くために、××精神病院へ行って見ようと思いついた。学生たちを引連れて見学させると同時に、須藤初雄をも誘うてやらなければなるまい。猪股は頭のなかで彼の課業時間表を繰り、明日の木曜日にその事を学生たちに予告して置いて、来週の月曜日に実行するのが適当だと定めた。――電車が進むに従ってそれが恰《あたか》も猪股をそこへ運んで来るが如く、猪股は刻々に平生の彼に返って、大学助教授になりつつあった。

その夜、彼はハンケチを主題にして不思議な夢を見た。

ひとりの男が、まるで障子紙を貼《は》るように、ハンケチを障子に貼りつけていた。その男はどうも佐々木のようである。高橋医師かも知れない。猪股はそれを見ながらひとりの女に対して一生懸命で、何故にそこにハンケチを貼らなければならないかを、どういうつもりかドイツ語で、論じたり説明したりしている。思いも及ばないような整然たる論法でそれが一々女を感心させているのには、猪股も自ら満足を禁じ得ない。その聴手の女はどうも辰子らしいのである。しかしそう思っているうちに、その女は辰子ではなかったと見えて、辰子は別に泣き叫《わめ》きながらこの部屋の中へ走り込んで来た。部屋だと思っていたものは野原で、そこにはたくさんの人がいたようであった……猪股はそこで夢がさめた。

ふと枕もとを見ると、剝《は》がれた障子紙が、障子の下の方の片隅でピラピラと朝風に吹かれているのが、明け放《はな》れて戸の隙間から洩れる光に見える。

浅い眠りが一度さめて、その間に猪股は、その障子紙を見ながら再び眠りに落ちたものと見える。それにしても辰子の事件が、どれだけ強く彼の心にもひそみ入っているかが、眠りの浅い時の夢だけに、説明するまでもなくはっきりとわかるのである。それを自分で気がついて猪股は自分で忌わしく思った。猪股には一種の思想上の癖《くせ》があって、言わば偽悪者流の強がりなのである。まことに妙な虚栄心と言わなければならないが、彼は自分を徹底的な強い個人主義者と考えたいので、だから一個のヒステリー女の生死などそれほど問題にして、夢の間にも忘れずにいる事が自分で気に入らなかったのである。もし辰子が真に死ぬのが当然だと思った時には、その自殺のために便宜をはからうとなどと、非常識なことを申し出たのも、もとはと云えばこの妙な虚栄心のために外ならないのである。そうして彼は自分のこのおかしな性癖のために、自分で悩まされているのである。起床前に猪股はこれだけの自己分析を試みたが、彼の地金はむしろ素直なやさしい親切な男であることを自分で承認するのがどうもいやであった。まことに不思議な性癖と云わなければならない。

午後の時間に、大場のいるクラスで、猪股は学生たちに精神病院見学の予告をした。それを言いながら猪股はふと今朝の夢のなかで、彼がしきりにドイツ語で理窟を述べていた不可解な光景を思い出して、同時にその理由をも発見した。

預言者と自称しているあのドイツ人の患者も亦、××精神病院にいる筈で、猪股はそれに興味をつないでいたからである。

講義を終えてから、廊下で須藤三男に出会ったのを幸いに、猪股は彼の兄への言伝を託した。無論、病院へ濱地を見に行く件の誘引である。

大場が来て辰子の報告をした。彼女は猪股が帰って後も暫《しばら》くは昂奮しつづけて、猪股に突掛かったと同じような仕方で、大場に議論を求めたが、大場が応じないでいると、そのうちに沈黙してしまい、平静にかえって眠るものと思っていると、しばらくして、大場の姉を枕もとへ呼びよせた。

大場のいうには――
「姉はあのひとが――辰子さんが呼ぶから、寝床に入っていたのにわざわざ起きて行って見たのです。すると辰子さんは、いきなり、兄が来たことをあなた方はなぜかくしていらっしゃるのです、と詰問するのだそうです。姉は辰子さんに千里眼のような能力でもあって今日途中まで来ていられた男爵のことを知っているのかと思って、気味が悪くなったそうです。でもそんな方は誰もお見えにはならなかったと答えると、辰子さんが大変怒って、わたし、だからあなたを信用が出来ないのだ――ほんとうのことを言って下さい――わたしは兄のことを知っているのはあなたぎりだ――その兄がわたしを見舞いに来たのだから、あなたが兄に知らせたか、それでなければ兄の事をあなたが先生にでも話して、それで兄がここへ来たに違いない――兄に知らせたのはそれは差支ない――わたしがあんなに悪い状態だったから皆さんが御心配なすって兄をお呼び下さったのなら、それは一向、悪いどころではない、有難いわけなのだけれどもそれならばそれでどうして兄の来た事をかくしていらっしゃるのです。――こう言って辰子さんが姉を責めるのですが、事実にない事をいうわけにも参りませんし、それに姉は辰子さんがいかにもそれを疑わずに言うので多分枕元に兄さんが来た夢か幻《まぼろし》でも見たのだろうと思って、そう答えると、辰子さんは益々怒ってしまって、ひどく大きな声で何か言い出したのです。それまでは、僕は何の事かわからずにいたのですが、声が大きくなって喧嘩でもはじめたのかと思ったから、その場へ行って見たのです。すると辰子さんは、どうしたのだか兄さんの――青野男爵の名刺を姉につきつけて難詰《なんきつ》している最中でした。それが辰子さんの病床にあった以上、兄が来たに違いないというのです。姉も僕も全く困ってしまって、それに名刺がそこにあった理由さえよくわからないので、何も答えることが出来なくなってしまいますと……」

話の半で、猪股はふと気がついたらしく彼の内ポケットをさぐって手帳を出して見ていたが、相手の言葉を遮《さえぎ》って言った。

「や、失敬失敬。それは僕の手落ちだったのだ、手帳のなかへ挟んでおいた奴を、新しい処方を書くつもりで鉛筆を出す時に、そこへ落したものらしいね」

大場は猪股の言葉にうなずきながら「僕も先生がどうかなすったのだろうとは思いました。それにしても弁解に窮するのは同じことです」

「それはそうだ。——それからどうした？」

「姉も僕も言うことが無いものですから黙っていると、辰子さんはそれ御覧なさい！と一喝《いっかつ》したまましくしくと泣き出したものです。仕方がないのでわたしたちもそのまま寝床へ帰りましたが、夜通し泣き声が耳について、よく眠れないのです」

「一晩中、そんな風に泣き明かしていたのかね？」

「そうだろうと思います。それとも私の空耳でそんな気がしたのかも知れないのです」

大場は吻《ほっ》と小さな溜息をしたのを猪股は気づいた。一晩眠らなかったというが、なるほど色沢《いろつや》の悪い顔をしている。

「それで食事や薬は摂《と》っているかね」

「え、それは」大場が答えた「昨夜、先生がお帰りになった後も、今日も摂ったようです」

猪股は黙ってうなずいていたばかりであったが、やがて言った。

「患者自身も気の毒だし、困ってもいるのだろうが、君たちも――君にしろ姉さんにしろ、全く患者以上に悩まなければならないな。実際、冗談《じようだん》や気紛《きまぐ》れで人を救けるなんてわけには行かないのだ、助けるものと助けられるものと一度は同じ状態にまで行かなけりゃならないかも知れない。つまり助ける方でも生命がけになるだけの覚悟が必要だったわけだね」

大場は猪股の言葉がいつに似ず、沈鬱《ちんうつ》な響きのあるのを感じた。そうして、素直な大場は改まった調子で、

「は」

と答えた。それから大場は思い出したらしく、声をひそめて言った。

「先生、先生はほんとうに場合によって辰子さんを死なせるおつもりなのですか」

「それは場合によったら」猪股は相手の言葉を繰返して「死なせなければならぬかも知れないね。大抵そんな事はあるまいとは思っているけれど」

大場は不安げに猪股を、黙って見ていたが言った。

「私も本当に心配でなりません。それにあの人は――辰子さんはどういう性格の人なのだか、それが見当がつかないものですから。先生にはお解りになりますか」

「私には解らない。わからないというより、今のところ性格などは無いといった方がいいだろう。性格というのは、その人を統一している一つの傾向のようなものだろうが、あんな風になってしまっては、統一的なものは何もない。ただその時の衝動だけで動くだろう。尤も一つの衝動が次の衝動を生むについては何かの方則見たようなものはありそうなことだ。それにしても普通の精神病だと他人に対する自覚が殆んど無くなって徹底的に自我的になるのが常だがヒステリーという奴はいつも対他的なものだね。――尤も全然二重人格でも現れてしまえば別だが、だからヒステリー患者の言動が普通の精神病よりは、もっと複雑になるのだね。でも、遠近法のない風景画でも、海の景色か山のものか位はわかるように、私の見るところでは、青野令嬢は――兄さんの男爵もそうだが、ひどく無惨なほどいびつにされてはいるが、下品な性格では無いね。これだけは確実だ。お父さんの封建的な精神に反抗しながら、それでもやっぱりどこかに感化を受けている。浅薄なモダン何とかいうものにはなり切ってしまえないでいる。――こんな事は須藤初雄君の言うことだろうが……」

猪股と大場とはいつもより多くいつもより深く語り合った。それは彼等にとって、辰子が今や彼等の生活の重大な部分をなして来ていることのしるしであった。それは今は簡単な事務以上に、彼等の苦しみになって来ていたのだ。猪股が大場に述べた言葉――冗談や気まぐれでは人は救えないと言ったのは本当である、猪股がそれを体験したのは、確かに慶賀すべき事である――猪股は己の言葉の意味を、その後、日毎夜毎に深く味わった。つまり、辰子に対する心配は、重い荷物のようにその重量を日を増すほど彼に思い知らせたのである。

二　狂人

猪股助教授は、須藤初雄や学生中の希望者二十人ばかりをつれて、××精神病院を訪うために、省線電車に乗っていた。乗り合わした他の客たちは、同じような年輩の青年が沢山乗り込んでいるのを怪しみ、また多少遠慮している形であった。学生のなかには、無論、大場も須藤三男もいた。猪股と須藤とは隣合って腰をかけ、初雄の隣には三男が猪股の横には大場が席を占めていた。

「あなたはそんな病院を見るのは初めてですか」

「いいえ」須藤は猪股に答えた「以前にも一度、その時も濱地を見舞ったのでしたが」

「あ、そうそう。そういうお話でしたね。どうですか。文学をやる方などの眼に映じた精神病院は」

「いや別に。それに私はこの前には唯の見舞客になって、ほんの必要なところだけ通って歩いただけです。大して——思った程変ったこともありませんでしたが、病舎へ入ると動物の檻《おり》のような臭がしますね。窓が小さくて風も日光も少いからでしょうが。そうそう、それに患者たちがお湯に入っている前をとおりました。この扉の向うが湯殿だと案内人が説明してくれましたっけ。そうです。それから帰りには不意に女が一人近づいて来ましてね、早くよくなりますから、その時にはあなた迎えに来て頂戴とか何とか云ったのを憶えています。でも私は一たいに思った程は陰惨ではないと思いました。——尤も私の見たのは比較的軽症の患者ばかりの病舎らしいのですがね。それにしても私は、養老院を見た時の方がずっと悲しくなりましたよ。精神病院の方がまだしも助かります、養老院の陰気なのはそれこそ、あまりに自然主義的ですからね」

「精神病院の方がロマンチックで活気がありますか。ハ、ハ、ハ」

助教授の言葉の聞こえる範囲にいた学生たちは、その言葉を聞いて笑った。猪股は自分の無意味な笑いの反響が高まったのを見て、妙に不愉快になってしまった。そうして須藤に対しても何も話したくないような気持になった。音たてて疾走する電車のなかで、猪股はふと沈黙の深さを感じた。それが須藤にも反映した。

「ところで」須藤が猪股に言いかけた「例の問題の令嬢はどうしました？」

「実はね、」猪股は自分の考えが相手に伝播《でんぱ》したことに気づいて、須藤の中高な顔を横から見ながら答えた。

「その事で少々悩まされているのです」

「成程《なるほど》」

須藤はこういって、後を促したつもりであったが、猪股はそれっきり何も言わなかったので、改めてもう一度言い直した。

「先日の疑問は解決なさいましたか」

「ハンケチの事ですか」

「ハンケチ？」

須藤には猪股の唐突な返事の意味は全くわからなかった。猪股も須藤の反問ですぐにそれを思い出したが、須藤はハンケチの疑問はまだ少しも知らない筈であった。それだのに、猪股は先日の疑問だと云われてすぐにハンケチかと答えたのは、彼の心の中にハンケチの疑問がそれほど濃密であったのと、それにその日はいかにも夏らしい日で、車中の人は皆、時々ハンケチを出していたのを、猪股は無意識に注意していたのであった。

「あなたの仰言《おつしや》るのは、青野令嬢が母親になった事があるらしいという疑問の事ですか」猪股はやっと思い当って須藤に言った「その事ならほぼわかったつもりです。大正十四年の十月頃に産児を分娩《ぶんべん》したろうと思える事があるのです」

「すると無論、濱地の子供ではないわけですね。その後、令嬢は結婚をしたのですか」

「それがどうもはっきりとは判らないのです」

電車が停ったので話は自然とやまってしまった。

目的の駅について、そこから病院まで十五分ほど歩行する間に、猪股はドイツ人の予言者のことを思い出して、その予言の内容を話し出すと、須藤は聞きも終らないでひどく感心し出した。猪股は可笑《おか》しくなって言った。

「あんまり感心しちゃいけませんよ。これはやっぱり精神病者の意見なのですからね——この先生もやっぱりここの病院に来ている筈ですがね」

「やあ！　あなたの意見ではなかったですか。気狂いの説ですって」須藤はそれこそ多少頓狂《とんきょう》な声を出して叫んだが、やがて真面目な調子にかえって「私は時々、気狂いにひどく共鳴することがあるんです。私が世の中へ紹介した詩人で二年程すると気が狂ったのがあります。それからまた以前一度、絵の展覧会でスケッチ板に塗ってある同じような色彩の絵がなかなか面白いので感心して見ていたのです。冬野《ふゆの》か何かを描いたように荒涼としているのが、実に感じがあるのです。無名の若い作者らしいなと思いながら見入っていると、会の幹事が来たので、この作者のことを聞くと、そいつがやっぱり気狂いでしたよ」

「ハ、ハ、ハ。養老院より精神病院の方が詩的だなどという考えだって、それゃ少々用心した方がいい思想ですよ」

病院の受附では、予《あらかじ》め電話をかけていたので、医員が出迎えていた。学生を外に待たして置いて猪股と須藤だけは応接間に入った。ふるまわれた一杯の茶と、一本の煙草を喫《す》い、須藤は猪股から副院長に紹介された。

「小説家の須藤初雄氏です。ここにいる患者の濱地英三郎とは知り合いだそうで、それを見舞うというので、一緒に見えたのです。実は、僕もちょっとその濱地に興味を持っていることがあってね」

副院長は猪股とは無論日頃からの知り合いらしかった。須藤の紹介がすむと彼等は、歩き出しながら話しつづけて応接間を出た。須藤は学生と一緒に彼等について歩いた。どこかからオルガンの音が響いて来るのは患者のありのすさびでもあろう。副院長は、ふと気づいたごとく振り返って、さっき受付まで出ていた若い医員を須藤に紹介するのであった。

「須藤さん。この医員は所謂《いわゆる》文学青年の一人なのですから、そのお積りでどうぞ御教示を願います。――それこそ患者の囈言《うわごと》から感化でもうけたらしい詩のようなものなどを書くのでね、ハ、ハ、ハ」

小使のような男が、鍵の束をじゃんじゃんと鳴らしながら、歩いていたが、今一つの病棟の入口を開けるために、鍵穴に鍵をさし入れている。

学生たちは手に手に紙片を持っていた。須藤は弟からそれを借り受けて、薄暗い廊下のなかで歩きながら見た。

それは今日見学しようとする患者の病名や病歴を抄録《しょうろく》した謄写版《とうしゃばん》の刷物であった。約十人ほど選んだ患者の筆頭に濱地の名が挙げられてあって、病名はパラフレニイと記されてあった。

この病棟は割合いに静かな患者ばかりを収容していると見えて、多少の異様な声は聞かれたけれども、狂暴な叫喚《きょうかん》のようなものは耳にしなかった。さすがに厳粛になって饒舌《おしゃべ》りをやめた学生たちは静かな足音を立てて進んで行った。

とある扉の前で先頭に立っている医員が立ちどまった。そうしてその扉を軽く二三度ノックした。案内人が皆のあとから小走りにその扉に近づいてその室の鍵をあけた。医員は案内人を護衛者につれて先ず二人して室へ入って行った。副院長は扉を細目にあけたまま須藤を見送って囁いた。

「濱地さんです――書きものをしているでしょう」

医員は出て来た。そうして皆をその室のなかへ案内した。書きものをしている男はふり返って見ようともしなかった。副院長は近づいて行って、その真後《まうしろ》に立って、患者に話しかけた。

「濱地さん。今日は気分はどうですね。お仕事は捗《はか》どりますか。お邪魔をしてお気の毒ですが、学生たちが病院を見学に来ましてね、それであなたを見舞ったのです。どうですか、何か一言学生たちに御意見を述べてやってくれませんか」

今まで返事をしようともしなかった患者は、その時不意に振返った。薄笑いを浮べているその男は、確かに濱地に相違なかった。一種眩《まぶ》しげに眼を細くしたその表情は、以前には人悪げに見えたものであったが、この場で見るとそれが不思議と寧《むし》ろ可憐に感ぜられる。そういう表情をして濱地は、副院長の言葉に対して無言でただ手を振ったが、ふと、副院長の背後に彼を見入っていた須藤を発見したらしく、一瞬間目を見開いた。その瞳が須藤のものとぶつかった。そのかすかな表情の変化を副院長は見逃さなかった。

「お友達がひとり加わっているのです。お話になりませんか」

「有難う」

彼はやっと口を開いた。そうして一たんは消えていた薄笑いを再び浮かべて、しかし視野《しや》は須藤の顔とは別の方に向いていていた。

「濱地君。暫《しばら》くだね。元気で、仕事をつづけているのは何よりだね」

「有難う」

単調な口調で、彼はくりかえした。須藤はふと自分の家のベランダにいる鸚鵡《おうむ》を思い出した。——あれの言葉の方がずっと情緒的である。

濱地は彼等には更に無頓着で再び机に向った。机の前の壁には、何とも推測しがたい一枚の表のようなものが貼りつけてあった。

副院長は小声で医員に囁いた。医員は須藤に尋ねた。

「もっと何かお話になって見ますか。それなら皆はこの部屋を出ますけれど、あなたは私と一緒にここにお残りになってよろしゅうございます」

須藤がうなずくのを、濱地はふりかえって見た。そうしてその序《ついで》に、部屋を出て行く学生たちを見送った。

「濱地さん」医員が呼びかけた「もしお差支なかったら、庭へ散歩に出ませんか」

濱地は何か考えに耽《ふけ》っているらしく直ぐには答えなかった。須藤が医員に囁いた。

「そんな事をさせてもいいのですか」

「え。副院長の許可を得ていますから。濱地さんは庭園が大好きなのです。さあ、出ましょう」

濱地は忘れた頃になって、立ちながら言った——

「有難う」

須藤を先に立たせ、つづいて医員が出ると、濱地はその後からノコノコと歩いて室を出た。室外にはさっきの案内人と同じ様子の看護人らしいのが一人、扉の外にこの室の鍵を預かって待っていた。これらの四人は黙然と廊下を出た。

一歩戸外に出ると、光りは溢《あふ》れていた。空気は甘かった。外に出てみて須藤ははじめて、病室のあまりに陰気であったのに気づいた。夏の草は土の上に青かった。丈の高い欅《けやき》が、庭の中央にすっくりと立って、空を讃美して両手をひろげたように茂り、その若い葉に風がたわむれていた。須藤はその木蔭に立って、じっと濱地の様子に注意した。濱地はその高い木の幹のぐるりを左まわりにクルクルと五度ほど廻って歩いた。自分の影を珍らしがって、それを追っかけているような足どりであった。つと、その軌道を逸《いっ》したように彼は不意に須藤の傍へ来た。多少無気味な程思いがけなく近よったのだ。やや離れたところにいた医員と看護人は、足早に患者のそばへ近よった。その間に濱地は須藤に囁いた。

「僕は君に秘密を打明けるがね、僕は」

近よった人を見て濱地は口をつぐんだ。須藤は医員たちに言った。

「すみませんが、僕はちょっと濱地君と二人で話したいのですが――大丈夫です」

医員たちはまたベンチの方へ歩き去った。

「ね、君、」濱地はヒソヒソと言った「僕は本当は気違いでは無いのだ。こうして気違いの真似をしていなければ、世の中の人間は僕を生かしては置かないからね。ここが僕には安全地帯さ。医者なんてものは馬鹿だね。僕の真似をしていることがわからないのだ。尤も僕は大分気違いの研究はしている。――僕の家族には気違いが二人いた。それを書くために、僕は研究をしたのが、真似をするのに大いに役立ったわけだよ。今、僕の書いているものは僕の家族の歴史なのだ。それを見れば僕が気違いでない事は直ぐにわかるよ。僕は今では読まれないように暗号で書いている。その暗号を工夫するには、僕も随分苦心をしたよ――ここへ来て二年間はその暗号製作時代だった。ハ、ハ、ハ」

一息に彼はそれだけのことを囁くと、そのまま芝生のなかの道に沿うて、一さんに走り出した。看護人はその後を追った。濱地は素直に看護人につかまえられたまま帰って来た。そうして彼は医員の言うがままに再び病舎の方へ歩き出した。

「もともと気違いのような男は、本当に気が違っても大して変りませんね」

須藤はそういうと若い医員が答えた。

「全くです。温厚な模範的な患者です」

歩きながら医員は新しい話題を須藤のために見つけた。

「ここには、もう一人面白い患者がいます。医学的には珍らしくもありますまいが、あなたにはきっと面白いでしょうと思いますがね——学生たちが外《ほか》を見ている間いかがですか。その患者のところへ行って御覧になりませんか」

彼自身でも詩作をするという若い医員は、庭を横切って歩きながら、須藤に話しつづけた。

「その患者というのは、もと文科大学の学生で、四五年前、卒業試験の準備中に過度の勉強のために狂気したのだそうです。そのためでしょう、人に会いさえすればきっと第一に質問するのです。——フランスの外人軍団というもの今でもありましょうか。きっとそう云います。一たいそんなものがあるのでしょうか」

「さあ？」須藤は答えた「私も一向《いっこう》無学で知りませんがね」

「大がいの人は知らないので、患者はひどく失望します。何でももしあるならその軍団へ加わりたいのだそうです。そうかと思うと、この患者は、最も不思議な事に時折、自分で自分を女だと思い込む事があるらしいので、それぱかりか自分の分娩した嬰児《あかご》を乳房で圧《お》し殺したという妄想に悩んでいるのです。そうしてそんな時には、まるで女のような美しいやさしい声で歌い出すのです。それが妙なことに、男だという自覚と、女だという錯覚とが入交《いれかわ》りに現われると見えて外人軍団の質問をする時期には、女の声で歌うことはないのです。……」

「そうして、今はどうなのですか」「近頃は歌っているようです——朗読するような歌うような全く独特の調子ですよ。全く詩的な気違いだと思いますがね」

「猪股さんたちはまだ急には帰りますまいな」

「さあまだすくなくとも一時間ぐらいは居られるでしょう」

「それでは、私も折角御紹介のその詩的な気違いでも見せていただきましょうか」

「それでは少々お待ち下さい」

若い医員は須藤をそこにのこしたまま身軽にどこかへ飛んで行った。須藤はひとり取りのこされて、煙草に火をつけ、それから今のさっきの濱地がその中へ姿を消した扉をやや遠くに見つめながら、彼の様子やら言葉やらをもう一ぺん仔細に思い返してみた。

医員は間もなく、別に一人の案内者を引きつれて来た。そうして濱地のいるのとは別の病棟の方を指さして歩き出した。

「濱地はしきりに書き物をしているようでしたが」須藤は言った。

「どんなものを書いているのでしょう」

「それがです」医員が答えた「絶対に人に見せないのです。私は好奇心と職務柄の権利とで、患者を散歩に出して置いた後でゆっくりと検《しら》べてみた事がありますが、まるで何が何だかわからないものです。一行も、いや一句も言葉をなしてはいないのです」

「なるほど、さっき自分では私に、暗号で書いているのだと言っていました……」

燕《つばめ》が一羽、須藤の足もとをかすめて飛んで行った。気違病院の軒に平和な巣を営む燕がいるかしらと思うと、須藤はちょっとした感興を覚えた。彼は口をつぐんで、医員と案内者の後について行った。今更大した問題にすべきでもない濱地の狂気よりも、この一羽の燕の方が須藤の頭には好箇の題目であったのであろう、先刻ちょっと聞えたと思ったオルガンの音が、近づいて行く病舎の小さな窓から、はっきりと洩れて来た。医員が言った――

「ここには少々騒々しいのもいます」

獅子はみんなの王様

須藤は思いがけない詩的昂奮を覚えた。それは気違病院の軒に巣をつくる燕《つばめ》の事などは、もうすっかり忘れさせるに充分な程であった。そうしてこの奇異な患者の病室を出てからも、彼の——或は彼女のと言うべきであるかも知れない——やさしい歌声が耳に残って消えそうにもなかった。それ程強い印象を与えたのは、その半分は歌われた歌そのものから来る感銘にも因《よ》るかも知れない。たしかにその歌は傑作に相違なかった。

彼女は荊《いばら》に向うごとく首を持上げた。
(日は美しくカーライルの壁に照り)
彼女は自分の赤子を抱き上げた。
(そうして獅子《しし》はみんなの王様だ)

「そんなにいとしく笑うな、坊や」
(日は美しくカーライルの壁に照り)
「そんなにいとしく笑っちゃ私は笑い殺される」
(そうして獅子はみんなの王様だ)

彼女は月影で墓を掘り上げた。
(日は美しくカーライルの壁に照り)
それからそこへ可愛い児を埋めた。
(そうして獅子はみんなの王様だ)

彼女が寺へはいろうとすると、
(日は美しくカーライルの壁に照り)
入口に可愛い児がいるのを見た。
(そうして獅子はみんなの王様だ)

「おお可愛い児、お前が私の子なら
（日は美しくカーライルの壁に照り）
絹や毛皮でそなたをくるもうもの」
（そうして獅子はみんなの王様だ）

「おおお母さん私がおうちにいた時に
（日は美しくカーライルの壁に照り）
あなたはその半分も優しゅうはしてくれなんだ」
（そうして獅子はみんなの王様だ）

「でも今は私は高い天国にいる
（日は美しくカーライルの壁に照り）
そうしてあなたは地獄の責苦だ」
（そうして獅子はみんなの王様だ）

実に不思議に美しい畳句《レフレイン》のあるバラッドである。きっと有名なものに違いない。それは気違いがやさしい声でうたったのだ。極度の色の蒼白い首も顔も頭も妙にのっぺりして頷《おとがい》までも細長く突き出した若い男が、壁によりかかって鉄格子《てつごうし》のある小さな窓から空を見入ったまま、幾度でも幾度でも繰返して——全くその文句を殆《ほと》んど憶《おぼ》えることが出来るまでに繰返して歌ったのだ。そうして不意に彼のそばにいる須藤や医員に気がつくと、歌声とそっくりの女の声でいうのであった。

「人が聞いたら、わたしがお乳を飲ませていて死なせたと言って頂戴！」

そうして彼女は——どうしても彼とは思えない——さめざめと泣き出した……

足もとを見ていた須藤は頭を持たげた。——日は美しく狂《きょう》病院の壁に照り、ふとそんな句を呟《つぶや》き、そうして須藤はやっと猪股や弟などの事を思い出したのであった。

猪股や学生たちはまだ病舎を見まわっている事を思いながら、その彼等を待合せるつもりで須藤は応接室へ帰ってみた。

思いがけなく応接室には、猪股が一人椅子に腰かけて前の卓上には二三の紙片を取りちらしたまま、片肘《かたひじ》をついてぼんやりと葉巻を燻《くゆ》らしつつ、その煙の行方を見守るかのように窓外の空を見入っていた。その六分通り吸われた葉巻の灰がくずれもせずにくっ付いているところを見ると、彼はさっきからやや永い間こんな姿勢を続けていたものと見える。静かに扉をあけた須藤に、猪股は気づかなかった。猪股が何か思いに耽《ふけ》っていることは一目見ればわかるのであったが、それは明日に切迫している辰子との会見が、彼をそんなに悩ましているのだという事は、もとより須藤に知れる筈はなかった。

「猪股さん。ここに居られたんですか」

須藤が呼びかけたので、猪股はやっとわれに返ったらしく振り向いたが、そのとたんに葉巻の灰はくずれ落ちて、卓子《テーブル》の上の紙にこぼれた。猪股は紙片を取り上げて灰を床の上へはたき落した。

「学生たちはどうしました」

須藤が重ねて問うた時、猪股ははじめて口を開いた。

「ここの諸君に頼んだのです。――その間に、僕は濱地のこの頃書いたというものを読んでみました」猪股は、卓上にあった稍部《ややぶ》厚《あつ》な一綴《つづ》りを、手に持った紙片で指し示しながら言った「全く、何が何やらわからない」

「暗号で書いているのだそうじゃありませんか――自分ではそう言っていましたよ」

猪股はうなずいた。そうして手にまるめて持っている紙片を見せながら、「これがその暗号の解《キイ》だという事だがね」

「それを濱地が見せたのですか」

「いいや、病院で参考に写したものですが——その解や暗号なるものが、そもそも全く想像のつかないものです。何か意味があるものかと思ったが結局はやっぱり出鱈目《でたらめ》にすぎない」

猪股は解のある紙片を部厚な一綴りの上に重ねたが、折しも窓から吹き入った風で吹き飛ぼうとするのを見て改めて、綴りのなかへはさみ込んだ。

須藤は猪股の考え耽っていたのは、濱地の手記の読み方であるとばかり思った。しかし猪股の心のなかを物《もの》の怪《け》のようにかすめる不安は辰子との会見であるのを、もし須藤がそれに気づいて切り出しさえしたならば、打明けて相談したいと猪股は思ったほどであった。けれども須藤はそれに気づかなかったし、猪股はまた万一にも辰子との約束を本当に実行しなければならなかった場合の事を想像して見て、ここで須藤にその無理な相談を持ちかける事は、自分と同様の迷惑を須藤にも感じさせるに違いない事を気づいた。猪股は沈黙勝ちであった。彼は最後にやっと、その時になればまたその時の風が吹くと肚をきめ直して、それから快活げないつもの猪股にかえった。

「須藤さん。くたびれましたか」

「いいや、なかなか面白かったのです」

須藤が話し出そうとしていると室の外に多勢の人の靴音がした。言うまでもなくそれは学生たちが帰って来たのであった。猪股は学生たちに向っては随意に解散をゆるした。大場と須藤三男とだけは居残ったけれども、外の学生たちは一団になって停車場の方へむかっていた。学生たちにとってこれが猪股助教授のこの学期の最後の時間であった。

コーヒーが運ばれて、副院長はそれを猪股と須藤とにすすめ、例の若い医員は副院長とそれから立っている二人の学生——大場と須藤の弟とにすすめて、彼自身も一つの茶碗を取上げた。若い医員は一口すすってから、副院長の方を見やりながら言った。

「先生。須藤先生もあのわたしの好きな患者には大変興味をお感じになったらしいですよ」

茶碗を口に持っていた須藤は黙ってただうなずいた。副院長は先ず微笑で返事をして置いて、それから口にふくんでいた液体を飲み込んでしまってから言った。

「うん。あれはちょっと詩人向きに出来ているからね」

二人の学生たちは副院長の言い方に笑いを催した。副院長は、スプーンを弄《もてあそ》んでいる猪股を見ながら言いつづけた。

「何でも、佐々木の友人とか知人とかだというのが病気でね」

話しかけられた猪股は気のない顔をしていた。彼は今までの会話をまるで注意していなかったが上に、佐々木の名前だけが強くひびいて、この不愉快な名によって、折角《せっかく》の相手の話も興味を持つことが出来なかったのであろう。副院長の方では用事のある話でも無かったから、相手の無愛想な顔つきを見ると、そのまま何も云いつづけなかった。

猪股や須藤は座を立ち上ってこの病院の玄関を出た。彼等を見送りながら副院長は医員に言った。

「猪股は相変らず、非社交的な面《つら》をしているな。——あれで本当は親切な頼もしい男なのだが」

人里からややはなれた田圃道で猪股はうしろに従っている大場を振返って言った。

「君は、夏の休みにはどうするつもりだ」

「いつもは留守番を頼んで姉と一緒に房州の方へ行くのですが」大場は答えた「今年

は、あんな状態ですから、まだ考えてはいないのです。都合では、ずっとこちらにいます」

猪股はそのまま何も言わなかったが、暫《しばら》くすると再び言った。

「どうだ、青野令嬢は何か多少変った事がないかい」

「え、姉や僕にはもう全然一口も利かなくなってしまいました。姉は大変心配しています。そうそう、昨夜姉の話では、何でも一人で鏡を見ていたそうです。髪の白くなったのに気がついて、大変驚いていた様子だったとかいう事です」

猪股は又しても黙ってしまった。須藤が猪股に言いかけた。

「その青野令嬢を私もそのうちに機会があったらちょっと見たいものですね」

彼等は省線電車のなかでみんな沈黙していた。大場は疲労と屈託とで、猪股は大場の二倍以上の屈託で、そうして須藤三男は単に大場と同じ程度の疲労で、それから須藤初雄は――そうだ彼のは沈黙と言うことは出来ない。彼はまだまだ消えない先刻のあの印象のために口のなかで、ひとりごとを呟きつづけているのであった。

「日は美しくカーライルの壁に照り」

「そうして獅子はみんなの王様だ」

電車はとまった。初雄は呟くことをやめた。大場は窓の外を見て急に立ちながら、みんなに一礼をしながら、猪股に言った。

「先生、では。——明日はお出下さるでしょうね！」

「！」

猪股は無言で、しかし、しっかりと頷《うなず》いた。

電車が動き出した時に、初雄は再び呟き出した——彼はその言葉が口についてしまったので、

「日は美しくカーライルの壁に照り」

「そうして獅子はみんなの王様だ」

三男はさっきから兄の呟きつづけるのを不思議に思っていた。彼は退屈をまぎらそうと思って兄にむかって話しかけた。

「兄さん。何を言っているのだい意味のない事を、そんなにいつまでも繰返しているのは、どうも少々おかしいね。病院で感化を受けて来たのじゃないの」

「うん」初雄はからかい気味な弟の言葉を真顔でうけた「おれは気違いから面白い唄を

教わって来たのだよ——日は美しくカーライルの壁に照り……そうして獅子はみんなの王様だ、というのだ。面白いだろう。こういう変に美しい繰返《リフレイン》があるのだ。文科大学の学生だったとかいう男だが、——大概《たいがい》の男の気違いは髭《ひげ》が生えているような気がするが、そいつはつるつるした長い顎《あご》をして、そうだ、先ずちょっと朝鮮人的な、宦官《かんがん》というのはあんな顔つきかと思うがね……」

須藤初雄は例によって特有なわかりにくい話術で、先刻の狂人の話をはじめた。

「……最後に、やっと僕たちに気がついたらしいのだね。突然、言い出したのだ——ねえ、どうぞ人が聞いたら、わたしの手落ちでわたしが乳房で圧しつぶして死なせたのだって、ねえ、きっとそう言って下さいよって——それがねまるで、さっきの唄と同じく女の声なのだぜ」

「その患者の事なのですが」初雄の話に、猪股が突然口を挟んだ。聞いていないと思った彼が注意していたものと見える「佐々木が病院へ紹介したというのは」

「佐々木？」

「え、——副院長が何か言ったじゃありませんか。詩人に気に入るように出来ている患者だとか何とか」

「そう。そんな事を言っていましたね。きっとその人の事かも知れません——外に、僕は患者は見ませんでしたから」

「フム」猪股は何故かひどく感心したような声を出してから「その患者を、私も一度見て置く必要があったかも知れない——それが若し、佐々木が病院へ紹介したのだとすればですがね」


電車を下りた時、まだ時刻は少し早かったが須藤兄弟は猪股に晩餐《ばんさん》をともにしようと誘った。猪股は別に辞退もしなかった。

三人は或るレストランの一室に昨今とりつけた煽風器《せんぷうき》に吹かれながら、ビールのコップを傾けていた。食事の間、話題は主に精神病学のことで、無論須藤が質問者であった。そのうちに猪股が質問者になった。「人生は果して生きる価値があるか」というまるで文学青年染《じ》みた問題を、この精神病学の学者が提出したのは、須藤初雄にとっては実に馬鹿げた気持であった。よくある奴で、文学者に敬意を表するつもりか何かで、平生考えてもいないような事を言い出してみたりする人物がある。しかし猪股がそんな人物とも見えなかったので、須藤には相手の質問の真意は察せられなかった。

「まさかあなたが」須藤が言った「そんな藤村操《ふじむらみさお》みたような煩悶《はんもん》を持っていようとは思いませんでしたな」

猪股はさもおかしそうに、危くふくんでいたビールを吐き出すところであった。それをやっとこらえて答えた。

「私はどうして、苦いにつけ甘いにつけ、この世の空気ほど結構なものはないと思い込んでいますがね。でも、その理由を述べろと言われては困る。従って死にたいと言い出した人間を説得するのには実に手がつけられなくて困っているものですよ」

「なるほど。これは誰だって困りますからなあ。世の中にはそんな途方もない贅沢《ぜいたく》をいう人間がいますかね」須藤はそう云って笑ったが、猪股は一緒に笑おうとはしなかった。猪股のその顔を見ていると須藤は何か真面目に答えねばならない気持がした「そうそう、何でもウィリアム・ゼームスか誰かがその問題を、大学生か何かを相手に講演したとかいうのを見た事がありますが、どういう意見であったかな。要するに是非とも生きていなければならない理由は彼にもはっきり見つからないので、只、折角生きているものだからその自然の方則に逆らわずに生きている方が――生きようと心がけた方が宜《よろ》しかろうという位の、いかにもプラグマティストらしい意見だったと思いますよ。そうだ。それからこの間、ジュウル・ロメインという人の書いたシナリオのようなものを見ると、その発端《ほったん》に、命が不用で困っている人間に生きるための処方を書く博士がありましてね。ひとりの青年がそこへ出かけて相談をするのです。するとその処方には、今から街に出て、誰でもいい先ず第一番に出会った馬車の主のために君の命を捧げて生活して見る可しというような意見が書いてあるのですね。それから夏目漱石が何でも、誰かやはりそんな婦人の訪問を受けて、身の上話を聞いた上夜更けの道を送って行くと、その婦人が『有難うございます』というので、漱石は『本当に有難いと思ったら生きておいでなさい』と答えたそうですよ」

三男は兄の話にそっと欠伸《あくび》をして、折から騒々しくなった表通を見るために、窓の方へ立って行った。

「何だ。お祭かい」

初雄がいうと、三男が答えた。

「うむ、お神輿《みこし》が渡るところだ」

猪股はビールを傾けつづけながらひとりごとらしく言った。

「人生は戦だともいうし、お祭だともいう。戦なら殺される人間もあろうし、お祭なら踏みつぶされる人間が出たとて仕方がない筈ではあるが……」

生命の道

辰子はその朝早く起き、昨日までの病床をひとりで取片づけた。無言で朝の食卓に就き、無言で食事を終った。そうして湯殿《ゆどの》の水道栓を開けて、風呂の用意をはじめた。大場姉弟は顔を見合して、互に不安の思いに打たれた。姉は弟に頼んでこの日学校を休ませた。

「まことに申し兼ねますが、わたしに五円ほどお貸し下さいませ」

辰子は改まった口調で時子にむかってそんな申出をした。時子がそれに応ずると、辰子はしばらく思案をしていた模様であったが、御用聞きのひとりをつかまえて用事を頼んだ。時子はその御用聞きの後を追うて辰子の用事というのを聞いて見た。

「へい。薬屋へ行ってくれと申しました」

八百屋の御用聞きの返事に驚いた時子は、その小僧の持っていた紙片をとり上げてこわごわ開いて見ると、辰子の買い物というのは白髪染《しらがぞめ》やその他化粧品であった。時子は薬屋と聞いた時の自分の思い過ごしがおかしくなった。ここの薬屋は云うまでもなく化粧品の店でもあったのである。

辰子はひとりでわかした風呂へひとり入った。そうして急には出て来なかった。時子はそっと中をうかがって見ると、辰子はお湯のなかでぼんやりと物思いに耽《ふけ》っていた。その湯殿の床には、八百屋の小僧に頼んで買わせた化粧品のたぐいが並べられてあった。彼女がやっとお湯から上った時には、その白い髪は黒く代っていた。辰子は自分の入ったお湯をすっかり抜かしてしまった、その代りに新しい水を用意し、火までも燃やしつけてあった。

彼女は永い時間を費して身じまいをした。それはまるで死を決した人が、最後の身だしなみを心掛ているかのように思えて、大場姉弟の不安は益々《ますます》大きくなって来た。

猪股はなかなか訪ねて来なかった。別に時間を約束したわけではなかったが、いつもの例によって三時半ごろまでには来るものと思っていたのに、猪股は夕方になっても来なかった。やっと灯のともる時刻になって来た猪股先生の顔は、気のせいか大場には甚《はなは》だ落着かないものに感ぜられた。

「や、どうも遅くなりました。しかし落ち着いてお話を伺うには、涼しくなった方がいいと思ったものだからね」

こういう話の調子は、しかし、いつもの猪股先生に相違なかった。

猪股は目を据えて辰子の様子を眺めた。彼女の化粧をした顔は灯の下で一《ひと》しお蒼白かった。艶冶《えんや》といおうにも、そこには表情らしいものは全くなく、染めて真黒な髪と塗った真白な顔とは、この無表情のために寧《むし》ろ気味悪いものであった。一切の光沢は不自然で生気がなく、その上髪毛一つ乱れていない。気味悪さと一緒に、そこには死屍《しし》のような近づきがたい厳粛の気があった。猪股は心の中で、ひそかに深い歎息をした。

「お約束に従って、それではお話を伺うとしましょうか」

猪股は気軽に言うつもりであったのに、妙にぎこちない口調になってしまった。大場姉弟は猪股のこの一語を潮に静かに席を立ってしまった。

猪股と辰子とはふたりきりになった。

辰子と猪股とを残して室を出た時子は、今にも話し出すであろう隣室の様子を気にかけないわけには行かなかった。しかし隣室からは、直ぐには何の話声も洩れなかった。

やがて猪股の声が先ず聞えて来て、それは辰子の告白でも促《うなが》すのかと思いの外、その話声はいつまでもつづいた、猪股の声は大きかったから自然と時子の耳にも入った。

猪股は辰子の病床に落ちていたという青野男爵の名刺に就《つい》て説明しはじめていた。それにはたしか裏には猪股が心おぼえのためにしるした或る電話番号の記入がある筈である事、それが彼の手帳のなかから辰子の病床に落たろうという事、何故に彼の手帳にあったかという事、それらの点に就て猪股は何もかもあるがままに話し出していた。

（これは時子にとっては新しい話ではあったが、読者は既に知っている筈である。）

猪股の言葉に対して辰子が何事かをいうらしいが、辰子の声は低かったから、その要点を摑むことも時子には出来なかった。猪股は再び言いつづけた。

「そうです。ですから、私はあなたがきっと多少は御不快に思うのも知っていながら、こうして何もかも正直に申し上げるのです。これからあなたのお話を伺おうというようにつけても自分の方の事を先ずいうのが当然でもありますからね。――そういうつもりでお話をする以上、つくり事やなんか少しもしません。わたしは頼まれたわけではありませんが、あなたが誤解していらっしゃるらしいので、ただ事実のために、大場姉弟を弁護《べんご》せずにはいられないのです」

時子は特別に耳をすました。辰子が何か答えたからである。けれども辰子の言葉はどうしても聞けなかった。

猪股は事をわけて説明し出した。彼の言葉には洩《も》れ聞いただけでも誠意と熱心とのこもっているのを、時子は感じた。猪股のいうには、辰子の身の上を探偵したものがあるとすれば、それは余人ならぬ猪股自身で、大場姉弟などの関係した事ではない。また猪股がそんな事を敢てしたのは、これは充分に謝罪しなければならないけれども、同時にそれが必要であった点をも認めて貰わなければならない。

「……」時子に聴き取ることの出来ない辰子の言葉である。

「その事はあなたのお考え違いです。あなたが大場姉弟に、――兄か弟にではない時子さんだけにです、それでは時子さんだけにお話になった事があったにしても、私なら断然それは大場君からも時子さんからも聞きません。宜しいですか。私が聞かないということは意味のある事ですよ。もし時子さんが弟――大場にそれを話したものなら、大場は当然私には告げる筈です。私の学説を知っている大場は、私にとってあなたの事情を知ることが医者として必要なことは充分に承知しているところです。それだのに、大場がその必要を痛感している私に言わないところを見ると、大場は確に姉さんからは何も聞かなかったのです。これはあなたもお考えになれば直ぐわかる道理だと思いますが……」

「……」辰子が何か言葉を挟んだようである。

「まあ、しばらくお聞きなさい」猪股は言いつづけた「そればかりではない。大場はまた大場で彼の知っていただけの事をも姉さんには一切言わなかった筈です。それは私が注意をして置いたからではありますけれど。私と大場とがあなたの御身分を知ったのは、あなたがここへ来られてから七八日目でした。ねえ、考えて御覧なさい。それであなたが時子さんにお身の上をお打明けになったのは二十日程たってからの事だと言われましたが、その時、時子さんはまだあなたに就ては、何一つ承知してはいなかったでしょう。そうでしょう。ね。その点をもう一ぺんよくお考えになってごらんなさい。大場姉弟があなたの身の上を面白がって話題にした事などは一度もなかったのを私は断言します。いや、私の想像ではありません。こんな事実もあったのです――あなたのお兄さんが、あなたの為め使うようにというので、私に五百円お託しになったことがありました。それを私は大場君に渡すと彼は姉さんにそのお金を渡す時の言い訳に困るというので、最後に私が預かることにしたのです。必要があっても大場は姉さんにあなたの事を何も言わなかったのです。それというのも私が大場に、あなたの事を姉さんに打明ける事を禁じていたからですが、一たい私の考えでは、それがあなたの為めにというのではなく、時子さんが御身分を知ってよかれ悪《あし》かれ何かにそんなそぶりでも現われては、あなたがそれに感づく事があってはよくないという用心から、かたがた必要もないので、時子さんには知らさずにいたのです。ところがあなた御自身が時子さんにお話なすった。それはそれで悪くはありません。ただ肝腎なところは、大場姉弟はふたりともそれぞれに多少は知って居りながら、大場は私の言いつけを守り、時子さんはあなたとの約束に従って、少しも姉弟同士ででも話し合ってはいないのです」

猪股は三十分ばかりも説きつづけていたが、言うべき言葉は尽きたと見えて口をつぐんだ。辰子は何事も答えないらしい。隣室は再び沈黙に陥ったが、しばらくするとその沈黙の深い底から、かすかな忍び泣きの声が洩れて出た。

「時子さん。時子さん」

時子はふと泣き声の間に自分の名が呼ばれるのを感じた。

「時子さん！」

夫《それ》ははっきりと高く叫ばれた。

時子は躊躇《ちゆうちよ》せずに次の間へ入って行った。辰子は時子の入って来たのをちらと顔を上げて見はしたが、そのままうつぶして泣きつづけていた。

「辰子さん。どうなすったと仰言《おつしや》るのです」

時子はにじり寄って辰子の肩に手をかけた。

「時子さん」辰子はやっと泣くことをやめて、涙の目を着物の袂《たもと》でおさえて拭った。そうして静かな声で言った。それは泣いた後でやっと得られたおちつきを示していた「どうぞ、わたしをゆるして下さい。わたくし、あなたを大へん誤解して居りました」

辰子のあまりに深い感動を、それも不意に見た時子は答えるべき言葉を見出す暇もなかった。辰子は重ねて言いつづけた。

「あなた方皆さまは、それぞれにお約束をお守りになって、あれほど仲のいい御姉弟がわたしの為めに秘密を守って下さって、何のお話合いもなさらない。それだのにわたしは邪推をして居りました。猪股先生から説明していただいたら、腑《ふ》に落ちなかった事がすっかりわかりましたの。時子さん、どうぞ、わたしのひがみをお恕《ゆる》し下さい」

時子は辰子の肩に手をやったまま、只やさしくいたわった。何も答えない時子は、答えの代りには目に涙を光らしていた。

辰子は言いつづけた。

「それにしても、わたくしはこれ程まで皆さんに御心配をかけながら、一たい何のために自分の身の上をそんなにかくしおおせようとばかり努力しているのでございましょう。ほんのちっぽけな自尊心――いや虚栄心のためですか知ら。命を捨てようとしているわたしに、今だにそんな虚栄心があるのかと思うと自分ながらおかしいようでございますわ」

辰子はちらと顔を上げた。仮面のような白粉《おしろい》の顔は、流れた泪でよごれて鼻のさきが少し紅くなり、それが変に歪《ゆが》んで醜い笑顔であった。けれどもそこには今まで全く見えなかった不思議な生気が表れ出ているのを、猪股は注意深く見た。

彼はふたりの女たちが涙をながして、手をとり合っているのを見ると、一種恥しいような気持がしてならないので、つと座を立って、縁側を便所の方へ歩いて行った。彼は別段に催してもいない小便を達しながら、格子のある小窓からふと庭に目をやった。二間ほどの向うに一面に竹を並べて組んだ垣根には、二階の欄干の影がくっきりとうつし出されて、その一箇所に一つの黒い人影があるのは、さっき二階へ上って行った大場の姿に違いなかった。多分大場も、辰子の忍び泣きや時子を呼ぶ叫びに気を揉んで、そんなところまで立ち出て来ているに相違ない。

近所は、この家の特別な空気とは何の関係もなく、ラジオは女の甲高《かんだか》い華やかな歌声を四方にひびき散らせて、騒々しい夏の夜の気分にみちて居た。

便所を出た猪股は、手を拭うためにズボンのかくしから自分のハンケチを取り出したが、ふと改めて辰子の事をはっきりと意識に上らせた。彼女の感動のためにあまりに接近しすぎていた辰子を、もう一度適当な距離に置き直した。——ヒステリカルなものには相異ないとは謂《い》え、辰子の時子に対するあの感謝の念は、辰子の全く暗黒な心境のために、ひょっとすると生命の道を照らすのに役立つような気もする、生命の道とは要するに何事か何物かに対する感謝の一念に導かれているらしい。それにしても辰子は、今はやっぱり死を思いつめている事は確実である——「命を捨てようとしているこのわたしに、今だにそんな虚栄心が」今のさっき辰子が言ったのを思い出したが、それにしても辰子は、こちらの言うことを直ぐ聞きわけるだけの事は出来る。兄の男爵もそうだったが、あの兄妹は頭脳は悪くないと見える……。

時子が静かに縁側へ出た。そうしてそっと袖口で目頭を拭うていたが、直ぐ目の前に立って庭の方を向いていた猪股が、この時ふり返ったのと顔を見合した。時子は無意味にかすかな笑顔を見せ、そうして一歩後ずさりをした。それは猪股をさきに入らせようとして道を譲ったのである。猪股は室のなかへ帰った。

辰子は猪股の座にかえるのを待ちかまえていたように言った。

「先生、それではわたしもお約束に従ってわたしのお話を先生に聞いていただきましょう。――あの時は、わたし先生おひとりにお聞き願おうと思いましたけれど、今夜はもう一《いっ》そ何もかも、時子さんたちにも聞いていただきましょう。あの御姉弟にも、随分お世話になっていることを、わたし今時分になって気がつきましたわ。あの方たちにまで今になってもかくして置こうというのは、わたしあんまり卑怯だったと思います」

「なるほど」猪股は深くうなずいた「あなたがそのおつもりなら、大場姉弟もここに来てもらいましょう」

猪股は時子を呼んで、辰子の意を伝えると、時子はしばらく躊躇《ちゅうちょ》したらしかったが、二階へ上って行って弟をつれて来た。みんなが座について、辰子がいよいよ話し出そうという段になって、いつの間にどこから飛んで来たのか、一匹の大きな蛾《が》が電灯のぐるりにうるさく戯れて、光りと影とは間断なく動揺し、そのためにこの無言の部屋が妙に落着きのない気持になった。過敏な辰子はすぐとそれに感じたらしく、大きな目をうわ目づかいして悩ましげに電灯の方を見た。大場はつと立ってその蛾をつまむと、時子も立って懐紙《かいし》をひろげて弟の前に差出すと、弟はそれを紙の中にくるんで、庭の方へ捨てた。ちょっとした動作であったが、この三人の仕方が殆んど申し合せたごとく、しかも全くの無言のうちで、ひとりの人がしてもこうは行くまいと思うほどぴったりと呼吸が合って行われた。

辰子は先ず三人の顔を検《けん》すがごとく一とおりながめ、それから首をたれて、小声でしかしはっきりと話し出した。

「はじめの事は、いつか時子さんにはもうお話を申し上げました。それにわたしの身分はもうどなたも御存じなのだから、そうすれば申し上げずともわかっていることも御座いましょうけれど、でも世間で思われていますよりいくらか違った事もございますし、それに順序を追うて申し上げなくては話しにくいので、ひととおりはじめから申し上げましょう」

こう前置きをして述べ出した話の大部分は、今までのところ猪股の（従って読者も亦）知って居る事ばかりであった。猪股はそれによって安心することが出来た。というのは、辰子が追々と猪股のまだ知らない事どもを話し出すであろう時に、彼女がどれだけ本当を言うかということを充分に信じ得るからである。最後まで言い尽させて、猪股は辰子の気の軽くなるのを頼みにしている。そうして聞き尽しているうちに辰子を生命に導くような道理をどうかして見つけねばならない。猪股は冷静に聞き入りながら、思わず自分の額《ひたい》に汗が湧くのを気づいている。

時子は再び目に涙をためたが、辰子はもう泣かなかった。話が進むにつれて辰子より時子が切《せつ》なげに見えた。

焦　点

「わたしは兄のすすめに従いまして、不本意ではありましたがともかくもその人と同棲《どうせい》することになったのです。その人の名は申上げる必要もございますまい」

夜が更けて行くとともにあたりも静かになり、辰子の告白も終りに近づき、そうして猪股にとっての新事実がぼつぼつと現れつつあった。

「山陰地方の師範学校を出ると、高等師範に入学し、それから大学の英文科に来た人だそうですが、秀才には相違なかったのでしょう。それに温厚な性質だというので、その点もひどく兄の気に入った様子でした。でもわたしにはこの人最初の一目から気に入りませんでした。いつもにこにこして優しい声で話すのが、私にはどこか底気味が悪かったのです。その事を兄に申しますと、兄はそれをわたしの邪推だと言ってひどくきげんが悪うございました。同棲して見て半年ほど経つうちに、わたくしは自分の予感がますます深くなるような気がして、事ごとにその人とは性格が合わないのに気づきましたが、わたしは精一杯で自分の我儘《わがまま》をおさえたつもりでした。でも時々押え切れない時には『あなたは一体男ですか女ですか』とそう云って罵《ののし》らずにはいられなかったものです。兄はわたくしのために何かと心配してくれたのはよく判って居りますけれど、確にわたしよりは人を見る明《めい》がなかったのです。その事がやがて追々と兄にもはっきりと判らずにはいませんでした。或る時、兄とその人——私の夫ではありますが、私はどうしてもそう呼ぶ気にはならないのです——と、ふたりが何か話し合っているのをふと洩れ聞いたのです。一たいこの人は高等師範から大学へ転ずるに就て、郷里の方の資産家から学資の補助を受けていて、その家の娘とでも縁組をする筈ででもあったらしいのをその方の約束を曖昧《あいまい》にしたままであったので、そこに一つ問題が起ったのをあの人は兄に相談しているところだったのです。其問題に就《つい》ては兄はわたしには一言も云いませんでしたけれど、そんな事があって以来、兄はその人に対する私の考え方に、多少同意する傾きが見えました。一口に言いますとその人は卑屈な性質の上に、野心家で、そのうえにわたしにとってもっと辛い事にはその人はわたしに嫌われていることを存分に承知しながら、それでいて、自分で申すのはおかしいのですけれども大へんにわたしを愛しているらしいのです。わたくしはもうその人に我慢がなりかねて思い切って別れてしまおうと決心をした時、何という皮肉な事でしょうか……」言いかけて辰子は口ごもった。それが殆んど一息に早口で言いつづけた「わたしは懐胎していたことがわかったのです。それを知った時、わたしは妙に新しい希望が湧いたような気がいたしました。もうこんな事になってしまったならば、子供に免じて自分は自分の生涯をあきらめてしまう事も出来るだろう。そんな風に考えながら、しかしそんな希望に就てはあの人に一言もいう気にはなれませんでした。いやあの人次第ではそのつもりにはなれたのでしょうが、その頃あの人は卒業論文に気をとられて、夜も昼もない状態でした。わたしには、それがまたまことに浅ましく見えたものです。あれほどわたしを愛している癖に、卒業論文の方が身ごもっている妻よりも大事だなんてその心持がです」

「子供の生まれたのは、翌年の四月でございました。その男の子は、たった三月生きていたのでございます」

ここまで語った辰子は、ここで言葉を切り、沈黙のなかで目の前の畳の上を一心に見つめていた。猪股は辰子の様子から目を放さなかったが、大きく息をはずませている辰子の心臓の動きが、白地のうすい単衣《ひとえ》の下から表に現われているのに気づいた。

辰子は不意に瞳を上げて射るが如く猪股の顔を見た。彼等の瞳は思わずぶつかって、辰子は切《せつ》なげに再び目を伏せたが、力無く言いつづけた。

「わたくしが乳をのませていて、わたしのその不注意から息がつまって死んだのだ――と、そう申しているのでございますが、本当はそうではございません。あの子は殺されたのでございます」

辰子は再び口をつぐみ、沈黙は緊縮し切っていた。

「話が前後してしまいましたが」辰子はまた話しはじめた。その声は冴え渡った感情の山彦《やまびこ》ででもあるが如く、沈静な不思議と朗《ほが》らかな調子を帯びていた「あの人はわたくしの生んだ子供を、生まれると直ぐから濱地に似ていると申すのでした。もとよりそんなわけもなく、また生れたばかりの者からそんなことがわかるものでもないので、わたしは最初、あの人らしいいやがらせを申しているとばかり思っていたのでした。いやがらせにしてはあまりに悪どいので、わたくしも別にとり合わずに居りましたが、そう言われつづけて見ると、わたくしにも何だかそんな気がするように成ってしまったのでございます。ちょうど卒業論文の事で随分頭を悩まし、一方ではまた高等学校卒業とやらの資格を受くるための試験とやらもあり、そこへ持って来て日ごろからわたくしの無関心なども何やかやと、今思えば、あの人もその時にはひどい神経衰弱にかかっていたのでした。わたくしは又わたくしで、産後の神経が特別にするどくなっている折からでふたりは何かにつけて口争いが絶えなかったのでした。その日も、夕方からどんな事が原因であったかそれさえはっきりしないようなことから、喧嘩《けんか》がはじまってしまったのでした。宵《よい》の口から寝かしつけてあった子供は、何におどろいたのか、わたくしどもの口争いの最中に不意に目をさまして、火のつくように泣き出したのでした。その時あの人はいきなり立ちあがると、ものも言わずに揺籃《ようらん》のそばへ歩き寄り、『うるさい！』とか何とか一言云ったかと思いますと、子供はそのまま泣かなくなってしまったのでした。何をしたのだかわたくしは見て居りませんでしたが、急に静かになったその様子がへんに思えたので、やがてそばへ行って見ますと、子供の――子供の口のなかから、へんなものが出ているのです。よく見ますとハンケチの端なのです。わたくしはおどろいてそれを口から引き出し、いそいで子供を抱き上げたのです。ぐんにゃりと抱かれた子供はもう泣き声一つ立てませんでした。あの人はといいますと、日ごろから蒼白い顔を一倍蒼《あお》くしてそこに突立っていましたが、わたくしの狼狽を見ると、はじめて気がついたように急に自分でも狼狽し出したのです」

「子供のぐにゃぐにゃの両手をさまざまに動かしてみたり、顔や胸に湿った手拭を当《あ》てみたり――そんな事がどんな役に立つと思ったものか自分でも知りませんが、さまざまなそれも無意味なことを、わたくしは殆んど半時間ばかりも、ひとりでやって居りましたでしょう。いいえ。あの人も気がついてさすがに驚き狼狽して、わたくしに手を貸そうとしたのを、わたくしは手荒らく跳ねのけて寄せつけなかったのです。子供は手足ももうすっかり冷たくなって居りましたし、お医者に見せなければならないのは、最初から無論気がついてはいたのですが、わたしにはそれが怖ろしかったのです。わたしの頭には、この問題がまたしても新聞に書き立てられるというその一事が、すぐに思い浮ぶと一緒に、どうせもう死んでしまったこの子を、うっかり慌てて医者に見せるのは考えものだと思いました。いや、医者に見せれば事件は人に知られても、子供はもしや生き返らないものでもないと考えなおして、しかし生き返ってもこの子供は決して生涯幸福ではない――何故かわたしははっきりとそんなことを決定的に考えたりしました。こんなさまざまなことを考えつづける一方で、わたくしは、只今もお話したようなさまざまの手当をひとりでしていたのでした。

――ああ、無駄だ！

わたくしは、絶望して、それからあの人に言ったのです。

人に話す時には、わたしの不注意から、乳房で、圧しつぶして死なせてしまったのだと、仰有って下さい。

そう言いながらわたくしも、何故かその冷たい子供を抱き上げて、自分が言ったとおりに自分の乳房をその子の動かない冷たい唇に圧しつけていたのでした。

――どうするのだ。お医者には見せないのか。

――今更、慌ててそんな事をして何になるとお思いです。あなたは警察へ引っぱられたいのですか！

わたくしたちは一番低い声でこう言い合ったのです。しばらくすると、今度はあの人はわたしに申すのです。

——有難う。お前は罪を自分に着てくれるのだね。有難う。

この一言が不思議なほどわたしには腹が立ったのです。

——何を仰有るのです。あなたなどから何もお礼を言われるわけはないのです。自惚《うぬぼ》れてはいけません。あなたなどを誰がかばうものですか。わたしは自分と自分の家の名誉の為めに、あなたみたような男を夫に持ったのが恥しいからです。あなたがわたしの夫でさえなけりゃ、百ぺんでも千べんでも警察へ引っぱられたらいいでしょう。

わたしは口から出るがままに何だかそんな悪態をずいぶんいろいろ申したかと思います。そうして死んだ子供を抱いたまま、わたしは家を出て兄の家へ兄に会いに出かけたのです。まだ申し上げませんでしたけれど、わたしたちはいろんな便利のために、兄の家の直ぐ近所に世帯を持っていたのでございました。家を出てやっと気がつきましたが、その時は夏の夜はもう十時近くでございました」

辰子の長い話はまだ終らない。

この時、猪股は隣室から洩れ出たはげしいすすり泣きの声に気づいた、あたりを見まわすと座に堪えなかったらしい時子は、いつの間にかこの室の中にはいなかった。

「わたくしの様子が見るからへんであったと見えます。兄はわたくしに、今時分子供を抱いてどうしたのだと申しますから、わたくしは子供が加減が悪いらしいから、御医者に見せるのだ。——どうか早く自動車を呼んで下さい、と頼みました。お産の時にお世話になったお医者でしたが、無論、お医者は死亡診断書をかくより外にすることはありませんでした。乳房で圧しつぶしたというわたしの申し分を聞いて、そんなことは時折あるものです、お気の毒なことをしました、とは申しましたがわたくしの気のせいか、どうも少々不審がっていたような気がします。子供の口のなかを開けてみて、ひとくただれていると申しました。それから自分は専門外だから死亡診断は友人の専門家に頼んで書かせましょう、——私がもう見たのだから、別に改めて見せるにも及ばないでしょう、——それに乳房で圧しつぶしたなどという事になると一応検屍を受けたりなどして面倒ですから、何とか適当な病名をつけて置く方がうるさくなくていいでしょう、などとお医者はわたくしの気のせいか、気味の悪い程こちらの思いどおりに取計らってくれるのでした。やっと幾分は気が静まると、子供に対する悲しみと、その父に対する憤りとがごっちゃになって、わたくしは帰りの車の中で、まだ生きている者のように胸におし当てている冷たい子供の死顔に、涙をぽたぽたと落しながら、わたしは家へ帰るのが怖ろしくなったのです。でも外に仕方もないので家に帰ってみますと、そこにはわたくしの挙動をいぶかしく思った兄が、留守の間に訪ねて来ていて、それがあの人の口から何もかも本当の事を聞いてしまったのです」

冷静とも思える口調で話しつづけて来た辰子は、話が一段落を告げると一緒に、はじめてさめざめと泣き出した。

一しきり泣き咽《むせ》ぶと彼女は、やっと涙を押えて言い足した。

「あの人は自分のした行いを懺悔《ざんげ》するために白状するような男らしい人物ではありません。ただ只、わたくしが言ってはならないと云った事を言いふらすのが痛快な気がしたのでしょう。——尠《すくな》くともわたくしにはその時にはそう思われました。そうしてわたくしどもは死んだ子供の通夜《つや》しながら、その子供を弔うどころか——いいえ、わたくしにはそれが子供を弔う気持と同じでしたが、わたくしは言葉のありったけを列べ立ててあの人を罵りつづけたのでした。こっそりと子供の葬を済ませると、わたしどもは無論直ぐに別れることになりましたが、それから後、あの人は聞けば子供の診断書を書いたお医者のところへまで出かけて行って、自分が殺した事をふれて歩いたそうです。尤も、ひどい神経衰弱の上に、そんな出来事をひき起してあの人は気がへんになってしまっていたのだそうです。そう申せば、子供を殺してしまった時からへんであったかも判りません。あの人がそんな事をしたという恨みや憤りは、その後年とともに淡くなってしまいました。寧ろわたくしを悩ましたものは、あの時死んだ子供に対してわたくしの採《と》った処置そのものなのです。これを思うとわたくしは全く自分の身が生きているのがいやになります――まあお聞き下さい。」

「子供があんな事になった時、わたしの心に真先に浮かんだものは、どうも子供に対する悲歎もなければ不意の出来事に対する無意味な狼狽でもなかったような気がします。どこまでもわたくしは自分の一身の見得ばかりを気にしていたらしいのです。それでなかったならば、どうして私は何はともあれ直ぐにでもあの子をお医者に見せなければならなかった筈です。もしそれをしさえしていたならば、子供の命だって蘇生《そせい》したかも知れなかったのです。思えば、わたくしはさきには一人の愛人のために、私の愛を天下に公表しなければならない時機に出会いながら、天下の物笑いをおそれてそれを宣言することが出来ず、そのために愛人をさえ狂気させてしまい、またその事件で父をまで失ったのに、私の心はこれでもまだ目が覚めなかったものと見え、今また自分の生みの子をこんなことにしてしまったその最中でさえ、先ず第一に思いつくのはやっぱり自分の体面をつくろうことばかりだったのです。一たい私には身を捨てても人を愛するなどという高尚な感情が具《そな》わっているのでしょうか。以前には何もかも捧げた愛人があったようなことを申しましたが、それとてもその人を本当に愛していたというよりも、一つにはただ人の隆々たる名声だけにあこがれていたのと、もう一つは言うもお恥しい、ただのみだらな浮いた気持であったかも知れません――いいえ、そうであったと思わずにはいられません。つくづくこれを思いますと、私は自分の浅ましさに気がつき、それにつけてもこんな浅ましい自分にくらべれば、自分の愛のためには一時の激情からとは申せ、自分の前途などには眼もくれず子殺しの罪を犯す気にさえなったあの人の方が、平生は卑屈な男と軽んじていたのに、今になってみればわたくし自身などよりはずっと甲斐のある人であった――私にはそんな気がされて、実は私、今までは賤《いや》しみ憎みとおして来たあの人、死んだ子の父親をどうやら宥《ゆる》しなつかしむような気持にさえなりました。あの日は兄にもあかさずこっそり病院へあの人を見舞ったのでございました。それにいたしましても結果は今までよりも更に悪うございました。もともと好ましからぬあの人が、狂った姿になっているのを見ては、猶《なお》の事どうしても愛する気にはなれなかったのです。もし本当に愛する気になれたなら子供への追福と自分の懺悔とのために、私はあの病人を引とって一生看病してもいいとまで思い直したのでしたのに、それだのに只今も申すとおり、私はどうしてもやっぱりあの人を見ては愛する気持などにはなれず、そのくせ、あの気の狂った人のする仕草が、なにもかも私に関連のあるのをまのあたりに見ましては、私がどこまでもあの人を愛しなければならない義務のようなものさえ感ずるのです。しかもあの人の姿を見ては、私は自分が曽《かつ》てこんな男の為めに子供を産んだことがあったかと思って、厭《いと》わしさに身振《みぶ》るいさえ出る程なのでした。病院を見舞ってその日半日と申すもの、私はただもう何もわからなくなって無暗《むやみ》に郊外を歩きまわり、それから後の事は皆様の御承知のとおりです——私は死を決して線路の傍に佇《たたず》んでいたのでございます……」

明け易き一夜の後

辰子はその外にもさまざまな感慨を述べた。それは、しかしその身の上話にくらべれば、とりとめのない単にヒステリカルなものにしか過ぎない。けれども猪股は飽《あ》くまで、彼女を尊重して言うがままを言わせた。

夜はいつの間にかすっかり更けてしまい、無論電車などは無くなってしまった。辰子の処置に就ては、猪股は、尠《すくな》くとも一晩は熟考しなければならないのを辰子も承認した。

猪股は大場と一緒に二階の一室に枕をならべた。宵暗《よいやみ》であった月は、二時頃になって硝子《ガラス》窓越しに部屋を薄明るくしていた。大場は幾度も寝返りを打っていた。猪股もじっとしてはいたが容易に眠れそうにもなかった。下の部屋では、これも枕を並べた辰子と時子とが、何かをしきりに話すらしい。ひそひそと語られてはいるが、辰子の声が猪股の耳についで仕方がない。猪股はもう一度改めて辰子の身の上を考えなおして見た。

それは確に異常な運命に相違ない。身にそれだけの運命がふりかかって来たならば、誰しもヒステリー位には陥入り、また自殺を思いつめる事ぐらいは当然のような気もする。それにしてもその異常な運命なるものの原因は、もともと非常に簡単なもので、彼女自身が認める如く、ほんの少女らしい浮き浮きした過《あやまち》であった。就中《なかんずく》最も同情すべき事は、その濱地との事件の時、辰子が羞恥のために発言することの出来なかった沈黙は、当然誰の眼にも充分その真意は斟《く》み取り得られた筈であった。それを人々はわざと知らぬふりをして「然《しか》り」という意味の沈黙を「否」という意味に解釈したのだ。

そうして人々はそれが事件を解決する上に最善の方法だと思ったからでは決してなく、ただ最も手軽にゴマカせる方法だと考えたからであった。辰子の意思と感情とはこの時、明らかに虐殺されたのであった。それにしてもこの同じ事が、辰子ではなく他の少女に起ったとしたならば、言う迄《まで》もなくこれは別の形で開展したに違いない。して見ればこの事件をこのように仕上げるためには、辰子の性格そのものが重大な役目をしているのだが、それなら彼女の性格そのものはというと、それは彼女の父――決して温情を示すことなく、ただ服従させることばかりを知っている父によって彼女は育てられ、しかも彼女自身とても亦その父と同じような征服者的の気質を多分に受けていたに違いない。これは辰子その人よりもその兄の男爵の方にもっとよく現われている……猪股は心の中で、辰子から更にその父や兄などをつぎつぎ描き出して、その考えは次々に拡がっては行ったけれども、決してとりとめのあるものにはならなかった。辰子の告白は聞き手にさえこれほどの疲労を与えたのである。そうして猪股は、辰子を説得すべき適当な意見をどうしても認め得られそうにはなかった。しかも猪股は決して辰子を死なせていいような気持にはなれなかった。彼は益々目が冴えて、しかも彼の考えは益々枝葉の方へ繁って行った。——禅《ぜん》の本に何であったか、一語を過ったが為めに何千年か野狐の姿をしなければならなかった者のことが書かれてあったが、辰子は正しく云うべき一語を言わなかったが為めに、何年間か苦しめられていたのだ……。

月明りにだまされて蟬《せみ》が啼《な》くのだと思っていると、そうではなくて明け易い夜が白んだのであるらしく小鳥があちらこちらで囀《さえず》り出した。それを聞きながら、猪股はそれでもうつらうつらと一眠りした。目がさめて見ると東をうけたこの部屋は、戸の外から明《あき》日《ひ》をまともに受けて蒸し暑かった。大場はいつの間にかもう起き出ていて、寝床は空であった。

猪股は直ぐに起き上ると、先ず縁側の戸を一枚開け放した。まぶしい朝日を避けて目をふせると、その瞬間に、庭の木の下に立って大場姉弟が何か話し合っているらしいのが自然に映った、彼等も亦、一枚の戸を繰《く》る音で上を見あげた。遠目にも見えるほど、彼等は何となく腫《は》れぼったい寝不足な顔つきをして、それでも時子は愛想よく笑顔を見せた。

大場は直ぐに二階に上って来て残りの戸を開けに来たが、猪股は勝手の不案内な家のなかで、手持無沙汰に、今起き出た自分の寝床の枕元で煙草を喫かしていた。大場は猪股の傍へ来て、やはり自分の寝床のそばに坐りながら言った。「先生、青野令嬢はやっぱり飽くまでも死ぬつもりらしいのです」

唐突に大場がそんなことを言い出した。理由がわからなかったので猪股はただ無言で問い返した。大場は言いつづけた。

「それで、姉に向って実に思い掛けないことを申し出でたのです――姉に兄さんの男爵と結婚しろというのだそうです。自分が無くなった後では、兄や母が気の毒だから是非とも、この申し出でを聞き入れよ。兄の性質は自分がよく知っているから、貴方ならきっと気に入る。この事を頼む人は貴方を措《お》いては外に無い、などと何でも一晩中、そんなことを姉に口説《くど》いたそうです。あんまり突飛な思いつきには、姉も返答にもてあましたので……」

「成る程！」

黙って聞いていた猪股は、この時、急に大きな声で返事を挟んだ。それからおもむろに尋ねた。

「それで姉さんは何と答えたのだ」

「答えるどころではありません。ただもうヒステリー患者というものの奇想天外《きそうてんがい》なのに驚いているばかりです。姉は一たい結婚なんてことは考えたこともない上に、相手がそんな人だなどというのだから、これは驚くのが尤《もっと》もですよ」

「姉さんだって、しかし、男爵との話は別として結婚は絶対にしないという理由は無いのだろうが……」

「いや……。その事は辰子さんには話してあるそうですが、辰子さんはそれを知っていながら言い出したのだそうです。それから姉はそんな思い付きは困るというと、思い付きなどではないと言って機嫌が悪くなるし、――どう云ったらいいのだろうかと、今も僕をつかまえてこぼしていたところなのです」

「それが令嬢の真面目な希望だとすると」猪股は言った「これは実にいい工合だ！」

何が一たいいい工合なのだか、大場には少しも了解出来ないのに、猪股はしきりにこれに興味を抱いていた。


黙々として彼等は朝の食卓にむかった。殆んど誰も口を利《き》く者はなかった。けれどもこの沈黙は誰にもそう怖ろしいものではなかった。寧ろ一つの心頼もしさを感じさせるものであった。ここにある限りの人人は皆、同じ一つの心配事に対して深く沈潜《ちんせん》するあまりに口も利かずにいると思えば、それは沈黙にいつも附きまとう孤独な感じや、他人に対する疑惑などというものを一切とり除けてしまうからである。そうしてこの朝の食卓は、言い得べくんば粛々《しゆくしゆく》として平和であった。昨夜の辰子の告白を心持蒼白くなって聞き入っていた猪股の姿をふと大場は思い出した。そうして自分の隣席にいる猪股をそっと目を上げて偸《ぬす》み見た。猪股は熱い味噌汁でくもった眼鏡《めがね》を気にして、御飯のお代りをする間に、それを借着の着物の袖で拭うていたが、その口角にはどういうわけか優しい笑いを帯びていた。

猪股は第一に食卓から立ち、煙草に火をつけると縁側から庭下駄をはいて庭に出た。

いずれは郊外の借家の狭い庭ではあるが、自然に生えていたと見える栗の木がいい蔭をつくっていて、その下には帆布を張った簡単な椅子《いす》が置いてあった。彼はその椅子の上にゆたかに身を横《よこた》え、うまそうに煙草をくゆらしつづけながら無礙《むげ》な青空をながめた。まるで心長閑《のどか》な人のように見えるのが大場姉弟には頼もしかった。猪股はふと目を家の方に向けて、時子の姿をつくづくと見た。今までは別に気にもとめては見なかったけれど、仔細に見ると時子もそう無視すべき容貌ではなく、これがちゃんと身繕《みづくろ》いでもすれば、青野男爵の夫人として貫目《かんめ》も備わらないではないと思った。してみるとこの点では辰子の考えもまんざら笑ってしまうだけの話ではないと思える。

猪股は眼を閉じて、じっと椅子の上から動かなかった。それは大場の眼には、暢気《のんき》な猪股先生が昨夜の不足した睡眠をそこで補っているとしか見えなかった。しかし事実は、猪股も亦《また》決してそう暢気ではなかった。彼はこういう状態で今から辰子ともう一度話し合うことに就て考えつづけているのであった。猪股はほんの僅《わず》かな眠りによって、彼の頭脳を明晰《めいせき》にすることが出来た。彼は理窟によって辰子を説法するだけの考慮はもう充分に得たのである。ただ猪股の恐れるところは、そんな理窟や説法が今の彼女に効果があるかどうかであった。それよりも出来るだけ猪股の説法は後まわしにして、彼女自身をして、生きたいという生物本来の力の湧き出るのを待つかであった。無論、後者の方がどれだけ有効か知れたものではない。幸にも辰子は昨夜から一つの新しい目論見《もくろみ》を持ったらしい。即ち自分の感謝し信頼する時子が、自分の兄の妻になってくれればいいという考えは、一つの目論見であり、希望である。この希望の実現のために彼女に努力させることは、彼女を尠《すくな》くともその時期だけでも生きる甲斐のあるものにするだろう。そうでなければならない。そうだ、先ずこの方法に従おう。彼女は既に感謝する者や信頼する者を持っている。又希望さえもあるそうだ。下手な説法は出来るだけ後まわしにするに限る。

猪股はぬっくりと木蔭の椅子から立ち上った。どうぞ自分の思わくどおりに行くように、猪股はふと何物かに祈るような気持がしながら、そうひとり言を呟《つぶや》いた。

縁側に進み寄りながら猪股は言った。

「もう一つ椅子はありませんか」

「どうなさるのです」

答えたものは辰子であった。

「あ。あります。今、持って降ります」

二階からは大場が答えた。彼は言葉と殆んど同時に、籐《とう》の椅子を持って降りて来ていた。猪股はそれを見つけて言った。

「それを庭へおろしてもいいのかい。あそこは——あの木の蔭は落ちついていいよ。僕はあそこで辰子さんとちょっと対談したいと思うのだがね。辰子さん、あそこは厭《いや》ですか」

「いいえ。結構ですわ」

猪股の快活げな調子につり込まれたらしく、辰子も気軽に返事をした。

大場は別の下駄をつっかけてもうその木の蔭に椅子を運びつつあった。

「ほんとうに、この家は朝のうちはお暑うございましてね」

時子が隣の部屋から首を出しながら、そう言った。

猪股は先刻の船のデッキにあるような椅子へゆったり腰をおろすと、その前に辰子が大場の運んだ籐椅子に腰をおろした。

大場姉弟はそれを見ながら縁側で何か囁《ささや》いていたが、大場が再び木の下へやって来た。

「先生、そこは隣と近いのですが」

「……」猪股は黙ってわかっているというように頷《うなず》いた。それから辰子に向って言い出した。

「昨晩はありがとう。あれ程のお話をよくつつまずに、僕などにお話しになったと思って先ずその点あなたにお礼を言わなければならないような気がしましたよ——あれからひとりで考えましたがね。そうしてあなたの仰言る気持も充分に同感出来たのです」

縁側の方へ歩いていた大場は、猪股の言葉を聞くと不安げにふりかえった。猪股はそれを見たが、かまわずに言いつづけた。

「第一にあなたは大変不幸な人だと思いますね。まあ、お聞きなさい。大体人間というものは過去の美しい事だけを憶えて、厭な事は忘れ——いや忘れないでも何か美しいものにつくりかえて記憶するように出来ているものです。それならばこそ誰も生きていられる気になるのです。でなかったら、私にしたとて自分の不快な事ばかりを皆憶えていて、楽しい事を何一つ記憶して置けないとしたら、これは全く地獄でしょうよ」

辰子は顔を上げて、不審げに猪股をつくづくと見た、辰子には猪股がそんな事を言い出して、それから何を説こうとしているのだか、ちょっとも見当がつかなかったからである。猪股は更につづけた。

「ところが、その貴方にも未来にかけた希望がおありらしいので、それを聞いて私は実に嬉しくなったのです。貴方は大場君の姉さんに、お兄さんの細君になれと仰言ったそうではありませんか。——いや、貴方のこの気持は、もし気まぐれでないとすれば、確に余程値打のある者なのです。無論、気まぐれではありませんね」

「どうしてそんな事を仰言るのです——無論ですわ。私、昨晩あれから夜明けまで私、時子さんにその事をお願い申したのです」

「それはいい考えです。全くいい考えです」

猪股がこの問題にそんなに賛成したのが辰子には益々意外だった。猪股は新しい煙草に火をつけて、快げに深く煙を吸い込んだ。

「貴方は」猪股は辰子に言った「時子さんに後事をお託しになろうというのですね。してみると兄さんやお母さんの事が、貴方にもやっぱりいくらかな心掛りなのですね。徹底的な自我主義者のような口吻《こうふん》を時々なさるあなたとしては、これは少々矛盾じゃありませんか。矛盾ですね。尊い矛盾です。あなたの悲劇は、そうだ、考えてみると、その尊い矛盾の連続ですね」

「矛盾でしょうか」辰子は眉をしわめながら言った「わたくし、尊くとも矛盾なんて大嫌いですわ」

猪股はしまったと思った。そこで出直した「そう矛盾と云ってはいけませんね。それじゃ、あなたは錯誤に陥っているのだ。自我というものは、案外広いところに殖民地を持っているものですよ。例えばこうしてあなたの問題を考えていると、あなたまでがこの場合僕の自我の一部分になるのですからね、――いや、こんな議論をあなたとおっぱじめるつもりではなかった。それよりもあなたが時子さんをお択《えら》びになった理由をお聞かせ下さるわけには行きませんか。出来ることなら、僕もその問題の実現にお力を供しますよ」

「あの方は、時子さんは」辰子は言った「親切な心のやさしい理解のある方だからです」

「なるほど。それで時子さんは、あなたの申出に応じそうなのですか」

「それがです、あの方は、もう過ぎ去った事をいつまでも問題にしていらしって、新しい生活をはじめようとはなさらないのです。あの方は過去のためにどこまででも現在を犠牲になさるおつもりらしいのです」

辰子の話のなかばで、猪股は思わず微笑を洩らした。辰子は猪股のその唇辺を見て言った。

「先生、何をお笑いなさるのです」

「いや、何でもありませんよ」猪股は今度ははっきりと笑顔を見せながら「ただね、人間というものは、他人の事ならばよくもこう解りながら、自分の事に何故また一切解らないのかと思っただけですよ――例えば今の貴方の言葉にしても、その同じ言葉を貴方は御自分の上にそう言うわけには行かないものでしょうかね」

「それは違います」辰子は反抗的に言った。

「時子さんのはほんの一寸した間違いです。私のような取返しのつかぬものとは違います。――それは時子さんが、まるで取返しのつかぬ事のように仰言るのです」

「やっぱり自分の事だと、そう思えるのでしょうね」猪股は笑顔を新にしながら言った
「それにしても時子さんを、そんなに親切なやさしい人生に理解ある人にしたのは、ひょっとするとその時子さんの過去のせいかも解らないのです。――また議論になってはいけないからやめましょうよ。それよりもわたしはあなたの御意向《ごいこう》をもう一遍時子さんによく説きましょう。あなたと二人で共力して、一つ、時子さんをうんと言わせて見

ましょうよ」

辰子はうなずいた。そうして言った「兄は独身の生活を好んでいるわけではないのです――ただ不幸なわたくしに気兼ねをして一人でいるのですわ。時子さんのような気のやさしい頼みになる方が、そうあるものじゃありませんわ」

「おや、これはいかん」猪股は上を仰ぎながら言った「僕のところへは日が当って来ちゃった」

猪股と須藤

須藤初雄の家のベランダで猪股が話をしている――

「……そういうわけで、ともかくも今まで青野令嬢をだまして置いたのです。大場の姉さんと青野男爵との話もね、案外どんどん運ぶらしいのです。近頃は男爵も妹の見舞というので時々大場の家へも行く様子で。大場の姉さんの身の上ですか。それは私もつい聞かないで、知らないのですがね。――ところが困った事には、この方の話がうまくいきそうになると一緒に、青野令嬢がまた少々気むずかしくなって来ちゃったのです。いや、あんなひどい病状の患者なのだから、そう直ぐに掌を返すように癒《なお》る筈もない。一進一退しながら、ぼつぼつとよくなるのだろうと思いますがね、何しろなかなか頭のいい婦人で理窟をいうのですよ。それで今度は一つ、あなたに説法をしていただきたいと思いましてね」

「いや、それは駄目です」須藤は答えた「私にはとても駄目だ。あなたが栗の木の下かでなすったお話を聞いて今も感心したのですよ。そんなうまい説法は私にはとても出来ませんよ」

「ところが、青野令嬢は、濱地の事件に対するあなたの解釈を私から聞いて、大変あなたの理解には感謝しているらしいのです。そういう先入見があるから、多分、貴方《あなた》が仮りに僕と同じ事を言われても大いに有効かと思うのですがね」

「それでは、ひとつ、貴方に言うことを教えて頂いて、貴方の代弁でもしますかな」

彼等は大きな声を出して笑った。須藤の笑い声を聞きつけて、狆《ちん》が勢いよく奥から駆け出して来た。そうして猪股の膝をちょっと嗅ぐと、そのまま須藤のそばに来て椅子に前足をかけた。この小犬は飼主にからかって貰いたいのである。須藤は抱き上げながら思いついたように言った。

「この犬は出臍《でべそ》で、御覧なさい、こんな形をしているのですがね、別に差支はありますまいか」

須藤が出して見せた犬の腹を猪股は一目見ながら、

「え、その程度なら健康とは関係ないでしょう」

「可笑《おか》しいのです」須藤は犬のその臍《へそ》を撫ぜながら言った「こうして触ってみるとぶくぶくしていて、凹《へこ》んでしまうのです。まるで小さなゴムまりのようです。こいつは又こを触《さわ》られると、へんな気がするると見えてどんなにはしゃいでいる時でも、こんな風におとなしくなって仕舞うのです。それから妙な表情をしているでしょう」

猪股はじっと小犬の顔つきを見ていたが、いかにも可笑しそうに笑い出した。

「きっと、先生少しくすぐったいのですね。ハ、ハ、ハ。誰にでもその犬の臍帯《さいたい》ヘレニヤのような箇所がどこかにあるのですね。そいつに触れられると、或る者はくすぐったいのでへんな顔をするし、或る者は痛いので悲鳴を上げるのですね。――この間、例の佐々木の奴に会ったので、『君は乳房で圧死した子供の口腔中が一種外傷的に変化しているという実例を発見したそうだね』と言ってやりましたが、奴はその時まるで、その犬と同じような顔をしましたよ。ハ、ハ、ハ」

　猪股は話しつづけた――

「あなたが病院で面白がったあの英語の詩をうたう患者ですね。あれが実に偶然にも、青野令嬢の夫であった男だというのは、事実だから仕方がないようなものの、小説としては随分まずいですな」

「小説としては」須藤が言った。「まずい事だらけです。第一気違いが二人も出て来るなどは、最もいけない。それに人物がみんな一癖あって、それが、みな同じような型ばかりで。まるで、ひとりの人間を、八面鏡にうつしたような図だ。ロマンティックな作家の書いたものには、時々そんなのがありますよ」

「そう。ロマンティックでない奴は先ず佐々木ぐらいなものですね。佐々木はあの男女両性の声を出す患者を、青野家から頼まれて病院へ紹介したのです。病院では本当の原因を知らないから、佐々木のいうとおり試験勉強が過ぎた結果だとばかり思っているらしいのですね」

「そう」須藤は思い出して言った「あれに就て、私はその後、石田さん――先輩に教えられましたが、あの患者がよく人に聞くという外人軍団というのは面白いものですね。

現今はどうだか知りませんが少くとも近代に存在した奇妙な義勇兵団だそうですよ。外国人なら誰でも志願出来るので、そこへ入団すると皆、名前を変えてしまって一切前生涯は問わないそうです、そうして植民地の軍務に派遣されるのだそうですが、つまり命をもてあましている人間の集まりみたようなもので、一種の公設自殺倶楽部としても役立つわけですね。何でも小泉八雲《こいずみやくも》がむかし、大学の講義でこの軍団の説明をした時には、現存する軍隊のうちで最も奇異なものと云ったそうです。それから『獅子《しし》はみんなの王様』という例のバラッドですが、それもやっぱり八雲の講義のなかへ引用されたことがあるそうです。——して見ると、あの男、青野令嬢の夫だったという秀才は、きっと八雲の研究家だろうと思いますね。学校の論文のテーマにでもしたでしょう」

「なるほど、それじゃ多分そんな事でしょうな」

マッチをさがしている猪股に、須藤は手もとにあったのを差出し、それから自分も煙草に火をつけると、しばらく黙っていた。須藤は今までの話をもう一度、頭のなかで組合して見ていた。猪股は言った。

「今日は、鸚鵡《おうむ》は一向鳴きませんな」

「え、暑いからでしょう」須藤は気のない返事をして「時に、大場君というのは先日、御一緒にここへおつれになった学生でしょう」

「そうです。どうしてです」

「今まで伺った話の勢では、どうもその大場君なるものが青野令嬢に少々気があるような想像を呼び起させるのですがね」

猪股はうなずいた。

「それが事実そうなのですよ。序《ついで》に大場と青野令嬢とがうまく結婚するという段取にでもなってくれれば、まるで小説のようにくっきり型がついて、申し分ないのですがね」

「それがそう運ばないのですか」

猪股は煙を吐き出しながら首をふって吸殻《すいがら》を灰皿へすてた。

「注文どおりの型には行きませんよ」猪股は言った「何しろ青野令嬢はもう単純な娘じゃない。昔のようにそうやすやすと相思なんて気持にはならないですね。令嬢には大場が気に入らない様子なのです。――でも大場の気持は充分に察してはいるらしいので、兄さんと時子さんとうまく話が纏《まと》まれば、大場さんだってわたしとは何時までも兄弟のようにつき合えますわ、などと言っていますよ」

「なるほど。それにしても失恋者がひとり出来るわけですな」

「でも、大場は穏和な素直な平凡ないい青年ですよ。とても悲劇を発生させるだけの才能も性格もありませんよ。まあおだやかななまぬるい失恋で済みましょう。青野令嬢のようなロマンティック過ぎる立場を択ぶのは、幸福な生涯に適した大場としては荷が勝ちますから、まあ見合せて置いたがいいでしょう」

「ハ、ハ、ハ」

　須藤は突然、不作法な大声でひとり笑い出した。猪股はけげんな顔を上げてたずねた。

「一たい、どうしたというのです」

「いや何でもありませんよ。――ただね、わたしがもし小説に書くならば、あなたと青野令嬢と結婚させるがなあ、と思ったのです」

「それはまた」猪股は真面目な顔つきであった「どういうわけです」

「探偵の直観を実現させるためにです」

　須藤は笑ったが、猪股はやはり笑わなかった。もしかすると猪股に本気でそんな考えでもあるのかも知れないと、須藤は気がついた程である。へんに気むずかしくなってしまった猪股に対して、須藤は改めて冗談を言った。

「何にしても人生なんてものはつまらないものですな。まずい小説と同じようなもので、悲劇に終ってもせいぜい自殺をするだけの事、うまく行けばおめでたい子孫繁栄の結婚ぐらいより以上の事はないのですからね」

猪股はこれにも答えようとはしなかった。須藤を猪股はふとすかない男だと思ったのである。――妙に皮肉なところがあって、まともに人生にぶっつかろうとしないのが、まるで自分に似ているような気がして、猪股はそれが不快であったのだ。

「ともかくも、それでは明日、青野令嬢をつれて来ますからね。どうぞよろしくお願いしますよ」

猪股はそう約束をして須藤の家を出た。

須藤は猪股がだんだん不機嫌になって帰った理由がわからなかったが、ひとりになると、恰《あたか》も猪股のごとくに彼自身もだんだんに気が重くなって行くのを覚えた。それは今まではただ面白い世間話ぐらいに聞いていた青野令嬢が、いつの間にか自分にも縁故のある人間になってしまい、それもただの縁故だけではなく、場合によっては一場の道話を試みなければならない役回りになっているのを自覚したからである。つまり先日来の猪股の心配を、今度は須藤自身が経験しなければならない役回りになっているのだ。しかも彼は今更に自分の人生観の空虚に面接したわけである。

考えてみれば見るほど須藤は気が重くなって来た。それは決して青野令嬢の不幸の為めではなく、彼自身の生活の浅薄をまのあたりに感じなければならなかったからである。ちょっとした持ち合せの才気を頼んで文筆を弄《もてあそ》んでは、人なみのことを書いたり言ったりして世の中をとおってはいるが、さてまだ一度だって生死の境をとおり抜けた憶えもなく、それ故《ゆえ》人を説きふせるような信念はもとより、人をたじろがせるほどの疑念をさえ抱いていないのであった。これを思えば寧《むし》ろ青野令嬢こそ恵まれた人とも感ぜられるのである、人世は苦しみであるとは誰しもいう。須藤もまたそれを感ずる。もしそうならば、苦しみを豊富に与えられたものこそ、人生を多く与えられた者と言わなければならないようだ。沢山の不幸を持ちこたえてそのなかに生きる道を見出した者こそはじめて生活者である。してみると、俺などはやっぱり酔生夢死《すいせいむし》の徒なのだなあ……須藤はバルコンの手すりに肘《ひじ》をついたまま自分を嘲笑非難しながら、それでも涼しい夜の風を楽しんでいた。また庭のどこかで啼《な》いている虫の声を聞いてはつ秋を感じていた。

一人が出家をすれば九族が成仏《じょうぶつ》するそうだが、ひとり生を否定する人間が出て来たために、用もない自分までがこんな事を考えなければならない。須藤はふとそんな事をも考えた。そういうさまざまな考えはみな猪股が一とおり考えて辰子に話したものばかりであった。たとえば我々は皆独自に生きているようには見えまたそう感じはしても事実に於ては、ちょうどあそこに見える門のようにそれぞれの石はそれぞれ互に回り持になっているのだから、父の死や濱地の発狂が、その隣りにいる辰子にそれだけの影響を及ぼしたと同じく、辰子が今自殺するとすれば当然その兄にも亦重大な影響があり、兄ばかりか猪股や須藤自身の心にさえ多少の波動を与えるだろう。それ故にもし辰子が自我を高唱するならば、己から出た過ちによって人に迷惑を及ぼすことを避けて己自身だけでそれを喰いとめるのが義務であり道徳でもある――そうして、自殺は決して一切の解決ではなく、ただその放擲《ほうてき》にしかすぎないだけに、その周囲に描く波紋はただ大きくなるばかりである……。須藤は猪股がこの問題に就て真剣に考えたことを、これによって充分に知った。そうして彼自身は、猪股ほどの考察もないのに気づいて、もう一度自分を軽蔑してみた。

須藤はその夜二時間ほどバルコンでひとりでいた。最後に須藤はやっと自分自身に申わけが立つだけの題目をつかまえた。それは過去と現在とを完全に切り放す一つの方法であった。それは自己を暫《しばら》く遠くへ突き放すのである。その客観性を得ることによって、過去の自己、或は現在の自己の半分を卑しみ、しかも同時に、その笑うべく卑しむべき自己を発見し得た他の半分の自己を基にして、いつも新しい尊敬すべき自己を創造してこれを現在とすることである。思えば須藤自身は、無自覚的にではあったがいつもそうして生きて来ているような気がする。……

——可笑《おか》しい事には、この一つの考えが頭に浮ぶと、今まで自分の浅薄を歎いていた須藤は、急にゲーテのようにえらくなったような気がしたのである。まことに無邪気ともいうべき男である。とてもゲーテ程ではあるまいが、ともかくも詩人ではある！

その日、満都の人々は、今日東京の空に姿を現す筈のツェッペリンを迎える気持で、半狂《なかば》したような状態であった。須藤は朝から次々に来訪した三人の青年にむかって、

「君は死のうとしている人間に対して、生存を勧告するに適切な言い分を持ち合しているかね」

と質問すると、誰もそれには満足な返答をしたものはなかった。その代りに彼等は皆、ツェッペリンの噂をした。須藤は辰子とツェッペリンとを同じように待っているのであった。

猪股と辰子とはなかなか来なかった。四時になった。須藤はオペラグラスを持出すと、自分の書斎《しょさい》にしている八角の塔の屋根の上に這い上った。そうして避雷針につかまって、うす曇りの空の東や北を見渡した。下では隣近所の家のなかから、一斉《いっせい》に、ラジオは刻々に飛行船の通過する場所を報告した。あちらでもこちらでも屋根の上に登った人が見えた。須藤のいる塔の上が、中でも最も高かった。須藤は子供じみた誇を感じながら方々を見まわしていた。ふと彼の家の門の前に猪股と辰子との影を発見した。物干台にいる家人に命じて、是《こ》の二人の客を迎えさせたが、須藤は今にも現われようとしているツェッペリンを見ないで、客を接見する気にはなれなかった。気を揉んでいると、客は家人の後についてどんどん二階から物干台に出て来た。

「ツェッペリンですってね。私も見せてもらおう」

猪股は実に身軽に屋根の上へ上った。辰子は家の者達に一礼をしたまま物干台に、これも空を見上げた。猪股は黙って指ざした。小さく現われてやがて大きくなった。前から見えたものが真横になり、そうして後姿を見せて一直線に遠樹の梢にかくれた。須藤はオペラグラスをひとりで目にあてたきり、喋《しゃ》べりつづけていた——平日ならこれはまさしく狂《きちがい》病院のものだと猪股は思った。三人はやっとベランダの椅子に腰を下したが、須藤は昂奮がまだつづいている様子で、いきなり辰子にむかって言い出した——

「あなたは実に贅沢《ぜいたく》な人だ。好い身分でしかも美しく生れて、兄さんや時子さんのような友愛を持ち、大場君は崇拝している様子だし、猪股氏や私は頼まれもしない心配をしている——ツェッペリンは美しかったでしょう」

「ええ」辰子は須藤の唐突な問いに驚いたらしかった。

「それごらんなさい。見て美しいと思うものもある。感謝すべき人もある。それで生きなくってどうするというのです。あなたに大した苦労のあるのは当然ですよ——所得のたくさんある人は税金も高い。別に道理はないのです——是が非でもあなたは生きていなきゃいけない。それでなけりゃ。あなたよりずっと悪い籤《くじ》を引いている無数の人間に相済まん」

猪股は辰子をかえり見ながら笑って言った。

「あなたは、僕にも少々失敬だ。僕が理をつくして言っても耳には入れない。須藤氏だとめちゃくちゃを言っても尤もそうな顔をして聞いている。不平だな」

辰子はあでやかに美しい歯並を見せて笑った——活々《いきいき》とした瞳を上げて。

「御免なさい。猪股先生、それから須藤先生も。わたくし、銀色にキラキラ光りながらゆったりと黙って過ぎて行くツェッペリンのあの姿を思い出していたのですわ。失礼ながらお二方の御説教よりあの姿の方がわたくしに神と力とを感じさせました」

辰子は才気のある声でそう言って、快活に笑った。猪股はその笑いを医者の目でじっと見入った。そうして言った。

「そうそう、いつもそういう風に笑えばいいのです」

巻末資料

※物語の真相に触れている箇所がありますので、本編読了後にお読みください。

解説（河出書房市民文庫版）

吉田精一

「更生記」はさきにこの文庫におさめた「神々の戯れ」に次ぐ、作者の第四番目の長篇である。現代に材をとったこの作者の長篇小説としては、或はもっとも優秀な作品といえるかも知れない。

おおむね新聞に連載する長篇ともなれば、どうしても通俗に流れるのはふつうである。だがこの作品には、そうした読者の御機げんをうかがっている模様が気ぶりもない。多数の人の口にあうように蜜を甘くぬってはいない。堂々たる本格的なロマンである。しかも誰にも明らかに作者自身と推定される須藤初雄なる人物が正面から登場し、性格心理などに作者の批判をうけながら、主役ではないにしても、作品の中で有力な役割りを果たしている。これは本格的な長篇小説としては稀有な行き方である。

稀有だといえばもう一つ。この小説には今日のいわゆる推理小説のおもむきが非常に濃い。そうだ。本格的な推理小説（ということはトリックの面白さにたよらない、理づめの、という位の意味だが）とはこのようなものかも知れない。実に綿密に伏線が用意され、知性の網の目がすきまなく張られている。筋を仕組む作者の非凡な頭脳に、読者は驚嘆せずにはいられない。

しかしただ筋を仕組み、場面を構成する巧妙さだけならば、すぐれた探偵小説は必らずしもこの作品に劣らぬかも知れない。「更生記」は探偵小説めいたスリルがあるが、ただの「謎とき遊び」ではない。それはその筋や場面の構成が、人間の心理や性格と根強く結びついているからである。意識の座にひそむ混沌たるパトスの世界、或は無意識の無限の深淵、そこに作者は根本的な説明原理をもとめようとしている。外面的な行動や、瞬時の感覚が精神化され、心理化されて大うつしに示される。まさにフロイド的世界である。そうしてフロイド心理学を応用して、潜在意識の奥深く進んで行く手法をとった長篇小説としては、少くとも日本の小説としてはこの作品以前に一つもなく、恐らくこの作品以後にも、これほどの成功を収めたものはないであろう。もしあったとしても私は知らない。作者の実験は、みごとな成果をおさめ得たのである。

ここで主題として押し出されているものは、境遇に苦しめられ、死を決した人が、再び生へあともどりするに至る「更生記」である。何とかして再生への道をたどらせようとする周囲の人々の、協力ぶりには美しいヒューマニズムが感ぜられる。それにもかかわらず、再生の意欲が人々の善意によってはかなわずして、偶然東京の空を遊弋《ゆうよく》したツェッペリンによって与えられるという結末も、我々のようにあの空の王者のような巨大な姿を、今なお眼にのこしている者にとっては、実感を以て迫って来る。恐らくこの小説を読んだ当代の人々も、手を拍《う》って讃歎したに違いない。しかし後代の人々にとってはどうであろう。作者はもう少し親切に、その折の感動を説くべきではなかったか知らん。「神と力とを感じさせた」ほどの威容を描写するにあたって、作者はやや性急に端折《はしよ》りすぎたきらいがあるのではないか。もしこの小説に難ぜられる箇所があるとすれば、或はこの一点であろう。

登場する人物の群像はみな一くせある個性をそなえていて面白い。須藤も猪股も、また青野男爵も濱地も、みごとに造型されている。ヒロインの辰子に到っては、失礼な話ながら、作者がヒステリーの女性を身辺に置いていたかと思われるほどに、よく描かれている。また作者が愛情をもたない俗物連中、秘密探偵や佐々木という開業医となると、ずい分苛酷にあつかわれているが、それはそれなりに、この小説の雰囲気の中に溶けこんでみごとな統一をつくっているから、まずこんなものでよいのだろう。大場の姉時子という女の過去の過失がとり立てて説明してないのもちょっと気になるが、作者がわざとはぶいたのか、それとも不精からそうしたのか。欠点ともいえないだけに、読者は却って判断に迷うわけである。

この作品は先にものべたように、極めて精緻な精密機械のように、よく組み立てられていながら、推理小説なるものにつきまといがちな固苦しさが少しもない。時には思わずふき出したりなどしながら、楽しく読みすすむことのできるのは、一方に作者一流の傍若無人な、八方破れの話しぶりのおかげであるに相違ない。作者はきちんと正座して、ぼそぼそと勿体らしく語っていない。立て膝をしたり、頭をかいたり、顔をしかめたり、ひょっとすると時に寝ころんだりして、平気で楽屋を明かしながら、話をはこんでいる。どこがどうと、指摘するまでもあるまいが、巧まずして飄逸《ひょういつ》に、真摯な態度を崩さないでいて、ゆとりがある。ずい分陰鬱な物語でありながら、どこか爽快な薫風が吹きぬけている趣きがある。作品の面白さは別として、むしろその語り手である作者の風格に、何ともいえぬ魅力を感じさせる。これは鍛錬した技術というようなものではない。すでに作者の天稟《てんぴん》のいたすところである。

さもあらばあれ、従来「更生記」を昭和初期の名作として推す人は少なかった。最近、伊藤整、平野謙君等によって、再評価が行われているのはよろこばしいが、批評家たる者は、(かくいう私も文字通りそのはしくれとして)どんぐりまなこをこすり直し、改めてこの機会に、この作品を見直さねばならない。ひょっとすると、「神々の戯れ」ほどには、この作品は大方の嗜好に適しにくいかも知れない。ヒロインたる辰子が、いかにも不幸な、陰鬱な女性であり、気違いが二人も出て来たり、とかく陰気な感じを諸君に与えるおそれがあるからだ。それだけにこの作品の方が重厚であり、ことに一篇のモチーフをなす、生命尊重のヒューマニズムの、高さ深さを尊敬せねばならないだろう。

佐藤春夫と島田清次郎

――『更生記』の「ヒステリー」と「ミステリー」

大木志門

大正八（一九一九）年に書き下ろし単行本『地上』（新潮社）で登場するや二〇歳の若さで時代の寵児となるも、大正一二（一九二三）年の令嬢誘拐事件で失墜し、最後は精神を病んで保養院にて短い生を終えた島田清次郎の存在は、杉森久英の直木賞受賞作となった『天才と狂人の間　島田清次郎の生涯』（河出書房新社、昭三七）などで一部の読者には知られていた。近年は文学研究の分野でもその存在が見直されてきており、杉森著を更新する優れた評伝である風野春樹『島田清次郎――誰にも愛されなかった男』（本の雑誌社、平二五）が上梓された他、人気ゲーム「文豪とアルケミスト」に清次郎が登場したことで、新しい世代の読者の注目が集まりつつある。他ならぬ筆者も文学館学芸員時代に島田清次郎の展覧会（平二一、徳田秋聲記念館）を企画して以来、この悲運の作家に少なからぬ関心を抱いてきた一人である。

ではその清次郎と佐藤春夫にどのような因縁があるのかと言えば、『地上』の原稿を新潮社に推薦したのが春夫の師にあたる生田長江で、それゆえ清次郎はデビュー後しばらく長江の元に出入りしていた。すでに長江門下にあった春夫は、この彗星の如く現れた「弟弟子」の成功を複雑な思いで眺めていたことであろう。ただし『詩文半世紀』（読売新聞社、昭三八）では、当時の長江宅には「志のある不遇な青年の出入りが特に多かった」と回顧しつつ、「島田清次郎などはその最も目立った一人」ときわめて形式的に言及するのみである。しかし、実際には二人が近しい友人として接していた一時期があるようだ。

そのおそらく数少ない文献的証拠となるのが、春夫が清次郎をモデルに描いた新聞小説『更生記』（『福岡日日新聞』昭四・五・二七〜一〇・一二）である。正確に言えば、件の令嬢誘拐事件の被害者となった元海軍少将舟木錬太郎の長女・芳江をモデルとするヒロイン・青野辰子が登場し、彼女の自殺願望を引き起こすヒステリーの要因を、医学者の猪股助教授を探偵役に、医学生の大井青年をワトソン役に解き明かしてゆくというミステリー仕立ての心理小説である。そしてその辰子の過去に関わる、かつての流行作家で今は精神病院にいる青年・浜地英三郎が島田清次郎にあたるのだ。また、作中で猪股が助言を求める小説家の須藤初雄は作者・佐藤春夫の分身であり、須藤が浜地について行う証言から、当時の春夫と清次郎の関係が見えてくるのである。

ところで、翌年本作が新潮社から出版されたのは、この年の四月二九日に清次郎が巣鴨の保養院にて肺結核で死去したタイミングであった。そのあたりがうかがえる「長篇文庫」収録の『更生記』（新潮社、昭五）広告には次のようにある。

突如彗星の如く『地上』に現れ、又、餘《あま》りにも脆く世に敗れた狂天才島田は過る日松澤の病棟に淋しく逝つた。彼は其の追詰められた天国の壁に一聯の即興詩を遺したが、狂へる胸底は遂に世に訴へる事が出来なかつた。かくして島清事件は依然謎のまゝである。作者は嘗《かつ》て彼と交ありし人、当時餘りにも歪められた事件の真相に対し剔抉《てつけつ》のメスを揮つた一種の暴露小説であり、狂へる者独り彼のみに非ず、其後の彼女の狂的なヒステリに対する興味ある精神分析書でもある。

死去の場所を精神病院として有名な松澤病院とした大きな間違いがあるが、ともあれ『地上』や『我世に敗れたり』（春秋社、大一三）など清次郎の書名を散りばめつつ、本作を「餘《あま》りにも歪められた」令嬢誘拐事件の「暴露小説」としていることが目につく。このいわゆる「島清事件」は、清次郎が自身のファンだった東京府立第三高等女学校在学中の舟木芳江を誘い出し逗子で宿泊したが、その帰途に警官に検束され、婦女誘拐・監禁・陵辱・強姦などの罪状で舟木家側が告訴する事態となったものであった。その後、舟木家および清次郎と同郷金沢の作家・徳田秋聲《しゅうせい》の奔走や、芳江の清次郎宛の恋文が明らかになったことで、清次郎が舟木家に謝罪文を出し告訴は取り下げられたのだが、その知られざる「真相」を描いたということだ。

しかし本作を一読する限り、どこにその「真相」があるのかはにわかに掴みがたい。それは本作がミステリーにして、先の広告文の表現を借りれば「ヒステリに対する興味ある精神分析書」でもあるという凝った趣向の作品であるからだ。戦後はむしろ後者の側面で評価されてきたが、新田篤『日本近代文学におけるフロイト精神分析の受容』（和泉書院、平二七）は、本作を「精神分析を題材とした日本で最初の長篇小説」とする。また作中のヒステリー理解にはフロイトの「ヒステリー論」とクレペリン『精神医学』の記述が組み合わされていることも指摘している。同時代には精神分析の影響下に『新心理主義文学』を主張し「意識の流れ」を用いて実作した伊藤整らの存在があるが、『更生記』もまたそれら昭和初年代の文学的前衛の系譜に連なる意欲的な新聞小説だったのである。

作中では須藤（＝春夫）により、浜地（＝清次郎）が石田（＝長江）に入門した時分の回想から、須藤宅で妻の手から勝手に箸を取りあげて牛鍋をかきまわし彼女を激怒させたことや、議論中にいきなり須藤の手をつねりあげて「どうだ。感じがないのか。痛いだらう——その感じを持つてゐる人間が、さうやすやすと虚無に還れるか」と「悪寒を催すやうな笑《わらい》を浮《うか》べて」言ったことなど、彼の狂気の予兆と見えるエピソードが語られる。また誘拐事件における新聞各社による報道合戦の裏側や、事件後に浜地の病室を見舞い即興詩の原稿を貰ったことなど、たしかに春夫にしか知り得ない事柄ばかりではある。しかし、おそらく春夫がとっておきの種と考えていたのは、「あの事件の核心」と題した一章にある。須藤は浜地の同郷の先輩作家で誘拐事件の後処理に関わった時岡鶏鳴（＝秋聲）から話を聞き、そこで事件後に辰

島田清次郎
第一短編集『大望』より

子から浜地に宛てた、しかしまだ浜地の手許には渡っていない一通の手紙の内容を教えられたというのである。それは事件の際に辰子が浜地のことを周囲に「愛人だといふことをはつきり言へなかつた」ことを謝罪した上で、今後の再会を希求するものであった。時岡は事態がようやく終息した現在、これを浜地に渡すことはよい結果をもたらさないとして、適切な時期まで自分の手許に留め置くことを提案し、須藤もそれに同意するのだが、たしかに事件の前ならいざしらず、精神的にも肉体的にも大きな傷を負ったはずの事件を経てもなお芳江が清次郎を愛していたとすれば、清次郎の社会的立場を天から地へと急落させた事件のイメージは根底からくつがえるだろう。当時も一部では言われていたように、「島清事件」はマスコミや世間に作り上げられた側面が強いのだ。

そして実はこの手紙は本作の「精神分析」の行方とも関わっているのだが、物語の結末についてはこれまで解釈が揺れている。たとえば岡田純也『人と作品　佐藤春夫』（清水書院、昭四二）は「精神分析学による方法は失敗」で「知的で緊密な構成に破綻をもたらした」と断じている。すなわち、辰子の自殺を思いとどまらせるために猪股が辰子を須藤の家に連れて行く最終章で、二人の説得よりも昭和四（一九二九）年八月に来朝しちょうど上空に姿を現した飛行船ツェッペリン伯号の姿に辰子が生きる力を蘇らせることを「偶然」のなせる業、すなわち「治療」の失敗と見ているのだ。春夫がこれら精神分析の知識を「医学博士であった弟の秋雄」（作中の医学生・須藤三雄）から得ていたであろうことを指摘した山本健吉（「解説」、講談社版『佐藤春夫全集第三巻』、昭四一）も同様にこの結末を知性が現実に敗北する「アイロニイ」と述べている。だがそうではなく、新田篤の前掲書が、辰子が「子殺しの罪を告白し、悔い改めること」で「更生」する物語と題名に関連づけながら読み解くように、すでに辰子が猪股に乳児の死という秘密を告白した前の場面で彼女の治療は完了している（「カタルシス療法」の成功）と読むべきである。ただし新田が辰子のヒステリーの要因を乳児殺害という行為そのものに見ているのは不正確である。たしかに辰子のヒステリーが「ハンケチ」に誘引されるのは前夫（浜地の事件後に結婚するが、彼も発狂し浜地と同じ病院に入院していたことが判明する）が乳児の夜泣きをとめようとハンケチを口に詰め込んだことに由来するが、真の問題は彼女自身が述べるように、その乳児殺害の真相を浜地の事件のように再び世間種となることを恐れて告白できなかったこと、ゆえに授乳時に自身の乳房で圧死させたと偽証したことにある。それは遡れば誘拐事件に際し彼女が周囲に流されて浜地を愛していたことを告白できなかったこと（先の書簡の内容）につながり、すなわちいずれも言うべきことを言えなかったという沈黙の罪にある。だから乳児の口に詰められたハンケチは、彼女自身の口をふさぐ象徴としても機能しているのだ。

この辰子の告白の場面はもちろん、作品の大枠である彼女の「ヒステリー」とそれをめぐる「ミステリー」に関する部分はほとんど春夫の創作であるだろう。芳江の病歴や事件後に結婚や出産をした事実は判明しておらず、春夫との実際の接点も見いだせないからだ。本作発表のこの年、芳江はすでに中野要子と名を変えてプロレタリア演劇の世界に進出していた。冒頭に紹介した風野春樹の評伝は『更生記』にも勿論言及しているが、本作の「事件の核心」については採用していない。おそらく信用するに足らない情報(フィクション)と判断したのであろう。しかし、『更生記』の「ヒステリー」と「ミステリー」は、いずれも作中で須藤が時岡から教えられたという辰子の書簡の内容から展開されたものであり、浜地(=清次郎)についての須藤の証言は詳細でほぼ事実と見られることから、この書簡についても実際に春夫が秋聲より聞いた可能性が高い。春夫はその一点の知られていない「真実」を元にこの複雑な物語を練り上げたと思われるのである。そして、そこにはかつての弟弟子である清次郎の汚名をいくらかでも雪《すす》ぎたいという、春夫の同情心が秘匿されていると筆者は想像するのだが、これは通俗な精神分析に過ぎないであろうか。

（『佐藤春夫読本』（勉誠出版、二〇一五）収録文を一部改稿）

『更生記』覚え書き

日下三蔵

明治期に黒岩涙香が翻案という形で海外の作品を紹介したことで、日本における探偵小説の歴史は始まった。

一九二一（大正十）年の横溝正史を筆頭に、角田喜久雄、水谷準、江戸川乱歩、甲賀三郎、大下宇陀児、城昌幸、夢野久作、昭和に入って、海野十三、浜尾四郎、渡辺啓助、大阪圭吉、小栗虫太郎、久生十蘭、木々高太郎といった専門作家が次々と現れ、国産ミステリはジャンルとして確立していく。

だが、それ以前にも、森鴎外、幸田露伴、田山花袋、宇野浩二、久米正雄らが探偵小説を手がけていた。江戸川乱歩は探偵小説を数多く書いた非専門作家として、谷崎潤一郎、芥川龍之介、佐藤春夫の三人を挙げ、「探偵小説中興の祖」と位置付けている。

実際、一九二九（昭和四）年から翌年にかけて改造社から文庫版ハードカバーで刊行された国産ミステリ初の本格的な全集《日本探偵小説全集》（全20巻）は、第五巻が『谷崎潤一郎集』（29年5月）、第二十巻が『佐藤春夫・芥川龍之介集』（29年6月／図1）であった。

私がちくま文庫の《怪奇探偵小説名作選》シリーズで編んだ『佐藤春夫集　夢を築く人々』（2002年5月）は品切れになって久しく、収録できなかった晩年のミステリ短篇集『光の帯』（64年2月／講談社）を加えて復刊したいと思っているが、これは二

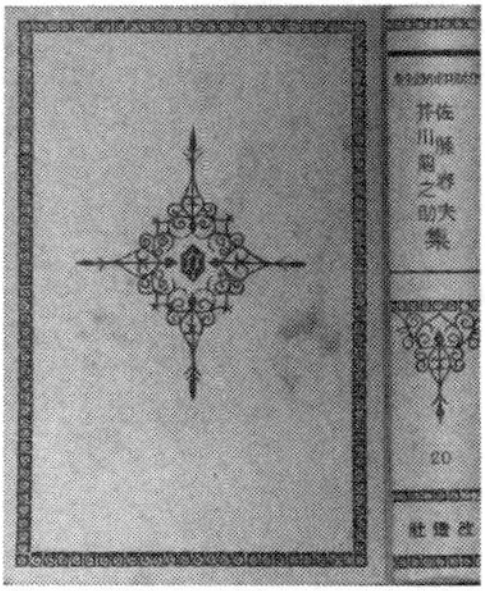

図1

分冊となるため、今回の春陽文庫版では、久しぶりの文庫化となる傑作長篇『更生記』を選ぶことにした。

著者のミステリ長篇には『維納の殺人容疑者』（33年9月／小山書店）もあるが、二〇〇五年十二月に講談社文芸文庫に収められており、まだ復刊するには時期尚早だろう。

佐藤春夫は好んで推理小説を手がけており、前述の改造社版《日本探偵小説全集》以外にも、岩谷書店の《岩谷選書》で『夢を築く人々』（50年2月）、小山書店の《日本探偵小説代表作集》で『佐藤春夫集』（56年8月）、文芸評論社の《文芸推理小説選集》で『佐藤春夫・井上靖集』（57年2月）と、複数のミステリ叢書から著作を刊行している。

小山書店《日本探偵小説代表作集》の第2巻『佐藤春夫集』は、前半に「指紋」「女誡扇綺譚」「「オカアサン」」「女人焚死」「マンデイ・バナス」「小草の夢」の六篇、後半に『維納の殺人容疑者』を『ウヰンの殺人容疑者』のタイトルで収めた構成の一冊だが、「あとがき」に著者のミステリ観が現われていて面白い。短いものなので、全文をご紹介しておこう。

本格の探偵小説というものは行動と推理との文学だと理解している。しかしわが国ではもっと広義に解釈してロマンテックな気分や構想を持った作品をも探偵小説と呼び慣わしているかに見える。

ところでわたくしは本格の探偵小説というものはまだ書いていないが広義の解釈による奇想を楽しむ作品なら尠くない。みなそれだと云ってもいいような気がするが、この集ではそのなかからなるべく種類の違ったもので自信のあるものばかりを集めてみた。「ウヰンの殺人容疑者」は久しく絶版になっていたのを是非覆刻したいと思ってそのために大半の頁を割いたため「佐久の内裏」や「更生記」などここに加えたいのを思い切って割愛した。

この文章からも、佐藤春夫は『更生記』をミステリとして書き、しかも、かなりの自信を持っていたことがうかがえるだろう。

『更生記』は「福岡日日新聞」に一九二九（昭和四）年五月二十七日から十月十二日まで百三十回にわたって連載され、翌年九月に新潮社から《長篇文庫》（図2、3）の一冊として刊行された。《長篇文庫》は文庫版ではなく、四六判ソフトカバーの叢書である。

図２　表紙

図３　扉

連載に先立つ五月二十四日には、以下のような「作者の言葉」が掲載されていた。

作者の言葉〔「更生記」〕

三上秀吉君の後をうけて私が書かせていただきます。まず百回ぐらいの予定ですから、御退屈でも御勘弁を願います。尤も私としては精一杯面白いものを考えたつもりではあるのです。

で、作中の人物はと申しますと、先ず最初にひとりの医学生、つづいて精神病学の助教授それから若く美しい良家の令嬢――それがどうするのだかを言ってしまうと、この小説の興味はきっと半分以上消えるでしょう。

この令嬢は決して人には打明けない重大な秘密を抱いているのです。その秘密のために彼女は死のうとしているのです。彼女はどうして死を決したか。それは彼女の罪であったか。または情人の罪であったか。家庭の罪か。社会の罪か。その容姿の美しいが故に、その家柄が高いが故に、彼女の罪はどうして一層深くされたか。それほど重い罪の苦悶を負うた彼女が、どうして更生するか。これはひとりの死を決した女の更生の記録であり、同時に万人が更生の指針でありたいと思います。

その外にも重要な人物は少くとも三人以上はあり、場面もせいぜい変化しましょう。しかしそれは変化すればするほどあまりに暗鬱に過ぎる話題であるかも知れません。しかし、深く天をつつんでいる層雲は徐に晴れてくるでしょう――彼女の秘密のベールが幾重にも剝がれるにつれて、作者と読者との重い気持もすこしずつ軽くなって行くことが出来たとしましたなら、この作品も成功するわけなのです。

この作品は興味に於ては探偵小説的で、しかし本来は社会小説で、同時に心理小説で、また言い得べくんば教養小説であります。むつかしい理窟はしばらくやめに

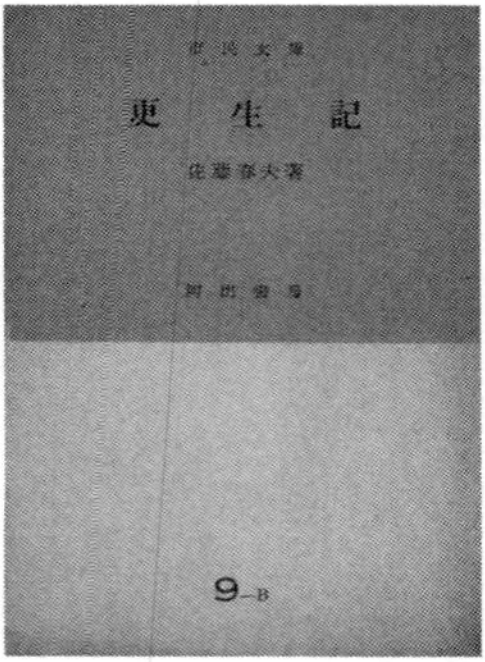

図4

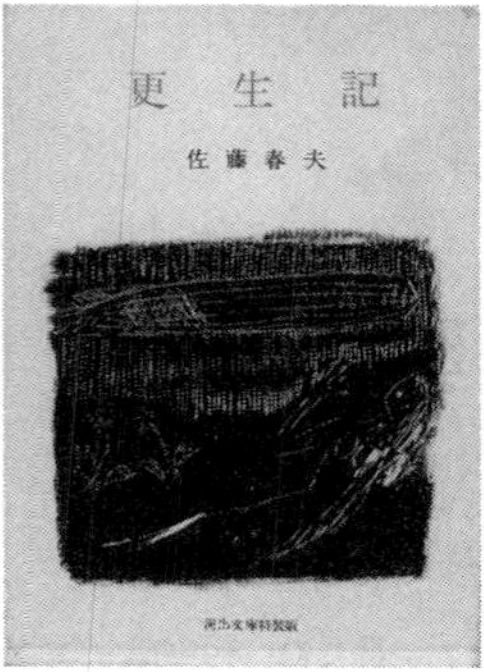

図5

して、ともかくも諸君は愛読して下さりさえすればいい。そうして私は精一杯書きさえすればいいわけです。以上

（昭和四・五・二四「福岡日日新聞」）

戦後、河出書房の市民文庫（53年8月／図4）に収録され、同じ紙型を使用した河出文庫特装版（55年11月／図5）も出ている。本書には、河出書房版の吉田精一氏の解説を巻末資料として再録させていただいた。これ以降、単体での刊行はなく、本書が、ほぼ七十年ぶりの文庫化ということになる。

著者の個人全集では、以下の巻に収録された。

改造社　佐藤春夫全集1　31年10月　※図6
河出書房　自選佐藤春夫全集8　57年1月　※図7
講談社　佐藤春夫全集2　66年10月　※図8
臨川書店　定本佐藤春夫全集7　98年9月　※図9

筑摩書房の文学全集の佐藤春夫の巻には何度も収録されている。増補と改訂を繰り返

図6

図7

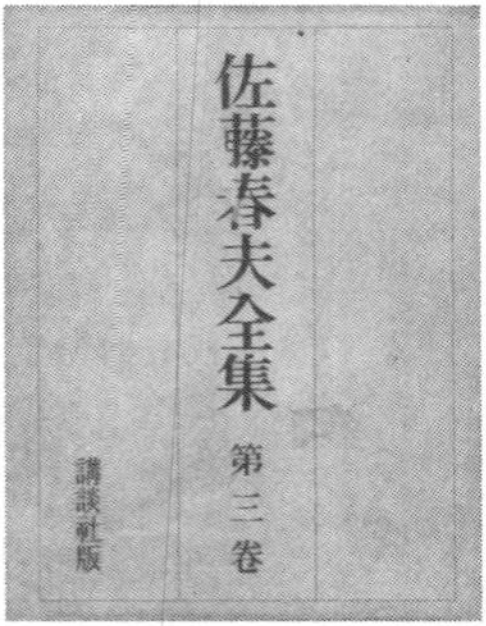

図８

図９

しているうえに、七〇年代以降は重版の表記が廃されているため、全貌を把握するのは困難だが、判っている限りの刊行データを掲げておこう。

現代日本文学全集30 佐藤春夫集　54年1月　※図10
愛蔵版現代日本文学全集58 佐藤春夫集　61年11月
定本限定版現代日本文学全集58 佐藤春夫集　67年11月
現代日本文学大系42 佐藤春夫集　69年6月　※図11
増補決定版現代日本文学全集58 佐藤春夫集　73年4月

近代日本文学26　佐藤春夫集　75年8月　76年3月　77年3月　78年7月　※図12

ミステリ評論家の中島河太郎氏は『日本推理小説辞典』（85年9月／東京堂出版）の佐藤春夫の項目で、医家に生まれた著者の医学的関心の深さを指摘し、『更生記』を以下のように紹介している。

『更生記』は過去の重圧を意識の底に秘めてヒステリー症になった女性を救ったことから、フロイトの精神分析学を本格的に用いてその秘密を解き明かし、生への意欲にめざ

図10

図11

めさせる精密な論理を進めている。素材としては天才作家として世に現われ、狂人として世を去った島田清次郎が浮ぶが、本篇は彼が問題を起こした舟木少将令嬢の後日譚風に設定されている。

精神分析を採り入れた推理小説は昭和9年の木々高太郎以前に、水上呂理が3年以後数篇を発表している。それに一年遅れているものの、この『更生記』の緻密な作風に及ぶものはない。単に珍しい学問領域を小説に応用したというばかりでなく、背後に隠された真相に対して、一歩一歩迫って行く調査と推理の過程のおもしろさは推理小説のそれであり、同時に心理分析の技法は、登場人物の個々の微妙な心理の起伏にまで及んで、老練な冴えを見せている。

これを読んだ学生時代の私は、ずいぶん『更生記』を探し回ったが、インターネットなどまだない時代で、なかなか単行本を見つけることが出来なかった。大学生になって、ようやく全集に収録されていることに気付き、一読してあまりの面白さに驚嘆したことを覚えている。それから三十年以上経って、自分の手で『更生記』を復刊する機会を得て、感無量である。

なお、二〇一五年十月に勉誠出版から刊行された『佐藤春夫読本』（図13）から、大木志門氏の評論「佐藤春夫と島田清次郎——『更生記』の「ヒステリー」と「ミステリー」」を資料として再録させていただいた。復刊するならぜひ入れようと思っていた《長篇文庫》版の内容紹介も全文引用されており、『更生記』のサブテキストとしては、これ以上のものはない、といっていいと思う。

図12

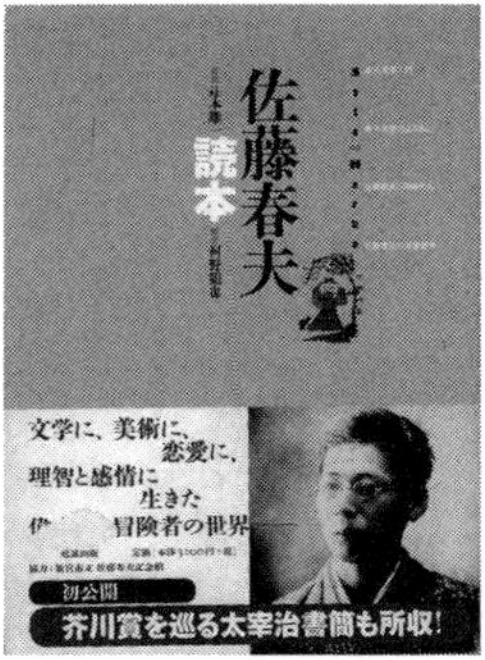

図13

本作品中に差別的ともとられかねない表現が見られますが、著者がすでに故人であることと作品の文学性・芸術性に鑑み、原文のままとしました。

（春陽堂書店編集部）

春陽文庫

探偵小説篇

更生記《こうせいき》

2025年1月25日　初版第1刷　発行

著者　佐藤春夫

発行者　伊藤良則

発行所　株式会社 春陽堂書店
〒一〇四―〇〇六一
東京都中央区銀座三―一〇―九
KEC銀座ビル
電話〇三（六二六四）〇八五五（代）

印刷・製本　中央精版印刷株式会社

本書のご感想は、contact@shunyodo.co.jp にお願いいたします。

定価はカバーに明記してあります。
2025 Printed in Japan
ISBN978-4-394-98015-5　C0193